Marjorie Kellogg

Sag dass du mich liebst,
Junie Moon

Zu diesem Buch

Diese drei lassen sich nicht unterkriegen – Junie Moon, die den Säureanschlag eines Liebhabers nur knapp überlebte, Arthur mit einem Nervenleiden und Warren im Rollstuhl. Im Krankenhaus lernen sie sich kennen und schmieden einen Plan: Nach ihrer Entlassung wollen sie zusammenziehen, egal was die anderen davon halten mögen. In einem überwucherten, in die Jahre gekommenen Haus, unter den Augen eines bösartigen Nachbarn und der Ohreneule im Feigenbaum, schaffen sie sich ihr eigenes Reich, in dem Selbstmitleid nicht geduldet wird und man gefälligst Schoko-Brownies zu backen hat, wenn man sich fürchtet. Zankend, gnadenlos ehrlich und immer gemeinsam treten sie an, um sich die Welt zurückzuerobern und ein Leben zu führen, an das niemand von ihnen mehr geglaubt hatte.

»Ganz leise und unaufdringlich ziehen uns Junie, Arthur und Warren in ihre Geschichte, teilen mit uns ihre Einsamkeit, ihre Verlegenheit und ihre unerwartete Freundschaft.« *New York Times*

»Ein ganz besonderes Buch: bittersüß und hoffnungsvoll, mit liebevoll schrägem Humor.« *Kirkus Reviews*

Die Autorin

Marjorie Kellogg (1922–2005) war Autorin, Journalistin und Sozialarbeiterin. In der Nachkriegszeit berichtete sie für das *Salute Magazine* aus Spanien und Frankreich. Zurück in den USA, studierte sie Soziale Arbeit, ihre Erfahrungen in diesem Beruf ließ sie in ihre literarischen Werke einfließen.

Vorwort

Paula Fox (1923–2017) zählt zu den bedeutendsten amerikanischen Schriftstellerinnen des 20. Jahrhunderts. Sie verfasste Romane, zahlreiche Kinder- und Jugendbücher sowie zwei Memoirs. Für ihre Werke wurde sie u. a. mit dem National Book Award ausgezeichnet.

Mehr über die Autorin und ihr Werk auf *www.unionsverlag.com*

Marjorie Kellogg

Sag dass du mich liebst, Junie Moon

Mit einem Vorwort
von Paula Fox

Roman

Aus dem Englischen
von Gisela Günther

Unionsverlag

Die Originalausgabe erschien 1968 bei Farrar,
Straus and Giroux, New York.
Die deutsche Erstausgabe erschien 1971 im Rowohlt Verlag.
Die vorliegende Übersetzung wurde anhand
der Originalausgabe überarbeitet.
Das Vorwort wurde von Kathrin Razum für diese Ausgabe
aus dem Englischen übertragen.

Im Internet
Aktuelle Informationen, Dokumente und Materialien
zu Marjorie Kellogg und diesem Buch
www.unionsverlag.com

Unionsverlag Taschenbuch 976
© by Marjorie Kellogg 1968
Alle Rechte an der deutschen Übersetzung von Gisela Günther
bei Rowohlt Verlag GmbH, Hamburg
© des Vorworts by Paula Fox 1984
Originaltitel: Tell me that you love me, Junie Moon
© by Unionsverlag 2023
Neptunstrasse 20, CH-8032 Zürich
Telefon +41 44 283 20 00
mail@unionsverlag.ch
Alle Rechte vorbehalten
Die erste Ausgabe dieses Werks im Unionsverlag erschien 2021
Reihengestaltung: Heinz Unternährer
Umschlagmotiv: Eule – John Abbott, Natural History Museum, London;
Feige – Pierre-Joseph Redouté, New York Public Library
Umschlaggestaltung: Sven Schrape
Satz: Greiner & Reichel, Köln
Druck und Bindung: CPI – Clausen & Bosse, Leck
ISBN 978-3-293-20976-3

Der Unionsverlag wird vom Bundesamt für Kultur mit einem
Verlagsförderungs-Strukturbeitrag für die Jahre 2021–2024 unterstützt.

Auch als E-Book erhältlich

Für meine Mutter und für Skip

Paula Fox über Junie Moon

Als Marjorie Kellogg und ich uns Anfang der 1940er-Jahre kennenlernten, waren wir noch sehr jung und beide pleite. Etwas, was mein Vater mir erzählt hatte, brachte mich auf eine Idee, wie wir ein bisschen Geld verdienen könnten. Damals quollen die Zeitungsständer in den Süßwarenläden über von *True-Story*-Magazinen. In diesen Heftchen wurden »wahre« Geschichten über die Freuden und Gefahren der Liebe erzählt. Die Heldinnen waren hübsche, naive junge Frauen, die im Rahmen ihrer beruflichen Tätigkeit (als Sekretärin) einen gutaussehenden jungen Mann (ihren Chef) kennenlernten, sich in ihn verliebten, alles gaben und dann herausfanden, dass der Auserwählte bereits verheiratet, todkrank oder einfach ein Schuft war. Klüger und trauriger geworden, gaben die jungen Frauen ihre Ambitionen auf und kehrten in ihre Heimatstadt zurück, wo die wahre Liebe (meistens in Gestalt des Apothekersohns) die ganze Zeit geduldig gewartet hatte. Manchmal, vielleicht um die Geschichten besonders »wahr« zu machen, gerieten die Frauen auch in ernstliche Schwierigkeiten.

Mein Vater hatte mir jedenfalls erzählt, dass diese Geschichten keineswegs von hübschen, naiven jungen Frauen geschrieben wurden, sondern von mittellosen Schriftstellern und Schriftstellerinnen, die ein paar Dollar verdienen wollten. Die Magazine zahlten drei, vier Cent pro Wort;

es schien ein einfacher Weg, an Geld zu kommen. Marjorie und ich investierten in einen Stapel dieser Heftchen, lasen sie durch und beschlossen, uns selbst daran zu versuchen. Es sollte nicht sein. Einen groben Plot und eine erste Zeile bekamen wir immer hin: »An einem strahlenden Tag im Oktober fuhr Nora den Riverside Drive entlang, als plötzlich – «, aber wenn wir dann die ein, zwei infrage kommenden Handlungsstränge nach dem Vorbild der gelesenen Heftchen auszuspinnen begannen, wurde das Ganze derart absurd und unanständig, dass wir vor Lachen irgendwann nicht mehr konnten. Ungefähr einen Monat blieben wir dran, dann gaben wir auf.

Wir fanden beide Arbeit und gingen getrennter Wege, doch wir hielten Kontakt und schrieben Jahre später zusammen ein Drehbuch für eine Nachmittagsserie, das sich zu unserer Überraschung tatsächlich verkaufte. Allerdings wollten wir als Autorinnen eigentlich woandershin, und schließlich kamen wir dort auch beide an.

Als 1968 Junie Moon mit ihrem »schrecklich entstellten« Gesicht, das aussah wie ein »mit einem Totenschädel bemalter Halloween-Kürbis«, auf den Plan trat, erregte sie beträchtliches Aufsehen. Sie war weder hübsch noch naiv, sie wusste, dass Liebe etwas Schwieriges ist, schwierig zu finden und schwierig zu geben, und keine ausschließliche Domäne der Gutaussehenden.

Das Leben hat Junie Moon vielfach verwundet. Sie ist an der äußeren Erscheinung anderer Menschen nicht interessiert, weiß von den zerbrechlichen Knochen unter dem Fleisch. Sie weiß, wie, und oft auch warum, andere Menschen leiden, und sie wendet sich von ihnen in ihrem Leid nicht ab. Sie ist großzügig und zugleich resolut, und eben diese Eigenschaften machen sie für alle, mit denen sie in Berührung kommt, besonders anziehend – so anziehend, dass diese Menschen die Versehrungen ihres Gesichts und ihrer Hände bald nicht mehr sehen, während Junie ihrerseits, wie sie selbst anmerkt, schnell vergisst, wie die anderen aussehen, »weil ihre Gefühle das Äußere dieser Männer veränderten, wie die Gezeiten den Sand«.

Mit dieser Geschichte, die so schlicht beginnt – »Drei Patienten, die sich im Krankenhaus kennengelernt hatten, beschlossen eines Tages, nach ihrer Entlassung zusammenzuleben« –, erinnert Marjorie Kellogg uns an die leicht in Vergessenheit geratenen Freuden, ja den überraschenden Zauber ganz gewöhnlicher Geschehnisse und Dinge – Limonade und Schoko-Brownies im entscheidenden Augenblick, den Strand und das Meer zu riechen und zu spüren, das geheimnisvolle, unwägbare Verhalten eines klugen Hundes, die heilende Wirkung gegenseitiger Anteilnahme, die Freiheit, draußen unter freiem Himmel zu schlafen, das aberwitzige Vergnügen vertrauter Streitereien mit alten Freunden, ein »heruntergekommenes Häuschen unter einem dräuenden Baum«, in dessen eines Fenster Heckenrosen hineingewachsen sind.

Die Patienten, »drei Monster, eines davon weiblich«, verwirklichen ihr Vorhaben, zusammenzuziehen, und wie einer von ihnen, der querschnittsgelähmte Warren, anmerkt: »Es sind schon schlechtere Pläne auf dieser Welt gemacht worden.«

Wie die meisten Pläne geht auch dieser nicht ganz auf. Aber solange alles gut läuft, wird das Leben der drei von

Junie Moons bestimmendem Wesenszug erhellt: ihrem sonnigen Gemüt. Es ist eine Sonnigkeit in rauer Landschaft, sie kommt überraschend, ein Vogel, der auf dem Ast eines verdorrten Baumes singt, doch Sonnigkeit ist es, und es ist Gesang. Die Geschichte von Junie und Warren sowie von Arthur, der an einer fortschreitenden neurologischen Erkrankung leidet, erinnert mich an andere Geschichten – J. D. Salingers *Der Fänger im Roggen* und Carson McCullers' *Frankie,* um nur zwei zu nennen –, die es vermögen, in einem tieferen Sinn zu uns zu sprechen und uns den Weg zu weisen.

Junie und ihre Freunde sind Außenseiter. Sie wurden von Krankheiten oder ihren Mitmenschen beschädigt, und das sieht man ihnen an. Die meisten von uns hingegen können ihre Wunden und nicht eingestandenen Geheimnisse verbergen, oder wir können uns zu Gruppen zusammentun und behaupten, nicht wir seien Außenseiter, sondern alle anderen.

Gerade für junge Menschen, die der Verwirrung, der Ungewissheit und den zahlreichen Kränkungen des Erwachsenwerdens ausgesetzt sind, kann dieses Buch, glaube ich, besonders fesselnd und tröstlich sein, ja vielleicht kann es sogar helfen, den schmerzhaften Konflikt zwischen dem Wunsch, anders zu sein, und dem schrecklichen Verdacht, man sei womöglich *zu* anders, etwas zu entschärfen.

Wie sehr habe ich mich als junges Mädchen danach gesehnt, so wie alle anderen zu sein und in dieser vermeintlichen Anonymität zu versinken! Aber wer waren, wer sind »alle anderen«?

Marjorie Kellogg erzählt uns, wer drei dieser anderen

sind – wer sie sind, wie sie sind, wie sie versuchen, zusammenzuleben und sich liebevoll einander anzunehmen. Nachsichtig gegenüber menschlicher Schwäche und darauf vertrauend, dass Menschen imstande sind, auf humane Weise zu überleben, erzählt sie ihre Geschichte und zeigt so auf, dass andere Menschen nur unterschiedliche Ausformungen eines unentrinnbaren Einen sind – der Person, die jeder und jede von uns ist und die alle anderen ebenfalls sind.

I

Drei Patienten, die sich im Krankenhaus kennengelernt hatten, beschlossen eines Tages, nach ihrer Entlassung zusammenzuleben. Sie schmiedeten diesen Plan, weil keiner von ihnen so etwas wie ein Zuhause hatte.

Obwohl die drei sich oft stritten und wie es schien wenig gemeinsam hatten, hielten sie einander doch in einem überraschenden Gleichgewicht, etwa wie die drei Kugeln, die das Pfandleihhaus kennzeichnen.

Einer der drei Patienten hieß Warren. Im Alter von siebzehn Jahren, als er mit einem Freund auf Kaninchenjagd ging, war er von einem Schuss, der sich plötzlich aus dem Gewehr des Freundes löste, in die Wirbelsäule getroffen worden. Seitdem war er querschnittsgelähmt und an den Rollstuhl gefesselt.

Arthur, der zweite Patient, hatte ein progressives Nervenleiden, das zu diagnostizieren noch niemandem gelungen war. Seiner Schätzung nach hatte man ihn bisher sechstausendundzwölfmal aufgefordert, mit dem Zeigefinger seine Nase zu berühren, und er konnte die Laborergebnisse seiner Untersuchungen aus den letzten fünf Jahren auswendig hersagen, für den Fall, dass die Ärzte alle Einzelheiten zu hören wünschten. Arthur hatte einen schwankenden Gang, und die Hände umflatterten sein Gesicht wie Schmetterlinge.

Der dritte Patient war eine Frau namens Junie Moon. So hieß sie tatsächlich. Ein Psychopath hatte sie eines Nachts in einer dunklen Gasse halb totgeschlagen und dann mit Säure übergossen. Eine Reihe abstoßender Entstellungen war die Folge.

Die Idee, sich zusammenzutun, stammte von Warren. Er war fett und träge, und der Gedanke, allein zu leben und für sich selbst sorgen zu müssen, behagte ihm gar nicht. Er bestimmte gern über die Zeit und das Tun anderer Leute und gefiel sich darin, wunderbare Zukunftsvisionen zu entwerfen.

»Freunde«, sagte er eines Abends, nachdem die Medikamente für die Nacht verteilt worden waren, »ich habe eine Lösung für unser gemeinsames Dilemma gefunden.« Junie Moon, die mit Arthur in einer Ecke des Korridors saß und Dame spielte, wandte Warren ihr verunstaltetes Gesicht zu und sah ihn finster an.

»Mit den verschiedenen kleinen Unterstützungen, die wir da und dort bekommen werden«, fuhr Warren fort, während Arthur versehentlich zwei Damesteine vom Tisch stieß, »könnten wir bestimmt ganz gut leben.« Er hob die Damesteine auf und klopfte Arthur auf die Schulter. »Was haltet ihr davon?«

»Mit mir will kein Mensch leben«, sagte Junie Moon, »also schlag dir den Quatsch aus dem Kopf.«

»Ich finde die Idee widerwärtig«, erklärte Arthur, und seine Hand flatterte in der Luft.

Dann beugten er und Junie Moon sich tief über das Damebrett, als wollten sie sich dadurch von Warrens verrücktem Vorschlag distanzieren.

»Tut bloß nicht so, als ob irgendwo irgendwer auf euch wartet.« Warren streckte sich in seinem Rollstuhl nach vorn, sodass seine Augen in gleicher Höhe mit den ihren waren. »Ihr wisst nämlich beide nicht, wohin.« Er zwinkerte Junie Moon mit einem lüsternen Grinsen zu. »Du wirst in einem Heim für alte Damen landen, und was sich bei denen tut, das muss ich dir wohl nicht ausmalen.«

»Ist immerhin besser als nichts«, versetzte sie. Unter Mühen verzerrte sich ihr narbiger Mund zu einem Lachen. Warren war an ihr Gesicht noch nicht recht gewöhnt, aber er mochte ihre Schlagfertigkeit.

»Trotzdem, ich bin besser als ein Dutzend alte Damen«, sagte er, »und zuverlässiger bin ich auch.«

»Blödsinn!«, schrie Arthur, und das bewirkte in seinem Körper einen heftigen Krampf, der ihn vom Stuhl zu schleudern drohte. Ganz automatisch legten ihm Junie Moon und Warren eine Hand auf die Schultern, um ihn zu beruhigen.

»Du bist ja manches«, sagte Arthur, als er sich unter Kontrolle hatte, »aber zuverlässig bestimmt nicht.«

»Na, vielleicht ist er doch besser als das Armenhaus«, meinte Junie Moon. »Also lass hören.«

»Gut.« Warren lehnte sich in seinem Rollstuhl wieder zurück und strich mit der Hand über seinen hellblonden Bart. »Jeder kriegt ein eigenes Zimmer. Junie Moon kocht, und Arthur geht einkaufen. Ich sehe schon alles vor mir.«

»Und *ich* sehe schon, dass du für dich selbst keinerlei Anstrengungen eingeplant hast«, bemerkte Arthur.

»Welcher Mensch, der bei Verstand ist, wird uns denn

eine Wohnung vermieten?«, fragte Junie Moon. »Drei Monster, eines davon weiblich.«

»Das wird telefonisch erledigt«, antwortete Warren. »Wir sagen einfach, wir hätten zu viel zu tun und könnten daher nicht persönlich erscheinen.«

»Aber der Vermieter schmeißt uns doch raus, sowie er uns zu Gesicht bekommt«, wandte Junie Moon ein.

»Kann er nicht«, sagte Arthur. »Wir gehören drei verschiedenen Minderheitsgruppen an und genießen Mieterschutz.« Damit hatte sich Arthur bereits für den Plan ausgesprochen. Junie Moon gab nicht so schnell nach.

»Es ist schon schlimm genug, euch beide hier im Krankenhaus jeden Tag zu sehen«, sagte sie. »Und da soll ich auch noch mit euch zusammenleben?«

Die Männer starteten unverzüglich einen Gegenangriff.

»Du bist auch nicht gerade eine Augenweide«, erwiderte Warren.

»Und wahrscheinlich hast du viele unangenehme Angewohnheiten, von denen wir nichts wissen und die wir in Kauf nehmen müssen, wenn wir erst mal einen gemeinsamen Beschluss gefasst haben«, fügte Arthur hinzu.

»Reden wir lieber nicht von Augenweiden«, sagte Junie Moon zu Warren. »Es könnte nämlich sein, dass du uns den Rang abläufst.«

Arthur, sensibler als Warren, hörte aus Junie Moons Stimme heraus, dass sie tief gekränkt war. Ihr entstelltes Gesicht machte es für andere fast unmöglich, zu erkennen, was sie empfand.

»Eine Augenweide ist wohl keiner von uns«, meinte er.

»Aber ein paar Vorzüge haben wir doch aufzuweisen,

denke ich.« Er wandte sich hastig ab, damit die beiden anderen nicht sahen, wie er vor Scham über das Eigenlob errötete.

»Nun, was wird denn hier ausgeknobelt?«, fragte Miss Oxford, die dünne, argwöhnische Oberschwester.

»Nichts Besonderes, wir überlegen nur, wie wir Sie am besten um die Ecke bringen«, antwortete Warren munter. Miss Oxford hastete weiter und blickte dabei misstrauisch und ängstlich über die Schulter zurück.

Jetzt war auch Junie Moon so weit, dass sie Warrens Vorschlag zustimmte. »Ich weiß, wie wir Miss Oxford auf unsere Seite bringen können«, sagte sie, »bevor wir von hier verschwinden und einen eigenen Hausstand gründen.«

So war die Übereinkunft der drei zustande gekommen.

2

Junie Moon war schon als Kind zäh gewesen, und noch zäher war sie als junge Frau. Statt zu gehen, galoppierte sie förmlich durch die Gegend, und um ihren Mangel an Schönheit auszugleichen, riss sie Witze. Bis sie fünfundzwanzig war, hatte niemand sie heiraten wollen, dann aber fanden sich die Bewerber in hellen Scharen ein: Männer, die im Beruf versagt hatten oder die ebenso unattraktiv waren wie sie selber oder die sich vor irgendetwas drücken wollten. Die meisten schielten und kamen aus Oklahoma oder aus Tacoma, Washington. Junie Moon wies sie alle ab. Ihre Mutter, die sehnlichst wünschte, dass Junie Moon heiraten und das Elternhaus verlassen möge, pflegte den Freiern nachzusehen, wenn sie abzogen, und betrübt zu sagen: »An dem da habe ich aber nun wirklich nichts Unebenes entdecken können.«

Gelegentlich ging Junie Moon mit dem einen oder anderen aus, an den Strand oder ins Autokino, aber sie konnte den säuerlichen Geruch dieser Männer nicht leiden und auch nicht die Art, wie sie sich schon nach zehn Minuten für befugt hielten, Junie Moons Beine zu befühlen. Nach einiger Zeit verzichtete sie auf das Ausgehen – das heißt, bis sie Jesse kennenlernte. Jesse trug speckige schwarze Hosen und ein fliederfarbenes Trikothemd. Er roch, als besäße er keine andere Kleidung, aber im Gegensatz zu seinen

Vorgängern hatte er einen gewissen Stil. Er saß bescheiden auf dem Rand der Couch, sah Junie Moons Eltern offen an, wenn sie etwas sagten, und manchmal sprach er zu ihr in einem Ton, dass es sie im Rückgrat kribbelte. Er schien über alles Mögliche Bescheid zu wissen, nur seine Herkunft, seine Mutter und etwaige Geschwister erwähnte er niemals.

Eines Abends fuhr Jesse mit ihr bis zum Stadtrand und verlangte, sie solle sich hinter einem windschiefen alten Schuppen ausziehen. Das missfiel ihr, und das sagte sie ihm auch, aber daraufhin veränderte sich sein Gesichtsausdruck derart, dass sie erschrocken gehorchte. Sie stand auf dem Stoppelfeld hinter dem Schuppen, die knochigen Beine zusammengepresst, die langen Arme um den Oberkörper geschlungen, während Jesse auf der Erde saß und eine lange Liste von Obszönitäten vom Stapel ließ. Nach ungefähr einer halben Stunde befahl er ihr, sich wieder anzuziehen, und sie fuhren nach Hause.

Junie Moon machte den Fehler, auf der Rückfahrt an den Anblick zu denken, den sie geboten haben musste, als sie so dastand, splitternackt, mit einem jungen Mann zu ihren Füßen, und darüber musste sie lachen. Sie lachte so sehr, dass sie nicht merkte, wie sich Jesses Gesicht zu einer bedrohlichen Grimasse verzog. Sie lachte sogar noch, als er sie aus dem Wagen zerrte. Er schleifte sie in das Gässchen hinter dem A & P und prügelte sie halb zu Tode. Sie blieb lange dort liegen – jedenfalls lange genug, damit er eine Flasche mit Säure holen, zurückkommen und Junie Moon den Rest geben konnte. Das abscheuliche Verbrechen wurde niemals gesühnt, obgleich man in vier Staaten steckbrieflich nach Jesse fahndete.

Danach lag Junie Moon viele Wochen im Krankenhaus. Zuerst gab man ihr ein Einzelzimmer, weil sie zu allem Überfluss auch noch eine Lungenentzündung bekam, an der sie beinahe gestorben wäre. Ihre Augen waren mit Mull verbunden und ebenso die Ohren; den Mund hatte man frei gelassen. Alle, die zu ihr sprachen, beugten sich dicht über diese dunkle Öffnung und schrien, als wären dort ihre Ohren. Sie konnte den Atem der Leute an den Zähnen fühlen, aber die Stimmen waren weit weg, denn sie mussten ja den dicken Filter der Gazeschichten durchdringen. Als Junie Moon so weit wiederhergestellt war, dass sie Nahrung durch den Mund zu sich nehmen konnte, setzte sich zu den Mahlzeiten eine Krankenschwester an ihr Bett und löffelte allerlei Breisorten in sie hinein. Da die Schwestern das nicht gern taten, beeilten sie sich, mit dem Ergebnis, dass es eine Kleckerei gab und sie ärgerlich wurden. Jedes Mal, wenn eine Schwester sagte: »Nun wollen wir aber wie ein braves Mädchen essen«, wünschte sich Junie Moon sehnlichst, ihr eine Ohrfeige zu geben. Dazu war sie jedoch nicht imstande, denn ihr rechter Arm lag wegen eines komplizierten Splitterbruchs in Gips, und der linke war für eine Hautübertragung am Hals fixiert. Nachdem sie dies acht Wochen lang erduldet hatte, wurde sie auf eine andere Station verlegt. Dorthin schickte man Patienten, nicht nur Frauen, sondern auch Männer, die lernen sollten, sich wieder ins Leben einzuordnen. Junie fand das urkomisch. »Ich war noch nie geordnet«, sagte sie, »und schon gar nicht eingeordnet.«

Warren wurde von einer Gruppe Schriftsteller großgezogen, die sich im Sommer in Provincetown traf und den

Winter über in verschiedenen Großstädten wohnte. Ein hübsches sechzehnjähriges Mädchen hatte ihm während der Wirtschaftskrise das Leben geschenkt. Sie war mit ihren Eltern, einem Architekten und einer Biochemikerin, von Boston nach Provincetown übersiedelt. Die Eltern, sehr tolerant gesinnte Menschen, bemühten sich, keine Überraschung zu zeigen, als ihre Tochter von irgendeinem der Schriftsteller schwanger wurde, obwohl sie insgeheim entsetzt waren – alle beide. Nachdem die Schriftsteller die Angelegenheit mit dem jungen Mädchen und den Eltern offen und ehrlich besprochen hatten, erklärten sie sich bereit, das Baby zu übernehmen und es reihum zu versorgen. Mithilfe – teils farbiger – Listen und Tabellen stellten sie einen Plan für das Zirkulieren des Kindes auf, damit die Bürde, für Warren zu sorgen, gerecht unter ihnen verteilt wäre. Dieser Plan überlebte jedoch keine zwei Winter, und die Last fiel schließlich Warrens Großmutter und einem jungen Mann namens Guiles zu, der in New York wohnte und in einer Handtaschenfabrik arbeitete. Guiles war der verflossene Freund eines der Schriftsteller. Er nahm das Kind während des Winters auf, obgleich er den größten Teil seines Verdienstes opfern musste, um eine Frau zu engagieren, die tagsüber bei Warren blieb. Abends hastete er von der Arbeit nach Hause, er hatte nun einen Lebensinhalt gefunden. Unter dem einen Arm trug er eine Tüte mit Nahrungsmitteln, unter dem anderen ein Buch aus der Leihbibliothek, das er sich in der Mittagspause geholt hatte. Als Erstes befragte er die Frau immer sehr eingehend nach den Ereignissen des Tages – hatte der Kleine ordentlich gegessen, hatte er sein Nachmittagsschläfchen gehalten? Später fragte er sie ein zweites und auch noch ein drittes Mal aus, um eventuellen Widersprüchen auf die Spur zu kommen. Sein Misstrauen brachte so manche der Frauen dazu, den Job aufzugeben, aber Guiles hatte das Glück, immer wieder eine neue zu finden. Sobald die jeweilige Kinderfrau sich verabschiedet hatte, nahm Guiles den Jungen auf den Arm und ließ ihn auf seiner Hüfte reiten, während er für sie beide das Essen kochte. Er fand heraus, dass Warren sehr gern Eiernudeln aß, Tunfisch, Limonen und getoastete Korinthenbrötchen, und hin und wieder gab es auch Erdbeerspeise mit Aprikosen. Nach dem Essen nahm Guiles das Kind auf den Schoß und las ihm vor. Ehe Warren drei Jahre alt war, hatte er bereits das meiste von Melville gehört, auch einiges von Hemingway, Dorothy Parker, Sinclair Lewis, außerdem einzelne Passagen von James Joyce und, nicht zu vergessen, *The Conquest of Mexico*. Morgens badete ihn Guiles zu den Klängen der einzigen Schallplatte, die er besaß: das *Divertissement* von Ibert. Offensichtlich gefiel Warren diese Musik, denn er lachte und patschte mit den Fäusten auf das Badewasser.

Jedes Jahr am vierten Juli, dem Nationalfeiertag, brachte Guiles das Kind nach Boston und lieferte es bei Warrens Großmutter, der Biochemikerin, ab. Anfang September, nach dem Labor Day, kehrte Warren zu Guiles zurück, braungebrannt und gesund, aber recht ernst aussehend.

Als Warren sieben war, wurde Guiles von einem Lieferwagen überfahren und starb auf dem Weg ins Krankenhaus. Glücklicherweise hing über dem Spülbecken in Guiles' Küche ein Zettel, der besagte, man solle im Fall eines Unglücks Warrens Großmutter benachrichtigen.

Die Ärmste kam am nächsten Tag und nahm Warren mit zu sich nach Boston. Etwa zehn Monate lang schlich er blass und bedrückt umher, dann aber ging es ihm langsam besser. Die Großmutter sprach oft von Guiles und wollte dem Jungen einreden, Guiles wäre sein Vater gewesen. Sie schilderte ihn auch bedeutend stärker und interessanter, als er in Wirklichkeit gewesen war. Warren wusste, dass das so nicht stimmte, aber er hatte seine eigenen Gründe, Guiles zu lieben, und widersprach der Großmutter nicht. Es gelang ihm, wenn auch nicht ohne Mühe, sich ein paar lebhafte Erinnerungen an den dünnen, kleinen Mann zu bewahren, der ihn, als er klein war, auf die Hüfte genommen hatte, während er Thunfisch briet.

Als Warren siebzehn war, ging er mit seinem Freund Melvin Coffee in die Dünen von Provincetown, um Kaninchen zu schießen. Stattdessen schoss Melvin ihn in den Rücken. Sie beschlossen, zu sagen, dass es ein Unfall gewesen sei.

Arthur war bis zu seinem zwölften Lebensjahr ein vollkommen normaler, kerngesunder Junge gewesen. Dann aber entwickelte sich eine Schwäche in seiner rechten Hand, und er fing an, Gegenstände fallen zu lassen. Zuerst entglitt ihm die Tasse Kakao am Frühstückstisch. Bald darauf begannen ihm die Schulbücher aus der Hand zu rutschen und klatschend auf das Trottoir zu fallen. Und an einem heißen Nachmittag im Mai, mitten im Sozialkundeunterricht, fühlte er, wie er selbst fiel, tiefer und tiefer, wie in einen dunklen Schacht. Als er wieder zu sich kam, lag er auf dem Fußboden im Klassenzimmer und hatte ein hölzernes Lineal zwischen den Zähnen.

Die Nervosität seiner Mutter verwandelte sich in ernsthafte Sorge, als diese Krankheitssymptome, statt allmählich zu verschwinden, im Laufe der Jahre immer schlimmer wurden.

Arthur hörte, wie seine Eltern bis in die Nächte hinein über seine Anfälle und andere beängstigende Anzeichen sprachen. Er fand es unheimlich, dass ihre Streitereien, an die er sich mit der Zeit gewöhnt hatte, plötzlich aufhörten, wenn sie über ihn redeten. Am liebsten wäre er von zu Hause weggelaufen, er wusste nur nicht, wohin. Stattdessen wurde er von Klinik zu Klinik, von Krankenhaus zu Krankenhaus geschleppt – insgesamt waren es fünfunddreißig.

Als Arthur achtzehn war, gab seine Mutter den Kampf auf. Die Eltern brachten ihn in eine staatliche Anstalt für Schwachsinnige, zogen aus der Stadt fort und ließen sich nicht mehr blicken. Zuerst kam Arthur fast um vor Entsetzen über all das Stammeln und Lallen und über den Gestank in der Anstalt. Dann aber ließ man ihn auf den Gemüsefeldern arbeiten, und dort war es besser. Drei Jahre später brannte er durch. Er wusste noch immer nicht, wohin er gehen sollte, aber es gelang ihm, in der Stadt einen Job als Telegrafenbote zu finden. Manchmal saß er in seinem möblierten Zimmer über dem Majestic-Kino und fragte sich angstvoll, was aus ihm werden solle. Sein linkes Bein wurde immer schwächer, und er ging, als befände er sich auf einem schlingernden Schiff.

»Wir werden die Vorzüge des Kollektivismus demonstrieren«, sagte Arthur zu Warren und Junie Moon. »Meine

Erfahrungen in der Anstalt dürften uns dabei nützlich sein.«

»Von den Schwachsinnigen können wir alle noch ein paar Tricks lernen«, meinte Warren.

3

Irgendein Pfleger hatte zufällig das Gespräch der drei belauscht, und am nächsten Morgen wurde ihr Plan von sämtlichen Patienten und Angestellten diskutiert.

»Verrückt, schlichtweg verrückt«, sagte Miss Oxford, die Oberschwester, während sie Pillen in winzige Pappbecher füllte.

»Also *ich* finde es großartig«, erklärte ihre Assistentin, Miss Holt.

»Sie neigen leider dazu, mit rebellischen Elementen zu sympathisieren«, sagte Miss Oxford.

»Und Sie«, entgegnete Miss Holt, »neigen leider dazu, dauernd Vorträge über Psychologie zu besuchen. Wenn Sie Ihre Freizeit für sündhaftere Zwecke verwendeten, wäre hier alles viel einfacher.«

Sie stürmte davon, und Miss Oxford nahm sich vor, mit ihrer Assistentin ein ernstes Wort über angemessenes Verhalten im Berufsleben, insbesondere über die Aufforderung zur Unsittlichkeit, zu sprechen.

»Abnormitätenverein«, sagte der junge John Goren, als er von dem Plan hörte. »Den haben sie doch hier schon.« Seitdem er bei einem Unfall ein Bein eingebüßt hatte, war seine Zunge scharf wie ein Rasiermesser.

»Wann kotzt du deinen ekelhaften Humor endlich mal aus?«, knurrte Ted Porter, Gorens Bettnachbar. Ted war im Allgemeinen ein ruhiger Mensch, der sich gewählt ausdrückte, aber wegen eines komplizierten medizinischen Problems und Gorens großer Klappe lagen seine Nerven blank.

»Und wann trittst du dem Abnormitätenverein bei?«, zischte Goren. »Du würdest doch den perfekten vierten Mann abgeben.«

Ted versuchte sich auf dem Ellenbogen aufzurichten. Wäre ihm das gelungen, so hätte er des Weiteren versucht, Goren ins Gesicht zu schlagen.

»He!« Das war Miss Holt. Sie hatte so eine Art, bei Auseinandersetzungen unvermutet aufzutauchen und Frieden zu stiften, ohne dass sie dabei irgendjemanden kränkte. »Sachte, sachte.« Ihre Stimme war weich.

Ted sah sie gern an. Ihr Anblick war das Einzige, was ihm den Aufenthalt im Krankenhaus erträglich machte. Miss Holts lange, schmale Hände gefielen ihm, und er wünschte sich, sie malen zu können. Oder sie einfach festzuhalten. Ihm gefiel auch Miss Holts Art, die Patienten so fröhlich anzuschauen, dass sich die dumpfe Krankenluft über den Betten verflüchtigte. Wenn es möglich gewesen wäre, gleichzeitig mit zwei Frauen verheiratet zu sein, so hätte er bestimmt Miss Holt als zweite genommen. Eine zum Lieben, eine zum Bemuttertwerden, dachte er. Und weil man im Krankenhaus so viel Zeit hatte, malte sich Ted in endlosen Träumen sein Leben mit zwei Frauen aus. Manches, was er sich vorstellte, entlockte ihm ein Lächeln.

»Was sagen Sie dazu, dass diese drei zusammenwohnen wollen?«, erkundigte sich Goren bei Miss Holt.

»Interessante Idee«, meinte sie.

Gorens Miene drückte Verachtung aus. »Na, hören Sie mal! Von denen ist doch jeder für sich allein schon schlimm genug. Wozu wollen die es noch schlimmer machen, indem sie einen gemeinsamen Hausstand gründen?«

»Sie reden, als hätte man Sie aufgefordert mitzumachen«, sagte sie und kurbelte sein Bett höher, damit er auf die Berge sehen konnte.

»Ich? Soll das ein Witz sein? Denken Sie etwa, ich habe nichts Besseres, wo ich hingehen kann?«

Miss Holt antwortete nicht.

»Ich habe sogar mehrere Möglichkeiten. Zwei oder drei, wenn Sie's genau wissen wollen.«

Sie legte ihre lange, schmale Hand auf seinen Nacken. Sofort wurde er ruhiger, aber er musste gegen die aufsteigenden Tränen ankämpfen.

»Verdammter Mist«, murmelte er.

»Da haben Sie vollkommen recht«, sagte Miss Holt.

Der Gedanke an ein Zuhause machte Arthur vor Aufregung ganz schwindlig. Für ihn bedeutete das, tagsüber fort zu sein und abends, wenn es dunkel wurde, in eine hell erleuchtete Küche zurückzukommen, wo es nach warmen, wunderbar schmeckenden Gerichten duftete. So etwas hatte er noch nie erlebt – seiner Mutter war das Kochen ein Gräuel gewesen, die Mahlzeiten wurden bei ihr so schnell wie möglich und recht lieblos zubereitet –, aber er hatte in Büchern davon gelesen. Er hatte auch von Familien gelesen, die sich im Wohnzimmer um das Klavier scharten und Lieder sangen oder Hausmusik machten. Wenn er über Warrens Plan nachdachte, sah er sich mit den beiden anderen in einem reizenden Häuschen auf dem Lande. Je öfter er davon träumte, umso hübscher wurde das Haus: Es hatte ein tief heruntergezogenes Reetdach, zu beiden Seiten eines gewundenen Gartenpfades blühten Blumen, und aus dem Schornstein quoll anheimelnd der Rauch des Herdfeuers.

»Day will break,
And you'll awake,
In time to bake
A sugar cake ...«

Arthur versuchte beim Singen im Takt zu bleiben, aber seine Beine zuckten krampfhaft, und die schweren Schuhe schlugen klappernd auf den Fußboden.

»For me to take
For all the boys to seeeeeee ...«

»Allmächtiger«, sagte Goren, »und so was versucht auch noch zu singen.«

Da sie nun eine Gemeinschaft bildeten, Arthur, Warren und Junie Moon, schoss Junie Moon wie ein Blitz dazwischen. »Lass diese blöden Bemerkungen«, fauchte sie Goren an. »Du brächtest doch nicht mal 'nen Ton in 'ner Bettpfanne zustande.« Sie lachte kreischend über ihren Witz und galoppierte davon, den Korridor entlang. Im Vorbeilaufen gab sie Arthur einen Klaps auf den Rücken.

Arthur spann seinen Traum weiter aus. Hinter dem Häuschen war ein Bach, und wenn man ihm folgte, gelangte man in einen dichten Wald. Dort konnte man eine Lichtung roden, um an heißen Sommerabenden eine Partie Krocket zu spielen. Junie Moon würde ein weißes Kleid tragen; sich selbst und Warren sah er in hellen Anzügen mit locker geknoteten Krawatten.

Möchtest du was Kaltes trinken? ... Ihre Stimmen waren so sanft wie Leuchtkäfer. Erzähl uns noch mal von dem Brand in dem Lebensmittelgeschäft ... Ja, es war an einem Vormittag, so gegen halb zehn, und Mr Breck war im Hinterzimmer, als ... Willst du wirklich nichts Kaltes trinken? ... Erzähl uns von damals, als die Schausteller ins Städtchen kamen ... Also eines Tages im Spätsommer hielten drei alte Wohnwagen am Marktplatz. Die Türen gingen auf, und ich kann euch sagen, so viele Missgeburten habt ihr im Leben noch nicht gesehen ...

Und nach einer Weile, wenn es ganz dunkel geworden war, würden sie alle ins Haus gehen.

4

Warren machte sich daran, Bilder aus Zeitschriften aus-
zuschneiden. Das hatte Guiles ihm beigebracht. »Kleb sie
in ein Heft«, hatte Guiles gesagt, »dann hast du immer was
zum Anschauen.« Er und Guiles hatten viele Sammlungen
angelegt: Fische; Schuhe im Wandel der Zeiten; die Kleinen Antillen und anderes mehr. Wie Guiles sagte, wurde
durch die Tätigkeit des Ausschneidens und Einklebens das
Wissen über die betreffenden Gegenstände gefestigt.

Aus den Zeitschriften, die Warren im Krankenhaus
auftreiben konnte – *Life* zum Beispiel und *The Resident
Physician* –, schnitt er Fotos von modernen Inneneinrich-
tungen aus. Mit besonderer Vorliebe sammelte er »gemütliche Wohnzimmer-Sitzecken«.

»Wie findest du diese gemütliche Sitzecke?«, fragte er
Junie Moon, denn er fühlte sich verpflichtet, die Wünsche
der künftigen Dame des Hauses zu berücksichtigen.

»Grässlich«, antwortete sie, ohne auch nur hinzusehen.
»Einfach schauderhaft. Du hast den Geschmack eines un-
garischen Fischers.«

»Aber sie eignet sich doch für jeden Wohnraum. Bitte,
hier kannst du's lesen: ›Diese einzigartige Sitzgruppe ist für
jeden Wohnraum geeignet.‹«

»Ein grässliches Sofa«, knurrte Junie Moon. »Was ich
mir wünsche, ist ein bequemes, altmodisches Sofa. Mit

vernünftigen Beinen. Die dänische Möbelmode ist für dänische Damen mit fettem Hintern. Ich bin aber anders gebaut, ich bin dünn und will weich sitzen.« Ihr narbiges Gesicht wurde blaurot vor Eifer. »Und was hältst du von *dieser* einzigartigen Sitzgruppe?«, rief sie und warf Warrens Album hoch in die Luft.

Eine unmögliche Person. Mit der kann man nicht auskommen, dachte Warren. Es war ein Fehler gewesen, sie in seinen Plan einzubeziehen. Er hätte nur Arthur auffordern sollen. Mit Arthur allein würde es in vieler Hinsicht leichter sein. Vor allem sah Arthur, wenn er einfach still dastand und nicht gerade einen Krampf hatte, vollkommen normal aus. Sobald sie aus dem Krankenhaus entlassen wurden, wollte Warren ihm vorschlagen, sich einem guten Friseur anzuvertrauen und außerdem eines dieser neuen Haarwasser zu benutzen, für die im Fernsehen so viel Reklame gemacht wurde. Vielleicht konnte man sein Haar dazu bringen, etwas weniger an dunkle Strohbüschel zu erinnern – dadurch würde seine Gesamterscheinung sehr gewinnen. Warren wollte auch dafür sorgen, dass Arthur nicht mehr diese kurzärmeligen Hemden aus bedrucktem Baumwollstoff trug, die seine dunkel behaarten Arme so jämmerlich dünn erscheinen ließen. Zwei Männer allein kamen bestimmt besser zurecht. Sie konnten bei einem Glas Portwein am Kamin sitzen und sich vernünftig unterhalten. Sie konnten essen, wann sie Lust hatten, ohne weibliche Vorschriften und Stundenpläne beachten zu müssen. Und sie konnten junge Leute zum Abendessen und zu anderen Unternehmungen einladen. Morgen wollte er Junie Moon mitteilen, dass ihre Vereinbarung nicht mehr galt.

Warren sammelte aber nicht nur Bilder von Wohnzimmermöbeln, er interessierte sich auch für Kücheneinrichtungen. Am schönsten fand er große Küchen, in denen der eine zuschauen und der andere kochen konnte, und er wünschte sich einen Backofen mit Glasfenster.

In Boston, wo Warren nach Guiles' Tod bei seiner Großmutter gewohnt hatte, war im rückwärtigen Teil des Hauses eine riesige kühle Küche gewesen. Warren hatte dort oft seine Schularbeiten gemacht, während die Köchin das Abendessen bereitete und dabei vor sich hinsummte.

Samstags durfte er immer Schoko-Brownies backen und etwas Selbsterfundenes, das heißer gelber Kuchen hieß. Das Schönste für ihn war, Butter und Zucker so lange zu rühren, bis das Ganze aussah wie eine cremige Glasur. Die Schwierigkeit bestand darin, die anderen Zutaten in die Masse zu geben, bevor sie verschwunden war.

»Du probierst und probierst, bis nichts mehr da ist«, sagte die Köchin immer. Nun ja, wenn erst die Schokolade hineingerührt war, mochte er den Teig nicht mehr so gern – was ihn reizte, war die Konsistenz: sämig und so, dass man kauen musste.

»Ach du meine Güte«, rief Junie Moon, als sie Warrens Küchenbilder sah, »wen gedenkst du denn als Küchenchef zu engagieren?«

So grob. So plump. Mit dieser Frau *kann* man nicht leben, dachte Warren.

»Du machst so ein komisches Gesicht«, sagte sie und hob mit hartem Griff sein Kinn hoch. »In deinen Augen ist ein ganz böser und misstrauischer Ausdruck.«

Im Moment fehlte ihm die Kraft, ihr mitzuteilen, dass sie nicht mit ihm und Arthur zusammenleben solle.

»Irgendwo habe ich mal gelesen, dass man in den Augen anderer sich selbst erblickt«, entgegnete er.

»Tatsächlich? Ich begreife nicht, wie ein Mensch so viel Quatsch zusammenlesen kann.«

»Es gibt manches auf der Welt, was du nicht begreifst«, sagte er missmutig.

Sie sah ihn durch ihre vernarbten Lidschlitze an. »Lass dir bloß nicht einfallen, hinter meinem Rücken gegen mich zu intrigieren. Du bist genau der Typ, der so was fertigbringt.« Damit drehte sie sich auf dem Absatz um und ging davon.

Sie hatte sich mit der Direktheit einer Telefonistin in Warrens Denken eingeschaltet, und das machte ihn nervös. Seine Großmutter, die Biochemikerin, war auch so gewesen, nur dass es bei ihr immer wie eine zufällige, lässig hingeworfene Bemerkung klang. »Übrigens«, konnte sie sagen, »du möchtest vielleicht gern wissen ...« Und dann traf sie genau ins Zentrum seiner Gedanken, auch wenn es ein Geheimnis und etwas ganz Privates war. Wie an dem Tag, als sie zusammen in einem Teich in der Nähe von Wellfleet badeten. »Ach, übrigens«, sagte sie, »du denkst vielleicht an deine Mutter, wenn du hierherkommst, wie?« Er war so verblüfft, dass er sie nur stumm ansehen konnte. Eben erst, während er unter Wasser schwamm, hatte er an seine Mutter gedacht und versucht, sich ihr Gesicht vorzustellen, hatte versucht, sie sich zwischen dem Schilf und der Strömung vorzustellen.

»Ich denke nicht viel an sie«, hatte er der Großmutter geantwortet.

»Es wäre nur natürlich, wenn du es tätest«, sprach sie unbeirrt weiter. »Was hat dir dein Guiles über sie erzählt?«

»Nichts Besonderes«, murmelte er und tauchte wieder unter, um sich ihren Fragen zu entziehen. In Wirklichkeit hatte ihm Guiles eine ganze Menge erzählt. »So, jetzt wollen wir uns über deine Mutter unterhalten«, fing er immer an, nicht anders, als schlüge er vor, in *The Conquest of Mexico* zu lesen. Und Warren lehnte sich dann auf der Couch an ihn oder lag da, den Kopf auf Guiles' Schoß, und beobachtete, wie sein Kinn sich bewegte, während er von Warrens Mutter erzählte.

»Sie war ein süßes Geschöpf, das weiß ich noch genau.« Guiles' Stimme klang plötzlich heiser, gerade richtig für Erzählungen aus ferner Vergangenheit. Warren sah ein schönes, sonnengebräuntes blondes Mädchen vor sich, das lachend über den Strand rannte. So wie Guiles das erzählte, schmeckte man förmlich das Salzige auf ihrer Haut und fühlte die warme Sonne, unter der sie dahinlief. Er schilderte Warren jede Einzelheit, an die er sich erinnerte – sie trug meistens ein altes Soldatenhemd und Shorts, manchmal aber auch ein Kleid aus heller Seide, in dem sie so wunderschön aussah, dass Guiles am liebsten geweint hätte.

Da Junie Moon eine sensible Person war, konnte sie die dicke Luft riechen, beinahe bevor Warren sie fabriziert hatte. Sie war ganz sicher, dass Warren hinsichtlich des gemeinsamen Lebens, zumindest was sie betraf, seine Meinung geändert hatte. In gewisser Hinsicht fühlte sie sich erleichtert. Der Gedanke, mit den beiden anderen außerhalb der schützenden Mauern des Krankenhauses zu leben, war ihr

unheimlich. Und daran, dass sie von fremden Augen angestarrt werden würde, mochte sie überhaupt nicht denken.

Minnie, die sterbend im Nachbarbett lag, war die
Einzige, die das ansprach. Die beiden unterhielten sich
meistens nachts, wenn die anderen schliefen.

»Der hat dich wirklich schlimm zugerichtet, Junie
Moon«, sagte Minnie eines Nachts. Ihre Stimme schien
von weit her zu kommen, sie erinnerte an einen einsamen
Zug, der in der Feme zwischen Feldern und Wiesen da-
hinfährt. »Ein Mensch, der zu so was fähig ist, dürfte gar
nicht geboren werden.«

»Ich hätte nie gedacht, dass er so gemein sein könnte«,
sagte Junie Moon.

Minnie seufzte. »Ich habe noch keinen Mann kennengelernt, dem man es ansah. Es sind die mit den lieben Kin-
dergesichtern, vor denen man sich in Acht nehmen muss.
Hat es eigentlich wehgetan?«

»Was?«

»Als er dich mit der Säure übergoss.«

Sie dachte angestrengt nach. »Ein scheußlicher Gestank – so nach Verbranntem, weißt du. An die Schmerzen erinnere ich mich nicht genau. Sie waren zu stark. So
ist es auch, wenn man zu viel trinkt: Nach einer Weile sieht
man alles verwischt und wie im Zeitlupentempo. Später
hat es wehgetan, das kannst du mir glauben.«

»Wirklich, er hat dich schlimm zugerichtet. Hast du
dich schon im Spiegel gesehen?«

»Ich möchte bloß wissen, warum ich mich dauernd im
Spiegel ansehen soll.« Sie hätte gern gesagt, Minnie solle
sich, verdammt noch mal, um ihre eigenen Angelegenheiten

kümmern, aber sie tat ihr leid, diese magere kleine Frau, der man das Haar in viele winzige Zöpfchen geflochten hatte und deren Leib voller Röhren und Schläuche und Schnitte war. So sagte sie nur: »Es war schon ziemlich schlimm.«

Minnies Stimme sank zu einem Flüstern herab. »Ich habe dich ja früher nicht gekannt, Junie Moon, aber ich denke mir, dass du ein gutaussehendes Mädchen warst.«

»Und jetzt, Minnie?«

»Jetzt ist es, wie du sagst: ziemlich schlimm.«

Die Worte fielen auf sie nieder wie Steine. Sie glaubte, dass sie es nicht aushalten könne. Später in der Nacht ging sie ins Badezimmer, verriegelte die Tür und knipste das grelle Deckenlicht an. Dann trat sie vor den Spiegel.

Das, was sie sah, war entsetzlich, und sie versuchte zu schreien, brachte aber keinen Ton heraus. Sie stand da und blickte auf das grauenerregende Gesicht im Spiegel, das schreien wollte mit einem Mund, der eine Höhle war, obgleich sich die Lippen kaum öffnen konnten. »Hilfe!«, rief sie lautlos. »Hilfe!« Ihr Unterkiefer bewegte sich auf und ab, und das erinnerte sie an die mechanischen Münder von Marionetten. »Hilfe!« Niemand kam. Das Badezimmer schien noch heller zu werden. Mit der karmesinroten Furche, dort, wo die Nase gewesen war, glich das Gesicht einem mit Totenschädel bemalten Halloween-Kürbis, in dem eine rote Kerze brannte. So schlimm hatte sie es sich nicht vorgestellt.

Als sie aus dem Badezimmer kam, war Minnie noch wach und starrte an die Decke.

»Hast du dir's angesehen?«, fragte Minnie. Junie Moon

gab keine Antwort. »Es wird nie wieder so schlimm sein, wie es diesmal war«, sagte Minnie. Dann wandte sie sich Junie Moon zu. »Lass mich deine Hand anschauen. Komm schon. Ich habe gehört, wie du den Spiegel zerschlagen hast.« Sie nahm ein Tuch von ihrem Nachttisch und wickelte es um Junie Moons blutende Hand. »Na, genug geblutet, kleines Fräulein. Das Schlimmste hast du hinter dir.«

»Wer's glaubt, wird selig, Minnie.« Man wusste nie genau, ob Minnie einen hörte oder nicht. Wachen und Träumen gingen bei ihr ineinander über. Und wenn sie schlief, sprach sie, als wäre sie wach.

Später rief Minnie: »Komm und hol mich! Ich hab das Warten satt!«

»Wach auf, Minnie.«

»Ich habe geträumt, dass ich falle. Von einem hohen Berg herunterfalle bis auf den Meeresgrund.«

»Wach auf, Minnie.«

»Meine Mama trug ein hellgrünes Kleid und hatte Osterglocken in der Hand. Schwester! Schwester!«

»Es war bloß ein Traum, Minnie.«

So versuchten sie einander zu trösten.

5

Bubbel-de-buh-buh-buh. Bubbel-de-buh-buh-buh.

Unter der warmen Dusche seifte Arthur seinen mageren Oberkörper ein und beklopfte ihn dabei im Takt einer Melodie, die er seit seinem Aufenthalt in dem Heim für Schwachsinnige im Ohr hatte. Man war dort im Handumdrehen für irgendwelche Eigenheiten oder Schrullen bekannt, oft noch bevor die Leute den Namen des Betreffenden wussten.

Gembie zum Beispiel. Er war ein großer Junge, unbändig, einer, der gern das Maul aufriss. Bubbel-de-buh-buhbuh sang er den ganzen Tag. Er sang es kaum hörbar in der Kapelle, er brüllte es unter der Dusche, er schlug im Esssaal mit Löffeln den Rhythmus. Zuerst fanden sie es komisch und tauften ihn Buhbuh. Dann fiel er allen damit auf die Nerven, und es gab des Öfteren Krach. Zum Schluss aber nahm keiner mehr Notiz davon. Bubbel-de-buh-buh-buh wurde so etwas wie der Maisbrei zum Frühstück, wie die Bluejeans auf der Wäscheleine.

Arthur, der jahrelang nicht an Gembie gedacht hatte, konnte ihn jetzt förmlich riechen, als wäre er soeben vorbeigegangen. Er roch nach unbefriedigtem Sex. Nicht als Einziger übrigens; so rochen sie alle. Und nach schmutzigen Füßen – aber es war staubiger Schmutz, kein schwarzer Dreck, der sich einfach abreiben ließ. Und nach Lysol.

Diese Gerüche hatten sich hinter Arthurs Augen gesetzt, und dort waren sie all die Jahre haften geblieben.

Er und Gembie waren zur Arbeit auf den Gemüsefeldern eingeteilt worden. Dort wuchsen Mais und grüne Bohnen, Tomaten und Melonen. Für Kartoffeln und Zwiebeln gab es ein Extrafeld. Die beiden Jungen mussten Unkraut jäten, die künstliche Bewässerung regulieren und die Raupen von den Tomatenpflanzen abklauben, was billiger war, als die Stauden zu besprühen. Gembie tat das mit Begeisterung. Er sammelte die Raupen in seinem Hut, bis der Hut mit den großen pelzigen Tieren prall gefüllt war, und dann zermalmte er sie mit einem einzigen Tritt, entzückt von dem knackenden Geräusch und dem Sprühregen der eiterfarbenen Eingeweide.

Anfangs dachte Arthur, dass Gembie sein Freund werden könnte. Sie schliefen ja beide in demselben Raum, und sie arbeiteten zusammen. Er fand jedoch bald heraus, dass Freundschaft in der Anstalt selten war.

»Wer braucht dich schon?«, sagte Gembie verächtlich, wenn Arthur vorschlug, ihn ins Dorf zu begleiten. Und einmal, als ihm Arthur die Hälfte von seinem Ananaskuchen geben wollte, schrie er ihn an: »Was ist eigentlich mit dir los? Bist du schwul?« Die anderen Jungen lachten und trippelten geziert an Arthur vorbei, als sie den Esssaal verließen. »Ach, du kleine Tucke«, flötete einer.

An Besuchstagen zog man die guten Anzüge an und wartete im Tagesraum.

Die Besuchsstunden waren von drei bis fünf. Gegen halb vier begannen die Jungen, zu denen niemand gekommen war, laute Bemerkungen über die Besucher zu machen. Sie gaben Furzlaute von sich und prusteten vor Lachen, bis der Aufseher sie in die Schlafsäle zurücktrieb.

Arthur konnte einfach nicht begreifen, warum er im Sonntagsanzug dort herumsitzen musste, obgleich er doch ganz sicher war, dass er keinen Besuch bekam.

»Man kann nie wissen«, sagte der Aufseher mit einem breiten, so verlogenen Lächeln, dass Arthur ihm am liebsten das Maul zugeklebt hätte.

An einem grauen Februartag teilte ihm der Aufseher mit, man habe versucht, seine Eltern zu erreichen, aber anscheinend seien sie weggezogen. Das hatte Arthur längst gewusst. Er hatte es an der Art gemerkt, wie die Mutter seinem Blick auswich, als sie ihn in die Anstalt einlieferte und sich von ihm verabschiedete.

»Jetzt brauche ich mich an den Besuchstagen nicht mehr fein zu machen«, meinte er.

Der Aufseher brachte seinen Riesenmund ganz nah an Arthurs Mund. »O doch. Daran ändert sich nichts. Es könnte ja eine Tante oder ein Onkel kommen. Oder ein Vetter. Man kann nie wissen.«

Arthur lief aus der Anstalt fort, weil er sich verliebt hatte.

Sie hieß Ramona, war dunkelhaarig und temperamentvoll und arbeitete in der Küche. Sie konnte ein Messer so geschickt quer durch den Raum werfen, dass es genau zwischen zwei aufgehängten Pfannen in der Wand stecken blieb. Ihre Hüften waren breit, ihre Arme so muskulös wie die eines Mannes. Sie fluchte auch wie ein Mann, aber ihr Lachen war ganz anders. Es war der intimste Laut, den Arthur jemals vernommen hatte, und er glaubte, dass sie in dieser Weise nur für ihn lachte. In jenem Sommer beobachtete er sie vom Hof aus, wenn sie am Hackklotz stand und ihr blitzendes Messer über Pfefferschoten und Zwiebeln schwang oder riesige Stücke Rindfleisch in Scheiben und Würfel schnitt. Ein junger Italiener arbeitete mit ihr zusammen in der Küche, und die Stimmen der beiden verstummten nie.

»Du blöder Hammel!«, schrie sie den Burschen an, wetzte ihr Messer und schnitt einen Kohlkopf in feine Streifen. »Hier, tu das in deinen Topf!« Damit fegte sie das Gemüse in ihre aufgehaltene Schürze und warf es in den brodelnden Topf. Der Junge schrie irgendetwas zurück. Arthur verstand seine Sprache nicht, aber das Einschmeichelnde in der Satzmelodie machte ihn elend vor Eifersucht.

Nach ein paar Tagen entdeckte Ramona ihn im Hof.

»Du!« Sie winkte ihm mit ihrem Messer. »Du!« Und dann lachte sie.

Von da an hatte er Zutritt zur Küche. Der italienische Junge, der vielleicht seinerseits eifersüchtig geworden wäre, wenn er von Arthurs heißer Liebe zu Ramona gewusst hätte, nahm seine Anwesenheit nur insofern zur Kenntnis, als er ihm gelegentlich ein Stück Kuchenteig oder eine frische, junge Mohrrübe zuwarf. Für ihn war Arthur so etwas wie ein Hund, den man einfach übersah. Ramona dagegen übersah ihn nicht. Sie piekte ihn zum Scherz mit ihrem Messer, ließ es manchmal seinen Scheitel entlanggleiten und lachte über seine Furcht. Hatte er etwas gegessen, so wischte sie ihm mit dem Handrücken den Mund ab, als wäre es ihr eigener. Sie schnitt ihm die Fingernägel mit einer Gemüseschere, und von Zeit zu Zeit spähte sie so lange in die Tiefen seiner Ohren, dass man glauben konnte, sie suchte nach einem verlorenen Gegenstand.

»Ah, Kleines«, sagte sie dann – sie nannte ihn niemals anders –, »was hast du denn da?« Sie winkte den italienischen Burschen heran, und beide nahmen Arthurs Ohren mit ernster Miene in Augenschein.

Er verliebte sich in Ramona, wie sich ein närrischer Jagdhund in seinen Herrn verliebt. Er himmelte sie an, wich ihr nicht von der Seite und dachte Tag und Nacht nur an sie. In seinen Augen war sie schlichtweg vollkommen – er hielt jedes Haar, jede Linie ihres Körpers, jede ihrer Bewegungen für das Schönste, was er je gesehen hatte. Nachts lag er im Bett und dachte sich immer neue Dinge aus, die er mit ihr tun wollte, und es lief jedes Mal darauf hinaus, dass er sich selbst befriedigte.

Eines Tages rang er sich endlich dazu durch, ihr seine Liebe zu gestehen. Leider, wie er hinterher dachte.

»Ich muss Ihnen etwas sagen«, begann er geheimnisvoll, als der junge Italiener für einen Moment die Küche verlassen hatte.

»Ja, Kleines. Ja, ja.« Sie spähte aus dem Augenwinkel scharf zu ihm hinüber. Er erschrak, denn schon war alles verändert. Das geschwungene Messer blieb in der Luft hängen. Sie wartete. Er wollte die Flucht ergreifen, alles ungeschehen machen, bevor die Katastrophe vollständig würde. Könnte ich doch wieder im Hof stehen und sie von Weitem beobachten, ohne dass sie mich bemerkt, dachte er. In seinen Ohren war ein Dröhnen, das alle anderen Geräusche übertönte, nur nicht den Klang der eigenen

Stimme, die in seinem Kopf hohl widerhallte. Jetzt konnte er nicht mehr zurück.

»Wahrscheinlich halten Sie mich für blöde ...« (sie nickte ihm nachdenklich zu), »aber ich bin ganz wild nach Ihnen, Ramona.«

Ihr Blick glitt langsam über ihn hin. Sie kam tänzelnd auf ihn zu; die Hand mit dem Messer hing schlaff herab. Als sie nah genug war, schoss das Messer vor und schnitt mit einem einzigen Hieb sämtliche Knöpfe seiner Hose ab. Die Hose rutschte, fiel zu Boden, und Arthur, der nicht wusste, wie ihm geschah, stand entblößt vor Ramona. Einen endlosen Augenblick lang rührte sich keiner von beiden. Arthur hörte die Rufe der kleinsten Jungen, die draußen Baseball spielten. Die Stimmen waren klar, aber sehr dünn, sie schienen aus weiter Ferne zu kommen. Ramona schaute. Er war wie erstarrt. Jetzt bewegten sich ihre Lippen zu einem Flüstern, während sie die Hand nach ihm ausstreckte. Und da kam der italienische Junge herein.

Statt der Worte, die Ramona hatte sagen wollen, rief sie mit heiserer Stimme: »Eh, Umberto, sieh mal, was wir hier haben! Einen Jungen, der seine Knöpfe verloren hat!« Umberto stimmte in ihr Lachen ein und schlug sich klatschend auf die Schenkel. Arthurs dünne, weiße Beine waren wie gelähmt.

»He, du kleines Knochengestell«, schrie Umberto und zeigte auf Arthurs Blöße, »was machst du denn da? Haha, Ramona, sieht aus wie 'n alter Lüstling, was?« Seine Scherze begeisterten ihn derart, dass er schließlich, von Lachkrämpfen geschüttelt, hilflos über dem Spülbecken hing. Ramona war zu ihrem Hackklotz zurückgegangen. Arthur zog die

Hose hoch und hielt sie fest. Was hatte Ramona nur sagen wollen, bevor Umberto dazwischenplatzte? Er suchte nach einem Hinweis in ihren Augen, entdeckte aber nichts als Spott. Der Anblick des wieder bekleideten Arthur rief bei dem italienischen Jungen noch größere Heiterkeit hervor. Er taumelte vom Spülbecken zu Ramona und stützte sich auf ihre Schultern, während ihm die Lachtränen übers Gesicht liefen. Arthur drehte sich um und rannte hinaus.

In der Nacht, zwischen elf und halb zwölf, bekam er in seinem Bett einen Anfall, der mehrere Jungen im Schlafsaal aufweckte. Am nächsten Tag lief er davon, noch ganz benommen von einer starken Dosis Dolantin.

Arthur wurde als Telegrafenbote bei der Western Union angestellt, nachdem er dem Mann versichert hatte, er sei in dieser Eigenschaft bereits in Buffalo tätig gewesen.

»Ist das auch wahr?« Der Mann sah ihn unter seinem grünen Augenschirm misstrauisch an. »Hast du flinke Beine?«

»Jawohl, Sir.«

»Und wie redest du mit Frauen?«

»Möglichst wenig, Sir.«

Das fand der Mann ungeheuer witzig, und Arthur hatte den Job. Er bemerkte nicht, dass Arthur den größten Teil seines Körpergewichts auf das rechte Bein verlagerte, weil das linke vor Schwäche zitterte.

Arthur mietete sich ein möbliertes Zimmer über dem Majestic-Kino. Von seinem ersten Lohn kaufte er ein paar künstliche Blumen und stellte den Strauß auf die Kommode. In der folgenden Woche kaufte er als Wandschmuck ein japanisches Deckchen, in imitierter Petitpoint-Stickerei mit dem Spruch *Home is where the heart is*. Seine Hoffnung, diese beiden Gegenstände würden das große, düstere Zimmer freundlicher machen, erfüllte sich nicht. Im Gegenteil, der Raum sah noch trübseliger aus. Wenn ich mal ein eigenes Haus habe, dachte er, hänge ich das Deckchen im sonnigen Flur an die Wand.

Manchmal setzte er sich in den Vorraum des Kinos, aber er fühlte sich dort ungemütlich, so als wäre er weit weg von daheim. Außerdem erinnerte ihn das grüne Linoleum des Fußbodens an die Anstalt. So saß er denn meistens auf seinem Bett und las oder versuchte zu schlafen oder grübelte darüber nach, was aus ihm werden sollte. Hin und wieder dachte er auch an Ramona und fragte sich, was sie ihm wohl hatte sagen wollen, als der junge Italiener in die Küche kam.

6

Abends war das Krankenhaus so etwas wie eine hell erleuchtete Sackgasse, mit der Außenwelt verbunden durch einen Strom von Besuchern, durch üppig blühende Azaleen, verpackt in Folie samt grünen Bändern, und durch einen missmutigen kleinen Mann, der jeden Tag kam, um Zeitungen zu verkaufen. In den Dauerpatienten vollzog sich eine heimtückische Metamorphose – die Außenwelt trübte sich, verblasste wie ein der Sonne ausgesetztes Aquarell, während das Krankenhaus der Mittelpunkt und die einzige Realität des Universums wurde. Ärzte und Schwestern schienen im Krankenhaus geboren zu sein und immer dort gelebt zu haben, mit kurzen Intervallen der Abwesenheit zwecks Schulung, Heirat und dergleichen. Tagsüber war es leichter zu glauben, dass diese Leute in ihrer Freizeit ein eigenes Leben in Häusern und Wohnungen der Stadt führten, nachts dagegen schien es ganz sicher, dass sie irgendwelchen geheimen Verliesen innerhalb des Krankenhauses entstiegen.

Zu den Dauerpatienten, für die es keine Außenwelt mehr gab, gehörte Minnie. Sie starb langsam, heiter und ohne irgendwem lästig zu fallen. Gelegentlich sprach sie positiv auf ein Medikament an, beinahe als wollte sie dem Oberarzt oder dem jungen Assistenzarzt, der es ihr gegeben hatte, eine Freude machen. Dann verfiel sie wieder, und die Schwestern bemühten sich um sie und redeten ihr gut zu, weil keine von ihnen wollte, dass Minnie während ihrer Schicht starb. (Seltsamerweise hatten viele Schwestern noch nie einen Toten gesehen. Sie konnten das Herannahen des Todes förmlich riechen und schafften es dann immer, den Dienst mit einer von denen zu tauschen, für die der Tod nichts Beunruhigendes hatte.)

Minnie lag zwar im Sterben, aber sie starb nicht, und das war die einzige Überraschung, die sie dem Pflegepersonal bereitete. Morgens bei der Patientenübergabe war sie die Letzte, die erwähnt wurde. »Sie ist noch da«, sagte die abgelöste Schicht zur nächsten. »Hält tapfer durch, die zähe kleine Person. Kichert, obgleich sie dem Tod schon halb im Rachen steckt. An der können wir uns alle ein Beispiel nehmen.« Das heisere Geräusch in Minnies Kehle war aber kein Kichern, auch kein Todesröcheln, wie manche meinten (und wie es schon zweimal bei der morgendlichen Staffelübergabe behauptet wurde), nein, es war das Geräusch der Angst, die dort lauerte. Die tapfere kleine Person ängstigte sich – war vor Angst übergeschnappt? Hatte tödliche Angst? Einige Schwestern liebten sie, weil sie so selten Besuch bekam und weil es so schlimm um sie stand. Das seltsame Nebeneinander von Liebe und Grauen fiel den meisten gar nicht auf.

In Augenblicken höchster Gefahr, wenn der Tod allzu nah herankam, weil ein lebenswichtiges Organ allzu lange außer Funktion gewesen war, oder wenn die Genehmigung für irgendeine Maßnahme eingeholt werden musste, erging ein Ruf an Minnies Angehörige, und dann kamen sie, voran eine kräftige Tochter, dahinter mehrere hoch gewachsene Männer – vielleicht Söhne, vielleicht Neffen – und meistens auch ein halbwüchsiger Junge, der sich ein Transistorradio ans Ohr hielt, sowie ein Mädchen, das Kaugummi kaute und die gutaussehenden Assistenzärzte anstarrte.

»Stell dein Radio aus, Lee-Roy.« Der Junge gehorchte und machte einen tapferen Versuch, die sterbende alte Frau zu küssen. Die Männer waren stark und liebevoll und schlossen Minnie in die Arme, als wäre sie ein hübsches junges Mädchen. Dies war die einzige Gelegenheit, bei der Minnie wirklich lächelte, und ihr Lächeln hatte etwas so Intimes, dass die Tochter den Blick abwandte.

Miss Oxford, die Oberschwester, liebte Minnie, weil sie fand, das gehöre zu ihrem Job. Überdies war sie besonders angetan von der minuziösen Genauigkeit, mit der man die vielen mechanischen Vorrichtungen in Gang halten musste, die notwendig waren, um Minnie am Leben zu erhalten. Die erforderlichen Handgriffe, die in logischer Folge von Verunreinigung zu Sterilität führten, bedeuteten Freude und Trost für Miss Oxford. Ihre farblosen Augen wurden dann besonders hell, sie summte eine kleine, aus vier Tönen bestehende Melodie oder sprach lateinische Sätze leise vor sich hin. »*Ad hoc*«, sagte sie etwa, während sie Instrumente in den Sterilisator legte. (Sie benutzte diese Worte oft als Mittel, den Schleim in ihrer Kehle zu lösen. *Ad hoc!*) Ihr Lieblingssatz aber war *Sic semper morbidis,* eine selbst erfundene Abwandlung des Wahlspruchs ihrer Heimat Virginia: *Sic semper tyrannis.* In unerfreulichen Stunden, etwa bei nächtlicher Schlaflosigkeit oder bei endlosen Visiten, an denen auswärtige Professoren teilnahmen, heiterte sie sich im Stillen mit Abkürzungen auf oder mit *hic, haec, hoc,* entweder unhörbar gesungen oder in Versform gebracht. *Hicity, haecity, hoc,* ene mene miste, es rappelt in der Kiste ... *Jawohl, Dr. Shaw, q. i. d. heißt viermal täglich. Jawohl, Dr. Shaw, p. r. n. heißt wenn der Zustand kläglich. P. r. n. und q. i. d.,* – ene mene mu und tot bist du.

Manchmal lächelte Miss Oxford über das, was in ihrem Kopf vor sich ging.

Als sich Miss Oxford davon überzeugt hatte, dass Warren, Arthur und Junie Moon tatsächlich beabsichtigten zusammenzuwohnen, benachrichtigte sie die Sozialhelferin.

»Ich dachte, Sie würden gern Bescheid wissen«, flüsterte sie. »Meiner Meinung nach haben die drei den unbewussten Wunsch, die freudianische Urszene wiederherzustellen.«

»Du lieber Himmel«, stöhnte Binnie Farber, die Sozialhelferin, »Sie haben zu viele Vorträge über Sexualpsychologie gehört.« Nach dem Mittagessen nahm sie Warren beiseite und befragte ihn wegen dieses Planes. Sie hatte Warren gern. Seine wilde Entschlossenheit angesichts unmöglicher Situationen rührte sie. Don Quijote im Rollstuhl.

»War ja bloß so eine Idee«, sagte er mit neutraler Miene aus den Tiefen seines Bartes heraus.

»Ach, sieh mal an«, meinte Binnie Farber spöttisch.

»Miss Farber, wir kennen uns jetzt sieben Jahre, und noch nie habe ich erreicht, dass Sie mir etwas glauben.«

»Versuchen Sie's weiter«, riet sie ihm.

»Sie wird uns helfen«, sagte Warren zu Arthur. »Die Farber tut bloß immer so unbeteiligt, damit ich nicht merke, was sie wirklich denkt.«

»Aber du merkst es?«

»Natürlich.« Warren fand es nun an der Zeit, über Junie Moon zu sprechen. »Ich habe mir überlegt«, begann er, »dass wir nichts Dümmeres tun können, als uns mit einer Frau zu belasten.«

»Was?«

»Junie Moon ist eine Belastung.«

Arthur dachte lange nach, bevor er antwortete. Er zupfte nervös an den Aufschlägen seines Bademantels, und ein Muskelkrampf, den er nicht so schnell unter Kontrolle bekam, zerrte ihm den Kopf zur Seite. Bis jetzt stammten sämtliche Pläne von Warren. Er besaß ein Album mit Sitzecken und einen Stadtplan und Zeitungsausschnitte mit Stellenangeboten. So viel Anmaßung war geradezu beklemmend.

»Ich mag Junie Moon«, sagte Arthur schließlich.

»Klar«, erwiderte Warren. »Aber das ist nicht der springende Punkt. Ich mag sie auch. Ehrlich, ich halte sie für einen feinen Menschen.«

»Ich verstehe«, sagte Arthur.

»Meiner Ansicht nach hat sie eine zumindest durchschnittliche Intelligenz.«

»Was hat denn das damit zu tun?«

»Wie es um ihre Moral bestellt ist, weiß ich natürlich nicht.«

»Nein«, sagte Arthur, »wie solltest du auch.«

»Hör mal …«

»Nein, zur Abwechslung hör du mal zu.« Es war so anstrengend, sich gegen Warren durchzusetzen, dass Arthur kreidebleich wurde. Er verabscheute die körperlichen Vorgänge, die sich bei Ärger und Auseinandersetzungen immer bemerkbar machten – besonders den kalten Schweiß und das heftige Zittern. »Du hast sie doch schon aufgefordert, mit uns zu kommen. Wie stellst du dir das jetzt vor?«

»Ich dachte, wir beide könnten vielleicht mit ihr reden.«

»Wir beide? Zieh mich gefälligst nicht in deine schmutzigen Intrigen rein.« Damit ging er in Richtung seines Bettes davon.

»Lauf nicht weg«, rief Warren und verfolgte ihn im Rollstuhl. »Ich möchte mit dir reden.«

»Eben das suche ich zu vermeiden.«

»Aber wir können unser Zusammenleben doch nicht damit beginnen, dass wir einander aus dem Weg gehen. Erwachsene Menschen müssen über ihre Probleme sprechen.«

»Ich bin nicht mehr so sicher, dass irgendwer von uns mit irgendwem zusammenleben wird«, erwiderte Arthur, ohne aufzublicken.

Warren wurde unter seinem Bart blass und sah aus, als hätte Arthur ihm mit Mord gedroht. Nach einer Weile begann er von Neuem zu sprechen, und jetzt war keine Bosheit mehr in seiner Stimme, sie hörte sich kindlich und unsicher an.

»Na gut, du kannst deine Junie Moon haben«, sagte er, als handle es sich um eine Murmel oder einen Baseballhandschuh. »Sie ist mir absolut gleichgültig, und ich habe keine Lust, mich ihretwegen zu streiten.«

Dies war einer der wenigen Siege, die Arthur jemals errungen hatte, und er war nahe daran, in Tränen auszubrechen.

Und während er versuchte, sich zu beherrschen, versuchte er gleichzeitig, sich an jede qualvolle Einzelheit des soeben Vorgefallenen zu erinnern – wie an ein Rezept. Wer weiß, dachte er, vielleicht will ich irgendwann noch mal siegen.

7

Die sogenannten großen Visiten, bei denen eine Menge Ärzte, Schwestern, Medizinstudenten und meistens auch ein paar auswärtige Kapazitäten von Bett zu Bett gingen, um Fortschritte oder Rückschritte im Befinden der Kranken zu diskutieren, fanden mittwochs statt und begannen um halb zehn. Dann stand der junge Assistenz- oder der Stationsarzt in strammer Haltung am Fußende des Bettes und resümierte die Krankengeschichte des betreffenden Patienten. Er war sehr darauf bedacht, sämtliche Fakten zu erwähnen, denn er wusste, dass einige seiner Kollegen sich mehr für den Phosphatspiegel interessierten, während andere etwas über die Nierenfunktion zu hören wünschten.

Die Vorbereitungen für diese Visiten begannen schon in der Nacht. Zwischen zwölf und eins erschien einer der Pförtner, um die Böden aufzuwischen. Wenn er Nachttische, Schemel und Ähnliches beiseiterückte, stieß er mit seinem Eimer geräuschvoll an die Betten. Gegen drei Uhr folgte ihm der Mann mit der Bohnermaschine. Ed, der Aufwischmann, ein scharf und säuerlich riechender Mensch, dessen Scheuerlappen sich wie eine fette Schlange über den Boden bewegte, sah die Patienten an, als verbüßten sie hier die Strafe für irgendein schweres Verbrechen. Vernon, der Bohnermann, schob seine Maschine wie im

Traum vor sich her. Zuweilen kam ein dünnes Winseln von seinen Lippen, das er möglicherweise für ein Lied hielt.

Mittwochs machten die Nachtschwestern das Licht statt um sechs schon um fünf Uhr an und begannen ihre Runde mit Bettpfannen, Pillen und Thermometern. Die Patienten wurden angewiesen, sich ordentlich zu waschen und zu kämmen und die weißen Krankenhaushemden anzuziehen. Blumen und andere persönliche Gegenstände wurden weggeräumt – sie mussten sterilen Behältern für Verbandzeug und Instrumente weichen.

»Halt!«, sagte Warren zu Miss Holt. »Sie schrubben ja alles weg, was von mir noch übrig ist.«

»Aber Ihr Innenleben wird bleiben«, versicherte Miss Holt.

»Übrigens, wenn Sie irgendwelchen Einfluss auf Arthur haben sollten, dann bitten Sie ihn doch, den Stationsarzt nicht zu korrigieren, wenn er die Laborbefunde vorliest. Der ist nämlich von der übelnehmerischen Sorte.«

Sie kamen wie ein Schwarm weißer Vögel und scharten sich um das erste Bett im Saal.

»Wie fühlen Sie sich?« Ein langer, ältlicher Mann stellte jedes Mal diese Frage, sobald der Stationsarzt den Fall vorgetragen hatte.

»Besser, Herr Doktor.«

»Das ist gut.«

»Nur eines, Herr Doktor …«

»Ja?« Aber der Doktor hatte sich dem Stationsarzt zugewandt. »Wie ist eigentlich der Schillingtest ausgefallen?«

»Beim Atmen ...«

»Gewiss, gewiss.« Und zum Stationsarzt: »Vielleicht fanden Sie den Test überflüssig?«

»Beim Atmen tut es mir weh, Herr Doktor.«

»Und wenn Sie schon mal dabei sind, auch gleich einen Vierundzwanzig-Stunden-Urin. Nun also, wie fühlen Sie sich?«

»Besser, Herr Doktor.«

»Gut.«

»Nur beim Atmen ...«

»Ach ja – rufen Sie mich doch im Labor an, wenn Sie diesen Urin zurückbekommen. Wir haben da einen jungen Mitarbeiter, der Ihnen vielleicht behilflich sein kann.« Und während sie weitergingen, diskutierten sie über eine neue Veröffentlichung aus Cleveland.

Arthur wurde die Vorstellung nicht los, dass diese Menschen, die mittwochs Visite machten, in Wirklichkeit einem Chor angehörten und jeden Augenblick ein Lied anstimmen könnten. Zum ersten Mal hatte er diesen Gedanken als kleiner Junge gehabt, während der endlosen ärztlichen Versuche, sein Leiden zu diagnostizieren. Es fiel ihm oft schwer, nicht zu lachen. Wenn all die Weißkittel an seinem Bett standen, konnte er einfach nicht ernst bleiben. Diese Lachanfälle waren mal so, mal so interpretiert worden, neuerdings als Anzeichen für Blutplättchen, die sich in seinem Gehirn bildeten und eine emotionale Labilität verursachten.

Oh, promise me that some day you and I, sang mit unhörbarem Sopran die Psychiaterin, die neben dem Spezialisten für Diabetes stand. Ihre Lippen formten ein tadelloses H, und die Töne kamen klar und rein.

Lightly flying over the snow with a hey, ha ha ha, schmetterte Miss Oxford mit ihrem schwankenden Alt, die Augen auf das Instrumententablett gerichtet.

Let every young married man sing to his wife, stimmten der Doktor mit dem Schillingtest und zwei andere Baritone ein Trinklied an.

Arthur fühlte sich elend. Das stumme Lachen blähte ihm den Leib und übte einen gefährlichen Druck auf die Blase aus. Obendrein hatte er vergessen zu urinieren.

»Geht es Ihnen besser?«

Er wusste, dass es ihnen ziemlich egal war, ob er antwortete oder nicht, wenn er jedoch schwieg, so fragten sie aus purer Gemeinheit von Neuem.

»Ja«, stieß er mühsam, fast unhörbar hervor. Ach bitte, bitte, geht weg, dachte er.

»Fühlen Sie sich – äh – stärker deprimiert?«, erkundigte sich die Psychiaterin.

Mein Gott, dachte Arthur, sie hat wirklich einen Sopran, mit Vibrato und allem.

Der lyrische Tenor, ein kleiner rötlichblonder Mensch mit gepflegten Fingernägeln, begann Arthurs Reflexe zu prüfen. *Ein Loch ist im Eimer, Karl-Otto ...* Er klopfte auf die Kniescheibe. *Verstopf es, oh Henry ...* Er strich mit dem Griff des Hämmerchens über Arthurs Fußsohle.

»Hahahaha!«, schrie Arthur los.

Der Doktor fuhr zurück. »Habe ich Ihnen wehgetan?«, fragte er mit mädchenhaft hoher Stimme. Er war gereizt, denn er wusste, dass er Arthur nicht wehgetan haben konnte.

»Nein«, keuchte Arthur, »es war bloß …«

Aber die Gruppe hatte sich schon zum Gehen gewandt.

»Blutplättchen«, hörte er einen von ihnen sagen.

An Warrens Bett kamen seine Zukunftspläne zur Sprache.

»Warren und Arthur wollen zusammenwohnen, wenn sie das Krankenhaus verlassen«, sagte der Stationsarzt und lächelte nachsichtig.

»Tatsächlich?«, fragte der Diabetesdoktor. Er blinzelte Miss Oxford zu, die rasch zu Boden schaute.

»Allerdings«, bestätigte Warren. »Arthur und ich und Junie Moon.«

»Wer?«, fragte der Doktor, der einen Scherz vermutete.

»Junie Moon, die Patientin mit den Verätzungen«, erklärte der Stationsarzt.

»O Gott!« Der Doktor hatte gar nicht »O Gott« sagen wollen und versuchte es nun zu vertuschen, indem er »aha, so so«, sagte.

»Es sind schon schlechtere Pläne auf dieser Welt gemacht worden«, bemerkte Warren und blickte dem Doktor fest in die Augen.

Ein junger Medizinstudent mit einem Kindergesicht und blonden Wimpern kicherte und bemühte sich, diesen Laut in ein Räuspern umzuwandeln.

»Was ist hier eigentlich so furchtbar komisch?«, fragte Warren.

Der Diabetesdoktor, selbst der Gefahr glücklich entronnen, stellte sich sofort gegen den Studenten. »Ja, wirklich, Martinson, verraten Sie uns mal, was Sie so komisch finden.«

Martinsons Welt geriet plötzlich aus den Fugen. Er hatte nicht die Absicht gehabt, sich über Warren zu mokieren. Selbstverständlich hatte er während einer großen Visite nicht kichern wollen, schon gar nicht in Gegenwart des Spezialisten für Diabetes, den er sehr verehrte und auf den er einen guten Eindruck zu machen wünschte.

»Nichts, Sir«, sagte er.

Der Doktor wollte gerade seine Attacke fortsetzen, als Warren ihn unterbrach.

»Wir laden Sie dann mal ein, Doktor«, sagte er. »Werden Sie kommen?«

»Aber ja«, antwortete der Doktor lächelnd. »Sehr gern.«

Warren kniff die Augen zusammen. »Ich nehm Sie beim Wort.«

Als sie weitergingen, blieb der Student Martinson an Warrens Bett stehen.

»Entschuldigen Sie bitte«, sagte er mit dem offenen Blick eines achtjährigen Kindes. »Es ist mir nur im ersten Moment so komisch vorgekommen.«

Warren sah ihn an. »Dann behalten Sie's für sich.«

»Ich habe mich entschuldigt«, sagte Martinson leicht gereizt.

»Ihre Selbstgefälligkeit beeindruckt mich kein bisschen, und auch nicht Ihr schlechtes Benehmen«, versetzte Warren.

»Also das ist doch ...« Martinsons Wangen röteten sich.

»Auch nicht Ihre heuchlerische Art«, fügte Warren hinzu.

»Werden Sie nicht ausfallend«, warnte Martinson. »Bedenken Sie, dass Sie hier Patient sind.«

»Ihr dickes Babygesicht erschreckt mich zu Tode«, sagte Warren. Er hüpfte wie ein Akrobat aus dem Bett und fuhr in seinem Stuhl davon, wobei er das eine Rad geschickt über die Zehen des Studenten rollen ließ.

Seite an Seite beobachteten Junie Moon und Minnie, wie die Ärzte von einem Bett zum anderen gingen. Minnie fürchtete sich immer entsetzlich vor ihnen, und Junie Moon versuchte nach besten Kräften, ihr Mut zuzusprechen.

»Heute bringen Sie mich bestimmt um«, sagte Minnie leise.

»Unsinn, die bringen dich doch nicht um.«

»Sie werden sagen: ›Minnie, wir behandeln Sie jetzt nach einer neuen Methode‹, und dann ist es passiert. Warum brauche ich bloß so viele Behandlungen?«

»Weil du böse und niederträchtig bist.«

Minnie versuchte über Junie Moons Scherz zu lachen, aber ihre Kehle war trocken und rau. »Diesmal gebe ich meine Einwilligung nicht. Ich weigere mich, und damit basta.«

»Das ist dein gutes Recht«, erwiderte Junie Moon. »Schließlich gehört dein Körper ganz allein dir.«

»Ich weiß. Ich armes altes Ding.« Sie brach in Schluchzen aus, und das machte Junie Moon nervös.

»Ich will dir was sagen: Wenn sie kommen, fängst du sofort an zu reden, bevor sie überhaupt den Mund aufmachen können. ›Ich wünsche keine neue Behandlung‹, erklärst du ihnen so rasch, dass sie keine Zeit haben, irgendwas anzuordnen.«

»Die hören doch nicht auf mich. Sie stellen mir Fragen, aber wenn ich antworten will, unterhalten sie sich miteinander.«

»Du musst eben ganz laut sprechen.«

»Das habe ich mal gemacht, und da wurden sie fuchsig.«

»Wie wär's, wenn du Französisch mit ihnen redest?«

»Ich kann kein Französisch.«

»Die vielleicht auch nicht. Dann bist du gerettet.«

»Aber wenn sie nichts verstehen, was hilft's dann?«

»Du sagst ja, sie hören dir sowieso nicht zu. Da ist es doch egal, ob du Französisch mit ihnen redest oder nicht.«

»Du bringst mich ganz durcheinander, Junie Moon.«

»Na ja«, sagte Junie Moon, »wenigstens lenkt es dich von dir selbst ab.«

»Wenn man sich vorstellt, dass die ganze Geschichte von einem kleinen Pickel an meinem Finger kommt.«

»Mach keine Witze«, sagte Junie Moon mit einem Blick auf all die Röhren und Schläuche. Minnie behauptete immer, dieser kleine Pickel wäre der Ursprung ihrer sämtlichen Leiden.

»Ich bin zu Doktor Hogg gegangen. Er wohnt über dem Drugstore, und seine Sprechstunde hält er im Vorderzimmer ab. Ich kannte Doktor Hogg schon seit vielen Jahren. Er verarztete meinen Daddy und meine Mama und uns Kinder, mal das eine, mal das andere oder auch alle zusammen, wie damals, als wir Mumps kriegten. Wir waren sieben Gören, alle mit Mumps, und der Doktor ging durch das ganze Haus von einem Bett zum anderen – ein paar von uns lagen zu zweit in einem Bett –, und er sah uns in den Hals und maß unsere Temperatur. Sogar Mama und

Daddy waren krank. Weißt du, es war wie bei einer großen Visite. Nur dass er eben, wenn er gefragt hatte, wie es uns ging, unsere Antwort abwartete. Na, jedenfalls zeigte ich ihm vor einem Jahr diesen Pickel, und da sagte er: ›Minnie, mit dem Finger ist gar nichts los, das wird von allein wieder gut, machen Sie sich deswegen nur keine Sorgen.‹ Ich ging also nach Hause, hörte aber nicht auf, mir Sorgen zu machen. Nach ein paar Tagen ging ich zu einem anderen Arzt. Du lieber Gott, das war ein schrecklicher Fehler. Wenn ich eine einzige Entscheidung in meinem Leben noch mal treffen könnte, dann würde ich Doktor Hoggs Rat befolgen und diesen Pickel in Ruhe lassen. Aber nein, eben das hat Minnie nicht getan. Junie Moon, kannst du dir vorstellen, dass ich mal eine kräftige, gesunde Frau war? Junie Moon, weißt du, dass ich erst zweiundfünfzig bin?«

Gewiss sind es die Schmerzen, dachte Junie Moon. Und immerfort den Tod vor Augen haben, das saugt einem das Mark aus den Knochen und trocknet einen aus. Es macht das Haar spröde und stumpf. Und die Hände werden zu Krallen, als wäre es das Wichtigste, sich festzuklammern.

»Du siehst nicht einen Tag älter aus als neununddreißig«, versicherte sie.

»Klar. Ich und Jack Benny«, sagte Minnie. »Aber ich bin dir nicht böse wegen deiner Lügerei. Wenn ich alt aussehe, lüge mich nur an. Und wenn ich sterben muss, belüg mich erst recht.«

»Du wirst nicht sterben, Minnie.«

Minnies Gedanken begannen zu wandern, wie es bei ihr oft der Fall war. Das Sprechen schien sie angestrengt zu haben. Sie drehte sich auf die andere Seite, und ihre Stimme unter den Decken war kaum hörbar.

»Tante Tulie brachte uns Apfelmus, damals, als wir alle mit Mumps im Bett lagen. Sie brachte es in einer großen geblümten Schüssel und ging damit durch das ganze Haus, bevor sie es in die Küche stellte.«

Ein langes Schweigen, dann ein leises Kichern, wie von einem Kind.

»Weißt du, wie frisch gekochtes Apfelmus riecht? Es riecht frisch. Und warm. Aber wenn man Mumps hat – wirklich schlimm, meine ich –, dann riecht Apfelmus ekelhaft säuerlich. Großer Gott, Junie Moon, wir kamen fast um, bis sie endlich dieses Apfelmus in die Küche stellte und die Tür zumachte. ›Tante Tulie‹, schrien wir, ›Tante Tulie, nimm das verdammte Apfelmus weg, bevor du uns damit umbringst. Dieser grässliche saure Geruch ist Gift für unsere Mumpsdrüsen!‹ Die arme alte Tulie, sie war schwer gekränkt … ›Tante Tulie! Ist ja schon gut, Tante Tulie.‹«

Minnie drehte sich langsam zu Junie Moon um. Ihr Gesichtsausdruck war so, wie schwer kranke Menschen ihn manchmal haben: kritiklos und ergeben. Sie sah fremd und unbeteiligt aus.

»Ich muss dich was fragen«, sagte sie.

Junie Moon ahnte, dass es etwas war, wonach sie nicht gefragt werden mochte. Für solche Dinge hatte sie ein Gespür – wie ein alter Hund, der mit der Nase den Wind prüft.

»Was willst du mich denn fragen?«, murmelte sie nach einer Weile.

»Wenn es mir wieder besser geht – kann ich dann zu dir und Arthur und Warren kommen und bei euch wohnen?«

»Na klar«, sagte Junie Moon. Sie sagte es sehr rasch, damit Minnie nicht denken sollte, sie zögere, weil sie eine Genesung für unmöglich halte. Wenn man schon lügt, kann man es ebenso gut rasch und überzeugend tun.

8

Wir müssen ein paar Pläne machen«, sagte Warren. »So langsam glaubt nämlich keiner mehr, dass es uns ernst ist.«

»In deinem Drang nach Bestätigung offenbart sich ein schwerer Persönlichkeitsdefekt«, stellte Junie Moon fest und sah Warren über den Rand der Zeitschrift *The Resident Physician* hinweg an.

»Woher hast du bloß diese geschwollene Ausdrucksweise?«, fragte er.

»Von Miss Oxford. Sie geht in zu viele Psychologievorträge und hat immer ein paar Phrasen auf Lager.«

»Trotzdem«, begann er von Neuem, »sie halten uns allmählich für Träumer und Fantasten. Meinst du, dass Arthur wirklich mit uns zusammenwohnen will?«

»Lächerlich.«

»Zuerst hast du mich loswerden wollen. Doch, doch, leugne nicht. Und jetzt ist es Arthur.«

»Ich wollte ja nur, dass jeder seiner Sache sicher ist.«

»Welcher Sache?«

»Dass jeder … ach, zum Teufel, ich weiß nicht. Du bohrst immer so.«

»Bei dir muss man eben aufpassen. Ich habe beobachtet, dass du dazu neigst, die Führung an dich zu reißen, wenn der andere zufällig schüchtern ist.«

»Es wäre sehr bedauerlich, wenn keiner von uns Führungsqualitäten hätte«, erwiderte Warren. »Außerdem lassen sich die meisten Leute gern sagen, was sie tun sollen.«

»Diese Theorie stammt von Leuten, die anderen Leuten sagen, was sie tun sollen. Aber wenn du meinst, dass wir unbedingt einen Boss brauchen – warum nimmst du nicht das Heft in die Hand? Ich bin bereit, dich vorzuschlagen und für dich zu stimmen. Wir werden mit Arthur darüber sprechen. Wenn's ihm recht ist, soll's mir auch recht sein.« Sie verschwand wieder hinter der Zeitschrift, als wäre der Fall damit erledigt.

»Und das soll ich dir glauben?«, sagte er.

»Durchaus. Ich finde einfach, man sollte nichts unversucht lassen, um jemanden zu beruhigen.«

»Bitte, leg diese Zeitschrift weg und rede mit mir. Wozu musst du das überhaupt lesen?«

»Ich interessiere mich für die Stellenangebote.«

»Wieso? Du bist doch kein Arzt?«

»Herrje, Warren, das weiß ich selber.« Sie warf ihm aus ihren entstellten Augen einen scharfen Blick zu. »Also, was für Pläne müssen wir denn machen?«

»Ich habe eine Liste geschrieben«, sagte er und zog ein Blatt Papier aus der Tasche seines Bademantels. »Ich möchte sie dir vorlesen und dann deine Meinung hören.«

»O nein, bitte nicht!«, rief sie. »Wenn jemand laut liest, kann ich mich nicht konzentrieren. Weil ich dann immer auf die Stimme horche und die Mundbewegungen beobachte.« Sie nahm die Liste, sah sie durch und hob nach einer Weile erstaunt den Kopf. »Sag mal, Warren, was soll das eigentlich bedeuten? Hier steht: Kartoffeln, Müll, einander abwechseln, Banksachen ... Was heißt denn das!«

»Ich habe die Dinge so notiert, wie sie mir einfielen. Und es ist nichts darunter, was nicht gründlich überlegt sein will.«

»Schön, aber wenn du schon dabei bist, solltest du auch hinschreiben: Wohnung suchen.«

»Vielleicht können wir ein Haus mieten«, sagte er nach kurzem Schweigen. »Als ich in Boston lebte, hatten wir ein Haus, und das werde ich nie vergessen.«

»Und wer soll es sauber machen?«

»In Boston hatten wir zweimal wöchentlich eine Putzfrau, und wenn sie ging, war alles blitzblank.«

Junie Moon griff wieder nach ihrer Zeitschrift.

»Es roch so gut nach Möbelpolitur«, fügte Warren hinzu, und plötzlich durchzuckte ihn eine heiße Sehnsucht nach seiner Großmutter und nach Guiles.

»Na, als Boss bist du wirklich praxistauglich«, spottete Junie Moon. »Woher, zum Kuckuck, soll denn eine Putzfrau kommen? Und wovon soll sie bezahlt werden?« Sie bemerkte den kummervollen Ausdruck auf Warrens Gesicht – wenigstens hielt sie es für Kummer. Warren mit seinem Bart, Arthur mit seinen Ticks und seinen Anfällen, sie selbst mit ihren Nähten und Narben – es war für jeden von ihnen schwer herauszufinden, was die anderen empfanden. Aber sie versuchte, auf ihn einzugehen.

»Warren, ich finde die Idee mit dem Haus eigentlich schön. Sehr schön. Diese Sozialhelferin, die du hast – vielleicht kann die uns einen Rat geben.«

Warren lächelte. »Mit Saubermachen könnten wir uns ja abwechseln.«

Sie sahen Arthur den Korridor entlangkommen. Zweifellos, sein Gang hatte sich zum Schlimmeren verändert. Auf eine abrupte, taumelnde Bewegung folgte eine Reihe von kleinen, schleudernden Schritten, die immer unsicherer wurden und sich wie ein über eine Wasserfläche hüpfender Stein immer mehr verlangsamten, bis ein taumelnder Ruck die Beine aufs Neue in Bewegung brachte. Arthurs Hände flatterten dabei fortwährend hin und her und von oben nach unten, in dem erfolglosen Versuch, den Körper im Gleichgewicht zu halten. Bei genauer Beobachtung entdeckte man einen vorhersehbaren Rhythmus in Arthurs Gang, eine Art siebentaktige Kadenz, die an eine dissonante Passage elektronischer Musik erinnerte. Während Warren auf Arthur schaute, dachte er, dass Guiles vielleicht eine kleine Begleitmelodie für diese Schrittfolge komponiert hätte. Dann wurde ihm klar, dass er seine boshaften Gedanken mit der Zeit mehr und mehr Guiles zuschrieb.

»O je, o je«, sagte Junie Moon.

»Teppiche sollten wir für unser Haus lieber nicht kaufen«, meinte Warren.

»Wir schaffen es nie«, verkündete Arthur, nachdem ein enormer Aufwand an Energie und Selbstbeherrschung ihn in einem Sessel hatte landen lassen.

»Du alter Pessimist«, sagte Junie Moon.

»Ich bin bloß realistisch«, erwiderte er. »Wo soll denn das Geld herkommen?«

»Da wird sich schon eine Möglichkeit finden«, sagte Warren. »Das Wichtigste ist erst mal das Haus.«

»Nein«, widersprach Arthur, »das Wichtigste ist nicht das Haus, sondern Geld.«

»Vielleicht könnte ich einen Job finden«, meinte Junie Moon.

Warren senkte den Blick auf seine dünnen, atrophischen Beine und zupfte nervös an seinen Hosenträgern. Arthur versuchte etwas zu sagen, aber ein Krampf der Schulter- und Rückenmuskeln schnürte ihm die Kehle zu. Junie Moon sah langsam von einem zum anderen. Sie dachte, dass sie sich eines Tages gründlich würden aussprechen müssen.

Schließlich fanden die Worte aus Arthurs Kehle heraus. »Das wird wohl nicht nötig sein«, sagte er. »Ich will versuchen, wieder als Telegrafenbote zu arbeiten.«

»Ich sehe schauderhaft aus, was?«, fragte sie.

»Nein«, antwortete Arthur. »Es wird von Tag zu Tag besser.«

»Du gewöhnst dich nur allmählich daran.« Sie wandte den Kopf ab.

»Bitte lass das«, sagte Warren. »Ich weiß nämlich nie, wie ich mich verhalten soll, wenn Frauen unglücklich sind.«

»Was machst du, wenn Männer unglücklich sind?«, erkundigte sich Arthur.

»Ich erinnere mich, dass Guiles manchmal weinte. Dann habe ich ihm den Nacken massiert, und das schien beruhigend auf ihn zu wirken. Nach einer Weile schüttelte er sich wie ein Hund und hatte es überwunden. Aber Frauen – wenn man da irgendwas sagt, weinen sie noch mehr.«

»Ich habe meine Mutter nur einmal weinen sehen«, sagte Arthur. »Sie saß auf der hinteren Verandatreppe, als ich aus der Schule kam, und ihr Gesicht war ganz rot und verzerrt. Den Grund habe ich nie erfahren.«

»Jedenfalls ist das Gerede von der Schönheit der Frauen ganz unberechtigt«, bemerkte Warren.

»Das kriegen hässliche Frauen ihr Leben lang zu hören«, sagte Junie Moon. »Also halt gefälligst den Mund. Ich bin immer hässlich gewesen, aber jetzt, du lieber Himmel ...« Ihre Stimme erstarb.

»Du brauchst nicht sofort zu arbeiten«, meinte Arthur. »Das hat doch keine Eile.«

»Wir beantragen Sozialhilfe«, sagte Warren, »genau wie alle anderen auch.«

»Kommt überhaupt nicht infrage«, schrie Arthur. Seine Stimme war so laut, dass Ed, der am anderen Ende des Korridors den Boden wischte, von seiner Arbeit aufsah und neugierig zu ihnen hinüberspähte.

»O Gott«, stöhnte Warren, »jetzt müssen wir uns auch noch mit deiner Aversion gegen Sozialhilfe befassen.«

»Ganz recht, verdammt noch mal! In *meinem* Haus will ich keinen von diesen fetten, selbstgefälligen Fürsorgetypen sehen«, fauchte Arthur.

»Aha, du hast also etwas gegen die Person, nicht gegen die Sache. Gut. Ich werde darum bitten, dass sie uns einen hübschen, mageren, nicht selbstgefälligen schicken.«

»Keinen!« Arthur sprang auf, und dabei ging ein Aschenbecher zu Bruch. Die Erinnerung an Wohlfahrtsbettlaken, Wohlfahrtsunterwäsche, Wohlfahrtsessen überwältigte ihn. Er dachte zurück an den Mann im Büro der staatlichen Anstalt, der seiner Mutter so lange zugesetzt hatte, bis sämtliche Spalten des Formulars ausgefüllt waren. Irgendwelche Sparkonten oder andere Rücklagen, Ma'am? Aktien? Versicherungen, Pensionszahlungen, Renten oder Dividenden? Ich muss diese Fragen stellen. Selbstverständlich hat der Junge Anspruch auf Fürsorge. Ich kann beanspruchen, in einer Anstalt für geistig Minderbemittelte versorgt zu werden, dachte Arthur. Ein scharfes Auflachen entfuhr ihm.

»Na, und du?«, wandte er sich an Warren. »Von dir habe ich noch gar nichts über einen Job gehört.«

»Für mich kommt das nicht infrage, wie du weißt«, antwortete Warren und hob leicht das Kinn, als wäre die Sache damit erledigt.

»Nein, das weiß ich nicht«, beharrte Arthur.

»Außer meiner Lähmung leide ich auch noch an einer schweren Erkrankung der Harnorgane«, erklärte Warren.

»Quatsch«, sagte Arthur.

»Irrtum«, versetzte Warren.

»Wir müssen die Fürsorge in Anspruch nehmen«, entschied Junie Moon, »bis wir uns eingelebt haben und wissen, wie es weitergeht.« Und sie fügte hinzu: »Mach dir nicht so viel Gedanken darüber, Arthur.«

»Das erzähle ich ihm ja die ganze Zeit«, sagte Warren.

»Sei still«, befahl sie. »Ihr beide ödet mich maßlos an. Ihr erinnert mich an meine Tanten, zwei alte Jungfern, die eine klein und vergnügt, die andere lang und traurig. Da verging kaum eine Stunde, ohne dass sie sich über irgendwas stritten. Sie hatten schon so viele Jahre miteinander gelebt, dass sie ihre Zänkereien für Konversation hielten. Ja – nein,

nein – ja, so ging es die ganze Zeit hin und her. Wenn eine von ihnen das Haus verließ, etwa um Einkäufe zu machen, stritt die andere weiter, indem sie beide Rollen übernahm, bis ihre Schwester zurückkam und wieder für sich selbst sprechen konnte. Das war ihr Lebensinhalt. Ich bezweifle, dass sie je zugehört haben, wenn andere Leute sprachen.«

»Ich hatte auch zwei Tanten«, sagte Arthur. »Die saßen jeden Abend nebeneinander auf dem Sofa, baumelten mit den Beinen und redeten kein Wort. Tagsüber arbeiteten sie in einer Bank, Seite an Seite.«

»Ich hatte überhaupt keine Tanten«, berichtete Warren. »Wie findet ihr das?«

»Meine hätte ich dir gern überlassen«, sagte Arthur.

»Ich hatte insgesamt vierzehn«, verkündete Junie Moon. »Keine davon war irgendwie bemerkenswert.«

»Und ich hatte keine«, sagte Warren.

»Ich hatte einen Onkel, der sie dauernd neckte.« Arthur wurde rot, als verriete er seine intimsten Geheimnisse. »›Na‹, sagte er oft – er behandelte die beiden immer wie eine einzige Person –, ›na, wie stehts mit dem Liebesleben?‹ Jedes Mal fing er mit dieser Frage an, und dann kicherten sie und sahen verschämt zu Boden. Er aber fuhr beispielsweise fort: ›Wie wär's denn mit dem Metzger, ich habe gehört, er sucht eine Frau‹, und daraufhin kicherten sie noch lauter. ›Letzten Samstag hab ich gesehen, wie er euch schöne Augen gemacht hat‹, rief er dann, und die beiden quiekten vor Vergnügen und schlugen sich gegenseitig auf den Rücken, als hätten sie noch nie etwas so Komisches gehört.« Arthur holte tief Luft. So viel sprach er nur selten.

»Wahrscheinlich wussten sie nicht, was sie sonst tun sollten«, meinte Junie Moon.

»Hört sich nach Schwachsinn an«, sagte Warren.

»Hab ich euch nie erzählt, dass es Schwachsinn in meiner Familie gibt?« Arthur setzte sich, das Gesicht der Wand zugekehrt.

»O verflucht«, murmelte Junie Moon, »wir haben ihn gekränkt.« Sie legte ihren eingegipsten Arm um ihn und klopfte ihm mit ihrer entstellten Hand auf die magere Schulter. »Schau, Arthur, wir haben doch alle etwas, was nicht in Ordnung ist. Du und ich und Warren und Minnie, die Ärzte und Miss Oxford. Hast du gewusst, dass Miss Oxford nie in ihrem Leben mit jemandem geschlafen hat? Wenn das bei dir nicht stimmt, dann steckst du wirklich in der Klemme.«

»Woher weißt du das mit Miss Oxford?«, fragte Warren gereizt.

»Ist doch allgemein bekannt«, antwortete Junie Moon.

»Ich finde es empörend, so etwas zu sagen«, rief Warren und hieb mit der Hand auf die Armlehne seines Rollstuhls.

»Warum regst du dich denn so auf?«, fragte Arthur.

»Was jemand im Bett tut, ist seine Privatangelegenheit«, erklärte Warren. Er mochte dieses Thema nicht, weil er Angst hatte, die anderen könnten merken, dass auch er noch unberührt war.

»Miss Oxford würde sich bestimmt sehr geschmeichelt fühlen, wenn sie wüsste, wie ritterlich du für sie eintrittst«, sagte Junie Moon.

»Halt gefälligst den Mund«, knurrte Warren.

»Andererseits«, fuhr Junie Moon fort, »würde es sie vielleicht nervös machen.«

»Warum sollte sie das nervös machen?«, erkundigte sich Arthur, der Gespräche über Sex liebte. Er rückte näher an Junie Moon heran, die noch immer seine Schulter umfasst hielt.

»Weil die Leute im Allgemeinen ihre kleinen Geheimnisse lieber für sich behalten. Das ist so ähnlich, als ob man Pilze im Keller züchtet und von Zeit zu Zeit runtergeht, um nach ihnen zu sehen.«

»Ich glaube nicht, dass sie im Bett gut wäre«, warf Arthur ein und bemühte sich, den lässigen, erfahrenen Mann zu mimen.

»So was kann man nie wissen«, sagte Junie Moon. »Es kommt vor, dass einer 'ne Jungfrau entfesselt, und sie legt los wie ein Taifun.«

»Das kann man wohl sagen.« Arthur blickte Junie Moon lächelnd in die Augen.

»Quatsch«, sagte Warren und verzog verächtlich den Mund.

»Ich hab mal eine gekannt, als ich in der Anstalt war«, log Arthur und freute sich insgeheim, dass es ihm so leichtfiel. Er hoffte, Junie Moon würde ihren Arm nicht wegnehmen. »Sie war die Tochter vom Stallaufseher, und sie hatte so furchtbare Angst, einer von den schwachsinnigen Jungs könnte sie vergewaltigen, dass sie nie aus dem Haus ging.« Er lehnte sich zurück. Die schrecklichen Verkrampfungen seines Körpers waren verschwunden, und er fühlte sich so wohl wie seit Jahren nicht mehr. »Also eines Tages war ich draußen im Gemüsegarten mit einem verrückten Idioten, der Gembie hieß und immer die Raupen von den Tomatenpflanzen in seinen Hut sammelte, und da sah ich, wie sie auf die Veranda herauskam. Sie hatte sich gerade die Haare gewaschen und wollte sie in der Sonne trocknen lassen.«

»Ah«, sagte Warren, »und wie wusstest du das?«

»Es gibt Dinge, die ein Mann eben weiß«, erwiderte Arthur sehr von oben herab. Junie Moon schenkte ihm ein breites Grinsen. »Sie hatte mächtig stramme Beine und trug einen kurzen Rock, und als sie sich in den Schaukelstuhl auf der Veranda setzte – Mensch, da konnte ich bis zum Nordpol sehen.«

»Wenn dauernd Jungs im Gemüsegarten standen und zu ihr raufschielten, dann kann ich ihr nicht verdenken, dass sie Angst hatte«, meinte Junie Moon.

»Ich habe nicht zu ihr raufgeschielt. Ich bin bis zur Veranda gegangen und habe Hallo gesagt. War überhaupt kein Problem.«

»Was war kein Problem?«, wollte Warren wissen.

Arthur zögerte nur den Bruchteil einer Sekunde, aber Warren merkte es.

»Na, sie dazu zu kriegen, dass sie tat, was ich wollte«, sagte Arthur.

»Dreckiger Schwindler!«, rief Warren vergnügt. »Du hast dir die ganze Geschichte nur ausgedacht!«

»Hab ich nicht«, widersprach Arthur, aber seine Stimme klang kleinlaut, und er machte ein verlegenes Gesicht. Warren hatte Arthur durchschaut.

»Es hörte sich doch ganz überzeugend an«, sagte Junie Moon. »Ich meine die Sache mit dem Jungen, der die Raupen in seinen Hut sammelte, und all das.«

»Finde ich nicht«, beharrte Warren. »Und jetzt müssen wir endlich mit unseren Plänen vorankommen, statt hier rumzusitzen und schmutzige Geschichten zu erzählen.«

»Du redest genau wie Miss Oxford, die noch nie flachgelegt worden ist«, sagte Arthur. »Ich hoffe bloß, du hast nicht die Absicht, unsere Hausmutter zu spielen.«

»Doch, er würde sogar gern der Boss sein«, verriet Junie Moon. »Wir beide haben darüber gesprochen, und ich habe mich einverstanden erklärt.«

»Aber ich bin nicht einverstanden«, sagte Arthur.

»Es hat gewisse Vorteile, wenn wir Warren den Boss sein lassen«, belehrte ihn Junie Moon. »Darüber solltest du erst mal nachdenken, bevor du dich endgültig entscheidest.«

»Nenne mir einen Vorteil«, verlangte Arthur.

»Zum Beispiel die Mietzahlungen«, sagte Junie Moon.

»Wenn sich der Vermieter daran gewöhnt, dass Warren jeden Monat die Miete bezahlt, kommt er nie auf die Idee, sie bei mir oder dir einzutreiben, verstehst du?«

»Ja, ich versteh schon. Aber in anderer Beziehung könnte es sehr unerfreulich werden. Wie in der Anstalt: Wir wählten einen der Jungs aus, und zehn Minuten später wurde er schon gemein. Zu etwas ernannt werden bringt sogar im anständigsten Kerl das Niedrige zum Vorschein. Wenn Warren der Boss sein will, kann er es ja probieren, aber ohne dass wir ihn ausdrücklich ernennen.«

»Dann macht's doch keinen Spaß«, maulte Warren.

Arthur lachte. »Na bitte, genau das habe ich gemeint. Wenn er nicht gewählt werden und gemein sein kann, mag er nicht mitspielen.«

Die drei saßen im Korridor, der grau und lang war und

in den sogenannten Wintergarten mündete. Die Fenster des Wintergartens waren zu jeder Jahreszeit fest verschlossen, und immer roch es dort ekelhaft süßlich nach Zigarettenrauch und Bohnerwachs. An Möbeln gab es fünf Sessel mit grünen Plastikbezügen, die an den Armlehnen durchgescheuert waren, und eine dazu passende Couch, außerdem einen Fernsehapparat. Auf dem Apparat stand eine Vase mit ausgeblichenen Plastikrosen, und das war der einzige Zimmerschmuck. Abends setzten sich die Patienten, die dazu imstande waren, mit ihren Besuchern in den Wintergarten. Einige lachten und unterhielten sich, sodass es für die übrigen schwierig war, dem Programm zu folgen. Andere Besucher wieder starrten wie gebannt auf den Bildschirm und wechselten kaum ein Wort mit dem Kranken, um dessentwillen sie doch gekommen waren. Manchmal rückte irgendein junger Ehemann einen der Stühle zur Seite und sprach leise zu seiner kranken Frau, während er sie von Zeit zu Zeit streichelte, als könnte er damit die Ursache seiner Besorgnis vertreiben.

Warren, Junie Moon und Arthur hielten sich abends selten im Wintergarten auf, denn sie bekamen ja nie Besuch, und die Fernsehprogramme langweilten sie. Stattdessen trafen sie sich im Korridor und machten ihn etwas gemütlicher, indem sie einen Schemel mitbrachten, der ihnen als Tisch diente und den sie mit einem Aschenbecher, einer Blume und einer bunten Reklame aus einer Zeitschrift schmückten. Das war Warrens Idee; er behauptete, durch so etwas werde die optimistische Einstellung zum Leben gefördert. Auf dem Bild waren meistens appetitlich angerichtete Leckerbissen zu sehen, etwa eine Sandtorte mit Erdbeerfüllung und Zuckerguss oder ein Buffet mit Grillgerichten, das irgendeine kalifornische Gastgeberin in dem großzügigen Patio ihres Hauses aufgebaut hatte. »Auch mit bescheidenen Mitteln lässt es sich gut leben«, pflegte Warren zu sagen, wenn er mit solchen Annoncen ihr Zusammensein verschönerte.

»Hoho«, war gewöhnlich Junie Moons Antwort.

Als sie jetzt darüber redeten, ob Warren der Boss sein sollte, hatten ihre Stimmen jene Singsangmelodie, wie man sie oft bei alten Freunden hört, die schon viele Stunden miteinander verbracht haben. Hin und wieder wurde Arthur von einem Krampf befallen und störte unfreiwillig den Rhythmus, aber abgesehen davon und von Warrens hohem, unsicherem Lachen summten ihre Stimmen wie Bienen an einem heißen Sommernachmittag. Die anderen Patienten reagierten darauf unterschiedlich. Für Minnie, die Warren, Arthur und Junie Moon hören, aber nicht sehen konnte, waren diese Stimmen ein Trost. Es erinnerte sie an ihre Kindheit auf dem Lande, wenn sie abends ins Bett geschickt wurde, während die Erwachsenen noch im Garten saßen und sich unterhielten bis es dunkel wurde und die Sterne am Himmel erschienen. Der junge John Goren, dem man ein Bein amputiert hatte und der bei sich und bei anderen überempfindlich gegen Entstellungen war, äußerte unumwunden sein Missfallen. »Großer Gott«, sagte er mit einem lauten Seufzer, wenn er mit seinen Krücken vorbeihumpelte, »schon wieder ihr drei!« Sie ignorierten ihn, obgleich Warren mitunter den lebhaften Wunsch verspürte, ihn zum Stolpern zu bringen oder ihm eine Gemeinheit nachzurufen.

Miss Holt, die Assistentin der Oberschwester, fand sich oft bei ihnen ein, als wäre sie, wie ein Vierter zum Bridge, dazu aufgefordert worden.

»Na«, fragte sie vergnügt, »was brütet ihr denn wieder aus?«

Warren drohte ihr mit dem Finger. »Sie sollten nicht so reden, sonst wird die Oberschwester Sie aufspießen und braten.«

Miss Holt war sehr nett, das stimmte, und wenn sie kam, wurde viel gelacht und gescherzt, aber ohne dass es ihnen bewusst war, warteten die drei doch darauf, dass sie wieder ging.

»Junie Moon«, rief Minnie manchmal, »bist du das da draußen?«

»Ja, ich bin's, Minnie.«

»Ich höre euch reden. Du und Warren und Arthur, ihr redet ja die halbe Nacht.«

»Stimmt, Minnie.«

»Sitzt an eurem kleinen Tisch und redet und redet und redet.«

»Sie möchte mitkommen und bei uns leben«, flüsterte Junie Moon ihren Freunden zu.

»Das geht nicht«, sagte Warren. »Wir haben schon genug Schwierigkeiten.«

»Nicht so laut«, sagte Junie Moon. »Ich hab ihr ja auch gar nichts versprochen.«

»Was ist mit ihren Angehörigen? Warum können die sie nicht zu sich nehmen?« Warrens Stimme klang schrill, und sein Gesicht unter dem Bart rötete sich.

»Halt doch den Mund«, zischte Arthur ihn an.

»Es würde bedeuten, dass wir Tag und Nacht für sie sorgen müssten«, sagte Warren.

John Goren kam angehumpelt. »Großer Gott«, stöhnte er, »kriegt ihr drei denn nie genug voneinander?«

»Manchmal schon«, erwiderte Junie Moon. »Willst du dich nicht ein bisschen zu uns setzen?« Goren war so verblüfft, dass er stehen blieb und sich an die Wand lehnte. Junie Moon griff in die Tasche ihres Bademantels, brachte einen Hershey-Schokoriegel zum Vorschein und bot ihn Goren an. Er wollte ihn nicht nehmen, weil der Hand, die ihm den Riegel hinhielt, Finger fehlten, aber er überwand sich, wenn auch bleich und bebend.

»Heute Abend erwarte ich meine Freundin«, sagte er. »Eigentlich müsste sie schon da sein.«

»Wieso hat sie sich noch nie hier blicken lassen?«, erkundigte sich Warren.

»Weil sie Spätdienst hat. Sie ist Telefonistin.«

»Ach? Na, viel Glück«, sagte Warren.

»Was meinst du damit?«, fragte Goren.

»Nichts.«

»Sie hätten es ihr vom Lohn abgezogen, wenn sie hergekommen wäre.«

»Klar.«

»Verdammt noch mal, meine Mutter hat ihr das mit dem Bein schon gesagt. Daran liegt's nicht.«

»Manchen Frauen macht das gar nichts aus«, meinte Junie Moon.

»Stimmt. Und zu denen gehört meine Freundin.«

»Manchen ist ein Einbeiniger sogar lieber«, sagte Junie Moon.

»Wahrhaftig?«, fragte Goren.

»Es soll auch Mädchen geben, für die nur Männer mit einem Buckel oder Zwerge infrage kommen.«

Goren war empört. »Verdammt noch mal, meine Freundin ist nicht pervers, falls du das meinst.«

»Natürlich nicht«, erwiderte sie. »Bestimmt ist sie ein niedliches kleines Ding und macht sich furchtbare Sorgen um dich.«

»Aber warum hat sie ihn dann die ganze Zeit kein einziges Mal besucht?«, fragte Warren.

»Ich glaube, sie hat Angst vor Krankenhäusern«, meinte Goren. »Krankenhäuser regen sie auf, hat sie mir mal gesagt.«

»Mich regen sie auch auf«, sagte Arthur lachend, und wie zum Beweis wurde sein Körper von einem starken Zittern geschüttelt.

»Ist ja Blödsinn, das mit der Angst vor Krankenhäusern«, behauptete Warren. »Damit reden sich die Leute bloß heraus, wenn sie einen nicht besuchen wollen. Das kenne ich.«

»Offen gestanden, mir war es früher auch unangenehm, Leute im Krankenhaus zu besuchen«, sagte Junie Moon. »Ich hatte immer Angst, dass sie gerade sterben könnten, wenn ich dort wäre. Und dazu die Gerüche – der Äther. Ich bildete mir ein, ich würde ohnmächtig umfallen. Du lieber Himmel, was war ich damals für eine Zimperliese!«

»Ich habe mal meine kranke Cousine besucht«, erzählte Arthur. »Ich hatte sie noch nie im Nachthemd gesehen, und zu allem Überfluss sah ich auch noch ihren dicken weißen Hintern, als sie sich mal im Bett umdrehte. Es war grauenhaft.«

Goren blickte auf die Uhr. »Sie wird wohl den Bus versäumt haben.«

»Meine Tanten, diese beiden alten Jungfern, wurden immer zusammen krank«, berichtete Junie Moon. »Was die eine bekam, bekam auch die andere, und einmal waren es, glaube ich, Gallensteine. Ja, und ich dachte, wenn ich sie besuchen ginge, würden sie alle beide vor meinen Augen sterben. Ich schrie und brüllte vor Angst, aber mein Daddy schleppte mich hin und drohte, er würde mir die Mandeln rausnehmen lassen, wenn ich nicht sofort still sei. Meine Eltern begriffen einfach nicht, dass auch Kinder ihre Probleme haben. Entweder gehorchte ein Kind, oder es gehorchte nicht, und in diesem Fall wurde es so lange geprügelt, bis es nicht mehr widersprach.«

»Sind sie gestorben?«, fragte Arthur. Wenn Junie Moon eine Geschichte erzählte, rückte er immer dicht an sie heran, und jetzt war sein Gesicht kaum eine Handbreit von dem ihren entfernt. Junie Moon fühlte sich nicht eigentlich belästigt, aber sie schob ihn mechanisch weg, etwa so, wie man eine aufdringliche Fliege verscheucht.

»Natürlich sind sie nicht gestorben«, antwortete sie. »Die beiden saßen nur in ihren Betten und jammerten und klagten in trautem Duett. Wenn Besuch kam, verdoppelten sie die Lautstärke. Stellt euch vor, Temperatur, Puls und Blutdruck stimmten bei ihnen haargenau überein. Warum sich der liebe Gott die Mühe gemacht hat, zwei von der Sorte zu erschaffen, wo doch eine vollauf genügt hätte, das geht über meinen Verstand.«

Als Goren seine Freundin im Korridor erblickte, konnte er kaum glauben, dass sie es wirklich war. In den vielen endlosen Tagen und Nächten ohne sie hatte er die Einzelheiten ihres Gesichts und den Klang ihrer Stimme aus dem Gedächtnis verloren. Sie hatte ihm Briefchen und Süßigkeiten geschickt und einmal ein Paar Pantoffeln mit Tartanmuster. Zwei Pantoffeln – wahrscheinlich pure Gedankenlosigkeit. Und sie rief ihn auch an, aber es war ihre Telefonistinnenstimme – munter und hell, wie eines von diesen Tonbändern des Fernsprechamts. »Hallo, Johnnie, hier Marylin. Mir gehts gut und wie gehts dir?« Das klang alles so unecht. »Deine Mutter sagt, es geht dir schon viel besser. Ich versuche bestimmt, ganz bald zu kommen, mein Süßer. Ganz bald.«

Er wollte weglaufen. Es war besser, sie ein andermal wiederzusehen – wenn er so weit war, dass er sich dieser Begegnung gewachsen fühlte. Sie würde das verstehen müssen. Aber er konnte nicht weglaufen, denn ihm fehlte ja ein Bein. So setzte er sich hin, legte das verbliebene Bein über den Stumpf und sah sich verzweifelt nach irgendeiner Decke um, unter der er sich verstecken könnte.

Das Mädchen erspähte ihn und winkte, aber plötzlich hielt ihr Arm mitten in der Bewegung inne, als hätte auch sie es sich anders überlegt. Dann wurde sie sehr blass. Sie kam rasch auf ihn zu, küsste ihn auf den Mund und vermied es, einen Blick auf den Beinstumpf zu werfen. Sie war beladen mit Büchern, Gesellschaftsspielen und Süßigkeiten und überreichte Goren das alles auf einmal, mit einer Miene, als bedaure sie, nicht noch mehr mitgebracht zu haben. Dann stand sie da und trat von einem Fuß auf den anderen. Offenbar hatte sie Angst, sich hinzusetzen, weil sie nicht wusste, was sie mit ihrem heilen Körper anfangen sollte. Ihre Stirn wurde feucht und noch blasser; sie tastete über ihr Gesicht und die Bluse, als suche sie nach einem Halt.

»Wie geht's dir denn so?«

»Ganz gut«, antwortete Goren.

»Da bin ich aber froh«, sagte sie hastig, »ich hab mich schrecklich um dich gesorgt.« Sie sah die Skepsis in seinem Gesicht, und ihr wurde so übel, dass sie fürchtete, sich übergeben zu müssen.

»Neulich habe ich Ellen getroffen. Ich soll dich von ihr grüßen.«

»Sie hat mich ein paar Mal besucht.«

»Ich weiß«, sagte das Mädchen. Sie versuchten einander anzusehen, aber weder sein Blick noch der ihre konnte standhalten. »Wie ist denn das Essen?«

Goren schaute auf ihre Hände, die sich in Höhe seiner Augen befanden, und er dachte: Warum kann man mit Fremden reden, aber nicht mit dem eigenen Mädchen? »Das Essen«, antwortete er, »ist wie destillierter Müll.« Sie war erschüttert, vermochte aber noch immer nicht, ihm in die Augen zu schauen.

»Ich hab ein paar Kekse für dich gebacken«, sagte sie. »Die in der grünen Dose.«

Jetzt oder nie, dachte er, und da sprach er es auch schon aus. »Sie haben mein Bein abgeschnitten.«

Das Mädchen schwankte, als hätte ein Boxhieb sie getroffen.

»Nehmen Sie meinen Stuhl«, sagte Arthur. Erst jetzt

schien sie die anderen zu bemerken. Sie versuchte Arthur zuzulächeln, aber da fiel ihr Blick auf Junie Moon.

»O Gott«, stieß sie hervor, und aus ihrer Stimme klang schmerzliches Entsetzen. Unwillkürlich trat sie dicht an Goren heran, als suche sie bei ihm Schutz. Goren bemerkte es, und der quälende Zweifel in seinem Innern verflog. Er nahm ihre Hand. »Dies ist Junie Moon«, sagte er lächelnd. »In Wirklichkeit ist sie eine Geheimagentin, die hergeschickt wurde, um den Röntgentechniker zu beschatten.«

»Hoho!«, schrie Junie Moon.

»Und sie hat schon eine Menge Unzüchtigkeiten entdeckt«, fügte Warren hinzu.

Das Mädchen musste lachen.

»Die meisten davon betreffen aber durchaus nicht den Röntgentechniker«, sagte Arthur.

Das Mädchen rückte den Stuhl dicht neben Goren und legte ihre Hand auf seine Schulter.

»Im Krankenhausdasein gibt es viele Dinge, die ganz unglaublich sind«, sagte Warren lächelnd zu dem Mädchen.

»Wussten Sie zum Beispiel«, fragte Junie Moon, »dass Geister im Krankenhaus umgehen, die an Phantomschmerzen leiden?«

»Phantomschmerzen?«, wiederholte das Mädchen erstaunt.

»Ja«, sagte Goren. »Das ist, wenn einem etwas ganz scheußlich wehtut, was einem lieb war und nicht mehr vorhanden ist.«

Das Mädchen legte die Arme um Goren und fing an zu weinen.

9

An einem heißen Mittwochnachmittag verließen Warren, Arthur und Junie Moon das Krankenhaus. Es hatte einiger Überredungskünste bedurft, damit sie alle drei zur selben Zeit gehen durften, aber Warren arrangierte die Sache, indem er dem Stationsarzt versprach, ihm am nächsten Tag eine Flasche Scotch zu schicken. »Schließlich sind wir ja so weit wiederhergestellt, wie es irgend möglich ist«, sagte er, und der Stationsarzt musste ihm recht geben. Bevor die drei gingen, sahen die Ärzte ihre Krankengeschichten durch und machten die letzten Eintragungen. Sie waren sich einig, dass sie vorerst alles für Junie Moon getan hatten, was in ihrer Macht stand, und dass es Warren anscheinend so gut ging wie seit Jahren nicht mehr. Nur Arthur bereitete ihnen erhebliches Kopfzerbrechen. Da es ihnen widerstrebte, seine Krankengeschichte mit der offiziellen Feststellung abzuschließen, dass sie keine Ahnung hatten, was Arthur eigentlich fehlte, ließen sie sich ausführlich und teilweise recht geistreich über die verschiedenen Möglichkeiten aus. Die Geistreicheleien sollten verschleiern, wie unsicher die Ärzte im Grunde waren. Viele von denen, die Arthur in all den Jahren untersucht hatten, neigten zu der Ansicht, es handle sich bei ihm um ein Leiden psychologischer Art. Sie behaupteten, Arthur sei zornig, weil er nicht die Liebe empfangen habe, die ihm zustand, und er könne diesen Zorn nur zum Ausdruck bringen, indem er Anfälle bekäme. Das häufig auftretende Zittern sei offenbar ein Zeichen kleinerer Beunruhigungen. Eine Theorie, mit der die Neurologen nicht einverstanden waren. Ihrer Meinung nach litt Arthur an einer noch nicht erforschten Erkrankung des zerebrospinalen Nervensystems.

Einer der wenigen Ärzte, die Arthur sympathisch gefunden hatte, war ein rundlicher kleiner Mann namens Fielding, bei dem er vor Jahren in Behandlung gewesen war. Fielding war der Ansicht, dass die meisten neurologischen Schwierigkeiten von fehlerhaft konstruierten Leitungen herrührten und dass später einmal Gehirn und Zentralnervensystem des Menschen vorfabriziert und wie ein Radioapparat an einen elektrischen Stromkreis angeschlossen sein würden, wodurch sich zahlreiche Pannen vermeiden ließen. Er hatte aufmerksam in Arthurs Augen und in alle anderen Eingänge zu seinem Gehirn geblickt, als sei dort die Lösung des Problems zu finden. Einmal hatte er das Ohr an Arthurs Kopf gelegt, aber wie er ihm dann sagte, sei nichts als die amerikanische Nationalhymne zu hören gewesen, gespielt von einem winzigen Blasorchester. Schließlich setzte sich Fielding mit einem Seufzer neben Arthurs Bett und sagte: »Junge, ich habe keine blasse Ahnung, woher dein Leiden kommt und wohin es führen wird.« Danach sprach er länger als eine Stunde von sich selbst. Er erzählte, dass eine unstillbare Neugier ihn getrieben habe, sich auf Gehirnchirurgie zu spezialisieren, er schilderte seine Empfindungen, als er das erste lebende Gehirn sah, und wie es ihn danach verlangt hatte, mehr über die Geheimnisse des Universums zu erfahren, die da verschlossen vor ihm lagen. Arthur hatte erkannt, wofür dieser Mensch lebte, und wenn er es ihm auch nicht gleichtun konnte, so fühlte er sich doch irgendwie besser.

Arthur versuchte, möglichst wenig an seine Probleme zu denken, denn sobald er es tat, stand er auf einem leeren, finsteren Pfad. Die Anfälle waren nicht so schlimm. Er wusste, sie gingen ebenso vorbei, wie sie kamen, und bis zu einem gewissen Grad hatte er gelernt, sich vor seiner Zappelei zu schützen, obgleich die Verlegenheit wegen der Attacken blieb. Was ihm allerdings wirklich zu schaffen machte, war die fortschreitende Schwäche. Es war, als verwandle sich seine eine Körperhälfte in Brei – Muskeln und Knochen schienen zu schmelzen, ihr Gewicht jedoch zu behalten. Er ahnte, dass sein Leiden am Ende auf Brust und Hals übergreifen und er an seinen eigenen Sekretionen ersticken würde. Obwohl niemand mit ihm darüber gesprochen hatte, stellte er sich manchmal vor, wie seine Kehle sich immer mehr verengte oder ein ungeheures Gewicht seinen Brustkorb zerquetschte. Dann war da noch dieser Traum vom Ertrinken in einer dickflüssigen Substanz, während die Ärzte zusahen, am Rand des Pfuhls sitzend, das Kinn in die Hand gestützt. Er erwachte jedes Mal schweißgebadet und zitternd, und schließlich fand er heraus, dass es dann nur eine Möglichkeit gab, sich zu beruhigen: Er musste sich mit etwas höchst Kompliziertem beschäftigen, etwa in Gedanken eine Schachpartie spielen oder versuchen, eine astronomische Rechenaufgabe ohne Bleistift zu lösen. Es fiel ihm niemals ein, mit irgendjemandem über seinen Albtraum zu sprechen, zum einen, weil er in seinem Leben so viel allein gewesen war, zum anderen, weil er befürchtete, dass die Angst, wenn er sie in Worte fasste, Wirklichkeit werden und er dann den Traum der kommenden Nacht nicht überleben würde.

Der Stationsarzt schnappte ihn sich kurz vor der Entlassung, »um mit ihm über seinen Zustand zu sprechen«, und vor Mitleid mit sich selbst und dem Doktor wurde Arthur von einem heftigen Zittern befallen. Der Doktor hatte schmale, sehr glatte Lippen, und seine Augen blickten bald hierhin, bald dorthin, aber niemals in Arthurs Augen.

»So, Arthur«, begann er, »dann wollen wir mal zusammenfassen, was wir bisher erreicht haben.«

Arthur ließ sich nicht gern vom Stationsarzt beim Vornamen nennen, weil ihn das an die staatliche Anstalt erinnerte. Und er wusste, dass zusammenfassen nur das überflüssige Aufzählen von allgemein bekannten Tatsachen bedeutete. Zweifellos würde der Stationsarzt jetzt sagen: »Also wie war das? Bis zu Ihrem zwölften Lebensjahr sind Sie vollständig gesund gewesen …«

Der Arzt forderte Arthur mit einer Handbewegung auf, sich bequem zurückzulehnen. Er selbst zog es vor, auf und ab zu gehen, während er sprach, und sein gestärkter Kittel ließ dabei ein wisperndes Geräusch hören.

»Also wie war das? Bis zu Ihrem zwölften Lebensjahr sind Sie vollständig gesund gewesen …«

Die Ärzte, die Junie Moon behandelten, waren freundlich und offen, denn dieser Fall gab ihnen keine Rätsel auf. Und leider waren ihnen gewisse Grenzen gesetzt: Zum Beispiel hatten sie keine Möglichkeit, ihr neue Finger zu verschaffen.

»Eine neue Hand können wir Ihnen leider nicht machen, Junie Moon«, sagten sie mit bedauerndem Kopfschütteln und zwinkerten ihr zu. Einmal hatte sie gefragt: »Warum eigentlich nicht?«, und die Ärzte hatten sie ehrlich erstaunt angestarrt. »Warum denn nicht, Doktorchen?«, wiederholte sie schelmisch, »Sie brauchen doch nur die Handfabrik anzurufen und eine neue schicken zu lassen.«

Einer der Ärzte rieb sich die Nase, sah Junie Moon lange an und sagte schließlich: »Weil die Handfabrik an eine Reifenfabrik verkauft worden ist. Wirklich und wahrhaftig.«

Junie Moon liebte es, von jungen Männern wie diesem übertrumpft zu werden. Er hatte blanke Augen und ein leichtfertiges Lächeln. Sie knuffte ihn in die Rippen. »Ihr Benehmen an Krankenbetten wird Sie eines Tages ins Gefängnis bringen«, sagte sie, und dann brachen sie beide in Gelächter aus.

Später hatte sie ihm einiges anvertraut. Er sollte den fragwürdigen Vorzug genießen, der erste und letzte Arzt zu sein, mit dem sie über etwas sprach, was für sie sehr wichtig war, und darüber war er so gerührt, dass er es anderen gegenüber niemals erwähnte, aus Angst, man könnte ihn auffordern, ihren Bericht bei einer internen Konferenz psychologisch auszuwerten. Sie erzählte ihm die Geschichte ihrer Verstümmelung – von Jesse und wie er ihr befahl, sich auszuziehen – und wie er sie dann mit Säure übergossen hatte. In Wirklichkeit aber war ihre Erzählung ein Geständnis, dass die ganze Sache nur durch ihre schreckliche Passivität hatte geschehen können. »Ich glaube, er hätte mir nichts getan, wenn ich weggelaufen wäre oder geschrien oder mich gewehrt oder sonst etwas unternommen hätte. Jesse war so ein armseliges Stück Dreck, und ich muss doch gewusst haben, dass er ein Schwächling war. Aber es war, als hätte er mich verhext, sodass ich wie in einem Albtraum nur zusehen konnte, wie er mir all das Furchtbare antat. Vielleicht kam es daher, dass ich eigentlich noch nie was erlebt hatte.«

Während sie sprach, hatte der Arzt sie angesehen, und seine Unterlippe hing schlaff herab, so intensiv war er bemüht, ihre Worte zu verarbeiten. Was ihn dabei irritierte, war die Tatsache, dass er Jesses Säureattentat auf Junie Moon sehr viel besser verstand als den Befehl, sie solle sich hinter dem Schuppen nackt ausziehen. Beunruhigt begann er sich zu fragen, ob auch er fähig wäre, eine Frau mit Säure zu übergießen, wenn er ernstlich provoziert würde. Eines Abends versuchte er mit seiner Frau darüber zu reden, aber ihre entsetzte Miene bewog ihn, das Gespräch abzubrechen.

Auf jeden Fall hatten die Ärzte für Junie Moon alles getan, was sie nur konnten, und sie waren der Ansicht, es sei sinnlos, noch mehr an ihrem zerstörten Gesicht und den Händen herumzuschnippeln. Junie Moon sollte erst einmal abwarten, bis alles richtig verheilt war, und dann wollten sie weitersehen.

»Es ist wie eine Verurteilung«, sagte sie zu dem Arzt, dem sie sich anvertraut hatte.

»Da haben Sie recht«, meinte er und berührte ihr Gesicht leicht mit der Hand.

»Sie sind mir ein munterer Bursche«, rief sie und galoppierte mit langen Schritten davon.

Warren kümmerte sich um alles. Am Freitag entdeckte er ein Zeitungsinserat, in dem ein Haus am Stadtrand angeboten wurde. Er rief an, und es meldete sich eine – der Stimme nach alte – Frau, die so zänkisch und bissig sprach, als hätte sie nicht den leisesten Wunsch, das Haus an irgendwen zu vermieten. Sie erkundigte sich nach Warrens Beruf, und er behauptete, er sei Bergwerksingenieur. Er hatte gar nicht vorgehabt, das zu sagen, aber als er es hinterher bedachte, fand er, es sei genau das Richtige gewesen – konservativ, ziemlich uninteressant, nüchtern. Nachdem die alte Frau versprochen hatte, den Hausschlüssel im Briefkasten zu hinterlegen, telefonierte Warren mit Binnie Farber und erklärte ihr, dass und warum er Geld brauchte.

»Haben Sie das Haus besichtigt?«, fragte sie.

Er antwortete weder mit Ja noch mit Nein. »Denken Sie etwa, ich würde in ein Haus ziehen, das ich nicht kenne?«

»Ja«, sagte sie. »Glauben Sie, dass Sie das Geld von Ihrer Großmutter bekommen könnten?«

»Nein, nein, nein!«, schrie Warren und brach in Tränen aus.

»Schon gut«, sagte Miss Farber, »regen Sie sich doch nicht so auf.«

Warren war es bei ihrer ersten Begegnung peinlich gewesen, Miss Farber zu gestehen, dass er außer einer Mutter, die er nie gesehen hatte, keine Verwandten besaß, und deshalb erzählte er ihr von seiner Großmutter, verschwieg jedoch, dass sie schon vor mehreren Jahren gestorben war.

»Entschuldigen Sie«, sagte er ins Telefon. Dann fuhr er fort, von dem Haus zu erzählen, das heißt, er schmückte den knappen Text der Annonce fantasievoll aus. »Es liegt in einer ruhigen Straße, und es hat nicht nur einen Vorgarten, sondern auch einen Garten hinter dem Haus.«

»Wozu brauchen Sie denn eine ruhige Straße?«, fragte Binnie Farber, aber ihre Stimme klang freundlich. Warren wusste, sie würde ihnen das Geld irgendwie beschaffen.

Er teilte dem Stationsarzt mit, dass er und Arthur und Junie Moon das Krankenhaus am Mittwoch verlassen wollten. Er teilte es auch verschiedenen anderen Leuten mit, zum Beispiel John Goren, den er mitsamt seiner Freundin für Donnerstag zum Abendessen einlud. John meinte lachend, sie würden doch wohl etwas Zeit brauchen, um sich einzurichten, aber Warren winkte ab.

»Das Haus ist schon möbliert, und zwar sehr hübsch«, sagte er.

Die Letzten, denen er davon erzählte, waren Arthur und Junie Moon. Sie hatten die Neuigkeit aber bereits von anderen Patienten gehört, und als Warren zu ihnen kam, machten sie ihm einen Strich durch die Rechnung.

»Ich habe eine sehr, sehr gute Nachricht«, verkündete Warren.

Arthur und Junie Moon spielten Dame und taten, als wäre Warren Luft.

»Hört ihr nicht, was ich sage?«, fragte er.

»Du bist dran«, sagte Arthur zu Junie Moon.

Junie Moon rückte auf ihrem Stuhl herum, sodass sie Warren den Rücken zukehrte. Sie täuschte eine leichtherzige Fröhlichkeit vor, und Arthur ging darauf ein. »Du bist doch zu nett, Arthur, dass du mir diesen dreifachen Sprung durchgehen lässt. Aber du hast dich ja von Anfang an wie ein Gentleman benommen, ganz anders als gewisse Leute, die wir beide kennen.«

»Wenn ich ehrlich sein soll, Junie Moon«, sagte Arthur, »ich habe diesen Dreiersprung gar nicht bemerkt. Du spielst so überlegen, dass ich ganz fasziniert bin.«

»Vielen Dank, Arthur, du bist einer der nettesten Männer, die mir je über den Weg gelaufen sind.«

Warren drängte sich zwischen die beiden. »Ich habe ein Haus für uns gefunden.«

»Und du bist eine der nettesten Frauen, die ich kenne«, versicherte Arthur. »Klar, dass so ein Widerling nicht zu deinen Freunden gehört. Eine bezaubernde Frau wie du wird so einen Kerl überhaupt nicht kennen.«

»Danke für das Kompliment, Arthur. Du hast durchaus recht mit deiner Annahme. Übrigens, du bist dran.«

»Verflucht noch mal, hört mir endlich zu«, rief Warren.

»Ich spiele Dame eigentlich lieber als alle anderen Spiele«, sagte Arthur. »Es ist gar nicht so einfach, wie es den Anschein hat.«

»Ja«, bestätigte Junie Moon, »Dame ist sogar sehr kompliziert. Nicht so wie Schach, aber sehr kompliziert, wenn man es gut spielt.«

»Schach macht mich nervös«, sagte Arthur. »Wahrscheinlich, weil jede Figur einen Namen hat und ich mich für ihr Dasein verantwortlich fühle.«

»Wir werden alle drei am Mittwoch entlassen.« Warren sprach mit erhobener, ärgerlicher Stimme.

»Der Läufer tut mir immer so leid«, sagte Junie Moon. »Ich finde, er hat etwas Reumütiges.«

94

Arthur lachte. »Ja, und der Turm ist ein engherziger Konservativer. Was hältst du vom Springer?«

»Ich weiß nicht«, antwortete Junie Moon, »die Figur ist so hübsch, aber die Art, wie sie sich bewegt – man hat immer das Gefühl, mit jemandem im Zimmer zu sein, der sehr viel schlauer ist als man selbst.«

Arthur warf ihr einen schelmischen Blick zu. Er war froh, dass er wusste, was sie meinte.

»Wenn ihr jetzt nicht mit mir redet, schmeiße ich euer Damebrett in den Müllschlucker«, drohte Warren.

Zur Strafe für sein schlechtes Benehmen bekam er noch einiges zu hören, und er zahlte es ihnen heim, indem er weitere Lügen erfand: über den Komfort, die Behaglichkeit und die Schönheit, die sie am Mittwoch bei ihrem Einzug vorfinden würden.

»Im Garten steht ein riesiger Baum – eine Ulme, glaube ich –, und am rückwärtigen Zaun ist ein Tulpenbeet«, behauptete er.

»Hat das Haus auch eine Veranda?«, fragte Arthur.

»Eine sehr große sogar«, antwortete Warren, ohne eine Sekunde zu zögern.

»Ich wollte schon immer eine mit Geißblatt berankte Veranda haben«, sagte Junie Moon.

»Wie hast du denn das nur erraten?«, rief Warren.

»Ach, ich hatte so das Gefühl«, sagte sie und sah ihn von der Seite an, als hätte ihr irgendeine seiner Behauptungen nicht recht geschmeckt.

»Ich bin höllisch froh, dass wir hier rauskommen«, bemerkte Arthur.

Ein paar Sekunden lang hielten die drei in ihrem

Wortgefecht inne und lächelten einander an wie verspielte, intelligente Affen.

Junie Moon hatte keine Ahnung, wie sie Minnie beibringen sollte, dass sie und die beiden Männer das Krankenhaus verließen, und so holte sie tief Luft und sagte einfach: »Minnie, wir gehen«, und Minnie seufzte und sagte: »Ich weiß.« Dann begann sie zu jammern, zu klagen und Junie Moon giftige Blicke zuzuwerfen, und dadurch wurde es für Junie Moon leichter, denn bisher hatte sie in Minnie nur eine Heldin gesehen, die inniges Mitleid verdiente.

»Bilde dir bloß nicht ein, dass ich's nicht schon längst gewusst habe«, sagte Minnie, stützte sich auf den Ellenbogen und legte den Schlauch zurecht, der in ihrem künstlichen After steckte. »Das ganze Krankenhaus redet ja von diesem Skandal.«

»Minnie, das hört sich aber gar nicht nach dir an.« Junie Moon versuchte in freundlichem Ton zu sprechen und ihren Ärger zu verbergen.

»Würdest du mir gütigst erklären, wie es sich deiner Meinung nach anhört?«, fragte Minnie spitz.

Junie Moon wandte sich zum Gehen, doch Minnie wollte sie nicht fortlassen.

»Du hast mir versprochen, ich könnte mitkommen und bei euch wohnen«, sagte sie, »aber deine Heimlichtuerei beweist mir, dass du es nie ehrlich gemeint hast.«

»Das ist nicht wahr, Minnie.«

»Ich finde, es war höchst unfair von dir, mir einzureden, ich sei auf Rosen gebettet, wo in Wirklichkeit nichts als das Grab auf mich wartet.« Junie Moon wollte etwas erwidern,

aber Minnie ließ sie nicht zu Wort kommen. »Ein Verspre-
chen geben, das man von vornherein nicht halten will, ist
eine Sünde. Das ist genauso, als würde man einen Mord
planen.«

Junie Moon setzte sich hin. Es war lange her, seit jemand mit ihr geschimpft hatte, und irgendwie fand sie
es tröstlich. Einmal war sie wegen einer Lüge von ihrem
Vater verprügelt worden, und jetzt fühlte sie den gleichen
Schmerz. Sie erinnerte sich an das Gesicht des Vaters – fest
zusammengepresste Lippen, aber in den Augen so etwas
wie ein Funkeln. Sie dachte: Erst wenn Menschen keinen
Spaß mehr daran haben, einander zu schlagen, werden sie
aufhören, einander zu schlagen. Minnies knochiges kleines Gesicht war verzerrt, als kämpfe sie mit den Tränen.

»Ich hatte einen Onkel, der war auch so gemein wie du«,
sagte sie. »Er wohnte in Springfield, Massachusetts, und er
fuhr einen kleinen schwarzen Ford, eine uralte Kiste. Er
besuchte uns üblicherweise ein- oder zweimal im Jahr, und
das war immer, als käme der Leichenbestatter ins Haus. Ein
kleiner, kurzbeiniger Mann, trocken wie Staub und ungefähr ebenso interessant. Lieber Himmel, er hieß James T.
Ellsworth. Wirklich, Junie Moon, du hast viel Ähnlichkeit
mit James T. Ellsworth.«

»Danke für das Kompliment«, sagte Junie Moon.

»Am meisten hasste ich an ihm, dass er uns Kindern bei
jedem Besuch versprach, er würde uns etwas schicken, sobald er wieder zu Hause sei. Bevor dieser verlogene kleine
Mann wegfuhr, mussten wir uns immer auf die Verandatreppe setzen, und dann fragte er jeden Einzelnen, was er
sich wünschte. Nichts war Onkel James T. Ellsworth für

seine Nichten und Neffen zu groß und zu teuer. Einmal bestellte ich mir ein Teeservice aus massivem Silber und Tafelgeschirr mit Goldrand für acht Personen, und er sagte, das solle ich haben. Im selben Jahr bestellte sich mein Bruder Gersh einen Rolls-Royce mit eingebautem Grammofon. Onkel James T. Ellsworth sagte, er wisse nicht, wo es einen Rolls-Royce gebe, aber er werde Gersh einen amerikanischen La Salle besorgen, mit Grammofon und allen Schikanen.«

»Und?«

»Kein ›und‹. Der Kerl hat uns nie etwas geschickt. Weder diese Sachen noch sonst was.«

»Wieso habt ihr ihm dann Jahr um Jahr gesagt, was ihr euch wünscht?«

»Weil er uns fragte. Verstehst du denn überhaupt nichts mehr?«

»Nicht sehr viel«, sagte Junie Moon.

»Du erinnerst mich auch an Miss Mary Lou Elliot, meine Lehrerin in der dritten Volksschulklasse. Die redete große Töne, dass derjenige von uns, der die meisten Wörter buchstabieren könne, einen Preis kriegen solle. Ich war nicht besonders gut im Buchstabieren, aber die gab derart mit dem Preis an, dass man, bevor sie noch zu Ende gesprochen hatte, überzeugt war, er wäre mindestens fünfzig Dollar wert. Nie in meinem ganzen Leben, weder vorher noch nachher, habe ich so gebüffelt wie für diese Prüfung. Ich lernte sogar eine Masse Wörter, von denen ich wusste, dass sie nicht danach fragen würde. Nur so, zur Vorsicht. Und bitte sehr, ich gewann.«

»Wie schön«, sagte Junie Moon.

Minnies Gesicht lief rot an. »Es war *nicht* schön!«, schrie sie. »Es war kein bisschen schön, denn der Preis, mit dem sie ein halbes Jahr so maßlos übertrieben geprahlt hatte, als käme er aus dem Palast der Königin von Saba, dieser Preis war ein dämliches, gottverdammtes Rechtschreibe-buch, in grünes Leder gebunden!« Sie schlug mit der Faust auf den Nachttisch, und ein Wasserglas zersplitterte auf dem Boden.

»Du und Miss Mary Elliot!«, rief Minnie. »Mach, dass du hier rauskommst! Ich muss mich jetzt mit diesem blö-den Beutel befassen.«

Je näher der Tag der Entlassung rückte, desto weniger wusste Miss Oxford, wie sie sich zu dem Zusammenleben der drei stellen sollte. Am Samstagmorgen, als sie ihre kleine Wohnung im Schwesterntrakt saubermachte, ließ sie sich die Angelegenheit noch einmal gründlich durch den Kopf gehen und kam zu dem Schluss, hinter alldem stecke letzten Endes nichts als Sex. Sie fühlte ein Kribbeln im Rückgrat. Und dann wurde sie zum ersten Mal von Eifersucht gepackt, was sich durch beschleunigtes Herz-klopfen äußerte. Ach Gott, dachte sie angstvoll, bestimmt bin ich krank und muss sterben. Nachdem sie ein Weil-chen stillgesessen hatte, vergingen die Beschwerden, aber sie konnte nicht aufhören, sich Gedanken über die drei Patienten zu machen. Zum Beispiel: Wenn die Sache auf Sex basierte – wer von ihnen und wie? Warren war gelähmt, und die beiden anderen waren so seltsam und hässlich. Sie suchte sich einzureden, dass sie schwachsinnig wären, und als ihr das nicht gelang, versuchte sie, zunächst die

Intelligenz der drei herabzusetzen und dann ihre Beweggründe. Alles vergebens.

Später musste sie sich eingestehen: Ich möchte mit ihnen gehen.

Als sie Montag früh im Krankenhaus erfuhr, dass die drei wirklich am Mittwoch entlassen werden sollten, konnte sie ihrer Gefühle nicht recht Herr werden und war ungewöhnlich streng mit dem Personal, mit Miss Holt und mit einem Patienten, der soeben eingeliefert worden war.

»Ich glaube, Sie sollten die psychosomatischen Komponenten Ihrer Krankheit in Betracht ziehen«, sagte sie in ernstem Ton zu dem neuen Patienten, einem friedlichen jungen Mann, der vom Dach eines zehn Meter hohen Hauses gefallen war und sich beide Beine gebrochen hatte.

»O Gott«, murmelte Miss Holt.

Miss Oxfords nächstes Opfer war Miss Holt, der sie vorwarf, bei einem Betriebsfest einen jungen Medizinstudenten verführt zu haben.

»Das ist doch schon zwei Jahre her«, sagte Miss Holt und lächelte, weil sie sich erinnerte, wie nett es gewesen war.

Warren saß da, beobachtete verstohlen den Stationsarzt und kämpfte gegen den Impuls an, irgendwelche Frechheiten zu sagen. Der Arzt hatte mädchenhaft kleine Hände und Füße und bemühte sich, dies durch lautes und männliches Sprechen wettzumachen.

»Ich entlasse Sie im Vertrauen auf Erythromycin«, verkündete er. »Halten Sie die alten Röhren schön sauber.«

»Jawoll«, sagte Warren.

Der Stationsarzt sah ihn scharf an. Er wollte herausfinden,

ob Warren sich über ihn lustig machte, kam aber zu keinem Ergebnis. Dann erläuterte er ihm die Vorbeugungsmaßnahmen gegen eine Infektion der Harnwege. Warren hörte nicht zu – er dachte an Guiles. Guiles hatte lange, feine Hände gehabt, bedeckt von einem Schleier langer, feiner schwarzer Haare. Guiles hatte unentwegt seine Nägel gefeilt, die Form wieder und wieder kontrolliert. Er hatte Füße, so samtig wie Wespen, und im Winter, wenn niemand sie zu sehen bekam, hatte er sich die Zehennägel lackiert, am einen Fuß golden, am anderen silbern.

»Jetzt werde ich dir aus *The Conquest of Mexico* vorlesen«, hatte Guiles gesagt und den Teller mit Sandwiches zwischen sie beide auf die Couch gestellt.

»Wenn Sie merken, dass der Urin wolkig wird, dann ist das ein Alarmsignal«, sagte der Stationsarzt.

»Es ist wichtig, dass du etwas über Mexiko erfährst«, sagte Guiles, »damit du siehst, was einem stolzen, aber dummen Volk passieren kann.«

»Außerdem könnte sich Ihre Temperatur erhöhen«, sagte der Stationsarzt.

»Oder zumindest haben wir uns angewöhnt, die Mexikaner dumm zu nennen, weil sie erobert wurden«, sagte Guiles. »Wäre das nicht passiert, dann hätten sie sich vielleicht nach Norden aufgemacht und die amerikanischen Indianer gejagt ...«

»Wenn sich die Temperatur innerhalb von – sagen wir mal zwei, drei Tagen nicht normalisiert, müssen Sie sofort die Tabletten nehmen und die Klinik anrufen.«

»Na, das haben die Spanier jedenfalls verhindert. Bitte, iss dein Sandwich, du bist viel zu dünn.«

»Guiles!«

»Übrigens«, bemerkte der Stationsarzt, »ich habe Ihrer Krankengeschichte entnommen, dass Sie den Schuss abbekamen, während Sie Ihre Schulferien in Provincetown verbrachten.«

»Ja«, antwortete Warren kurz und wollte den Raum verlassen.

Der Arzt hielt ihn zurück. »Ich bin ein paar Mal in Provincetown gewesen. Da ist allerhand los, was?« Plump blinzelte er Warren zu.

»Jawoll«, erwiderte Warren und blinzelte ebenfalls. Er wusste wie durch Radarübertragung, dass der Doktor herausbekommen wollte, was es mit dem Schuss auf sich hatte, und das machte ihn nervös.

»Können Sie sich noch an den Unfall erinnern?«, fragte der Stationsarzt.

»Überhaupt nicht«, sagte Warren, machte kehrt, als würde sein Rollstuhl von Düsen angetrieben, und fuhr schnell hinaus und den Korridor hinunter.

»Lebt wohl, lebt wohl«, rief Minnie.

»Scht!«, flüsterte Junie Moon. »Es ist mitten in der Nacht. Wir gehen ja noch nicht.«

»Ich werde winken, bis ich euch nicht mehr sehen kann – bis ihr nur noch drei Pünktchen am Horizont seid.«

»Ist recht.«

»Ich bin immer zum Bahnhof gegangen, um den Mittagszug zu sehen und ein bisschen zu winken«, erzählte Minnie. »Weil doch immer Leute mitfahren, die niemanden haben, und da dachte ich, vielleicht fänden sie es nett, wenn ich ihnen nachwinke. Einen Sonnenschirm habe ich nie besessen, aber ich nahm Daddys großen schwarzen Schirm. Der schützte besser gegen die Sonne als so ein albernes Schirmchen. Mir war's egal, wenn die Leute darüber lachten.«

»Warum bist du mittags gegangen? Frühmorgens oder abends wäre es doch kühler gewesen.«

»Weil der Mittagszug was Besonderes ist. Er hat schon einen langen Weg hinter sich und muss noch weit, weit fahren. Außerdem saß im Bahnhofsbüro ein gewisser William B. Jackson, und in den war ich verknallt. Ich fand ihn fabelhaft, und dabei war überhaupt nichts an ihm dran. Er hockte in diesem alten gelben Stationsgebäude und füllte gelbe Frachtbriefe aus, für große Kisten, die irgendwohin expediert werden sollten. Mit einem weichen Bleistift malte er große eckige Druckbuchstaben auf die Formulare. Er war der kurzsichtigste Mensch, der je gelebt hat, und warum die Eisenbahngesellschaft ausgerechnet ihn eingestellt hat, das werde ich nie begreifen. Er trug einen grünen Augenschirm, hatte eine orangerote Weste an und war mager wie ein gerupfter Vogel. Wie gesagt, viel war nicht an ihm dran, aber ich hatte ihn trotzdem gern.«

»Ich möchte bloß wissen, bei wem du mit dem Gernhaben noch landen wirst.«

»Na, bei ihm bin ich jedenfalls nicht gelandet. Eher würde ich sagen, ich hab es versucht und bin dann nicht weitergekommen. Er hatte eine merkwürdige Art, mit Mädchen umzugehen, sie beispielsweise dort zu betatschen, wo er gar nicht hinfassen wollte, und dann ganz albern zu lachen. Oder er sagte sehr unpassende Sachen, die er aber gar nicht so meinte. Mit diesen blöden Fehlleistungen fiel er mir schließlich so auf die Nerven, dass ich nicht mehr zum Bahnhof ging.«

»Hat er dich vermisst?«

»Das weiß ich nicht, weil ich nie wieder von ihm gehört habe. Aber eins ist kurios: Sooft ich eine Mittagslokomotive pfeifen höre, muss ich an William B. Jackson denken – wo immer er jetzt auch sein mag.«

»Manchmal denke ich auch an Menschen, die ich lange nicht gesehen habe«, sagte Junie Moon. »Ich gehe so vor mich hin, und auf einmal kommt mir Alex Whittaker in den Sinn oder Janice Fiste – einfach so, ohne jeden Anlass. Und dann frage ich mich, ob sie sich nicht wundern würden, wenn sie wüssten, dass Junie Moon, die sie seit zwanzig Jahren nicht mehr gesehen haben und nicht mal besonders gut kannten, eine Straße entlanggeht und an sie denkt.«

»Menschen kommen und gehen viel zu oft«, sagte Minnie.

»Manche Menschen müssen ihren Weg weitergehen, Minnie.«

»Wer sagt das?«, fragte Minnie heftig.

»Du solltest jetzt lieber schlafen.«

»Weiter tu ich ja sowieso nichts – schlafen, schlafen, schlafen. Ich möchte wirklich wissen, was am Schlafen so gut und gesund sein soll. Mein Urgroßvater Davis schlief jede Nacht nur drei Stunden, und er ist hundert und ein halbes Jahr alt geworden. Wie findest du das?«

»Ich finde es großartig, Minnie.« Junie Moon war von einer schleichenden Müdigkeit befallen worden, gegen die sie sich vergebens zur Wehr setzte. Sie spürte, wie sich in ihrem Hinterkopf allmählich ein dumpfes Gefühl ausbreitete, und sie hoffte, Minnie würde nichts merken.

»Urgroßvater Davis stand um drei Uhr morgens auf und schrieb an seinen Erinnerungen.«

Junie Moon war so benommen, dass sie von Minnies Gerede nur jedes zweite Wort mitbekam. Sie wollte den Kopf schütteln, um wach zu werden, brachte aber nicht die nötige Kraft auf. Die einzige Möglichkeit, Minnie davon zu überzeugen, dass sie nicht schlief, war die, ihr zu antworten.

»Wirklich bemerkenswert«, murmelte sie.

»Ja, wahrhaftig«, sagte Minnie, »er war ein heller Kopf.«

Wieder gab sich Junie Moon einen Ruck. »Es waren fünfundzwanzig Ballen, wenn ich mich recht erinnere.«

»Was?«, fragte Minnie.

O Gott, dachte Junie Moon, ich war schon halb weg und habe Blödsinn geredet. Sie musste es irgendwie in Ordnung bringen, bevor Minnie Verdacht schöpfte.

»Fünfundzwanzig Eisenbahnzüge«, sagte sie hoffnungsvoll.

Aber Minnie hatte sie durchschaut. »Du bist eingeschlafen, Junie Moon, gerade, als ich dabei war, dir etwas zu erzählen.«

Minnie winkte zum Abschied, doch von ihrem Bett aus konnte sie das Taxi nicht sehen. Sie hatte einen Pfleger gebeten, sie ans Fenster zu schieben, aber als er kam, waren sie schon fort.

Das Taxi hatte sie pünktlich um zwei Uhr abgeholt. Sie trugen zwei Einkaufstaschen bei sich, die ihre gesamte irdische Habe enthielten. Der Stationsarzt mit den glatten

Lippen vergaß für einen Augenblick seine ärztlichen Pflichten und sah den dreien nach.

»Alles Gute«, rief er. Sie hörten es nicht, und er dachte, vielleicht ist es ganz gut so, denn er hätte ihnen nichts weiter zu sagen gewusst.

Miss Oxford stemmte mit einem sauberen Skalpell ein Fenster des Wintergartens auf, um von dort aus die Abfahrt zu beobachten. Miss Holt, die sie dabei ertappte, war drauf und dran, ihr einen kräftigen Rippenstoß zu versetzen, besann sich dann aber anders. Wenn eine Frau so winzige Brüste und so riesige Füße hat, sollte man sie in Ruhe lassen, dachte sie.

Warren saß vorn neben dem Chauffeur und sagte ihm genau, wann er abbiegen und wann er geradeaus fahren musste. Er öffnete das Fenster, und sein im Luftzug flatternder blonder Bart gab ihm ein verwegenes Aussehen. Junie Moon hatte sich in die Ecke gedrückt und sah auf ihre Knie. Es war ihr nicht entgangen, dass der Chauffeur bei ihrem Anblick nach Luft geschnappt hatte und blass geworden war. Bestimmt würde er versuchen, im Rückspiegel einen Blick auf sie zu erhaschen. Arthur, der neben ihr saß, starrte grimmig vor sich hin. Er versuchte einen herannahenden Anfall unter Kontrolle zu bringen, der aber, wie sich zum Glück herausstellte, gar kein Anfall, sondern bloße Nervosität war. Als Arthur das merkte, streckte er zaghaft den Arm aus und berührte Junie Moons Hand. Es war ihm egal, wie sich diese Hand anfühlte, und er hatte den Eindruck, dass Junie Moon zu lächeln versuchte.

10

Wenn Sidney Wyner zu Hause war, trug er meistens ein schmutziges ärmelloses Unterhemd. Seine Frau beanstandete das, erreichte jedoch gar nichts damit. Sidney wusste, dass er im Unterhemd keineswegs attraktiv aussah und dass jeder, von seiner Frau bis zum Zeitungsjungen, das Hemd abscheulich fand, aber er trug es trotzdem, wie um seinen Groll gegen die Welt zu bekunden.

Als nebenan das Taxi vorfuhr, mähte Sidney gerade seinen Rasen. Er war um diese Stunde daheim, weil er Urlaub hatte, und den Rasen mähte er, weil sein Sohn Fred, dieser Faulpelz, sich im Bett rekelte und nicht daran dachte, sich Arbeit zu suchen, geschweige denn den Rasen zu mähen. Sidney hasste seinen Sohn und gelobte ständig, ihn umzubringen, aber irgendwie kam er nie dazu. Stattdessen vergeudete er seine Kraft damit, sich in die Angelegenheiten anderer Leute zu mischen und allerlei Klatsch über sie zusammenzutragen, den er dann in gemeiner, ja bösartiger Weise gegen sie verwendete. Man sah ihm förmlich an, wie gemein er war. Er hatte messerscharfe Lippen und hässliche Zähne, die er fletschte, als wäre er im Begriff zuzuschnappen; seine Augen waren ausdruckslos und fast ohne Wimpern oder Brauen. Das schmutzige Unterhemd vervollständigte dieses Bild.

»Jesus Christus«, murmelte er grinsend und fuhr sich

mit der Zunge über die hässlichen Zähne, als die Türen des Taxis sich öffneten und die drei mit ihren Tragetaschen zum Vorschein kamen. »Ist denn das die Möglichkeit?« Dann rief er nach seiner Frau. »He, Lil, komm bloß mal raus und sieh dir das an!«

In dem bengalischen Feigenbaum des Nachbargartens saß eine große Ohreneule und beobachtete Sidney Wyner. Der Feigenbaum mit seinen vielen Luftwurzeln, die bis zum Erdboden und von dort wieder nach oben wuchsen, glich einem Wald, und zwischen all den Blättern und Zweigen war es selbst an glutheißen Sommertagen kühl und dunkel. Die Eule beobachtete Sidney eigentlich gar nicht, sie hielt nur die Augen starr auf ihn gerichtet und fand, dass seine langsamen Bewegungen, hin und her über den Rasen, etwas sehr Friedliches hatten. Von ihrem Ast aus konnte sie auch den eigenen Garten überblicken. Sie wohnte schon seit Jahren in dem Feigenbaum – seit das kleine Haus darunter leer stand, sodass Kletterpflanzen und Unkraut zu wuchern und Mäuse und andere saftige Nahrungsmittel sich dort einzunisten begannen. Für die Eule war das sehr vorteilhaft, denn nun brauchte sie wegen einer kleinen Mahlzeit nicht mehr weit zu fliegen – etwas, was sie bei heißem Wetter höchst ungern tat. Obgleich auch andere Vögel und Tiere in dem Feigenbaum hausten, gehörte er doch in erster Linie der Eule, weil sie der größte und mit ihren hellgelben Augen und den spitzen, befiederten Ohren auch der am unheimlichsten aussehende Bewohner war. Leider hatten die kleinen Jungen der Nachbarschaft den Schlafplatz der Eule entdeckt und kamen manchmal mit Steinen oder Luftgewehren, um sie aufzuscheuchen.

Bis jetzt war sie immer glücklich entronnen und hatte nur ein paar Federn eingebüßt.

Nicht nur Sidney Wyner wandte seine Aufmerksamkeit dem Taxi zu, auch die Eule tat es. Sie drehte den Kopf, als die drei Menschen vor dem Haus und dem Garten standen und dann das Grundstück betraten, das doch ihr gehörte.

Junie Moon blickte auf das Haus und dachte: Guter Gott! Arthur starrte über ihre Schulter hinweg in den verwilderten Garten. Einst hatte ein Weg von der Pforte zur Haustür geführt, aber er war zugewachsen – eine Unkrautwildnis, durchsetzt mit rotgelber Kresse. Das Haus war kaum zu sehen, weil der wilde Wein den Spalieren entkommen war und die Mauern dicht umschlang. Zwei Fenster waren zerbrochen, mehrere verrutschte Ziegel auf dem Dach erweckten den Eindruck, ein großer Vogel habe sie fallen gelassen.

Auf Warrens Gesicht malten sich Staunen und Entsetzen, aber das ging rasch vorüber. Er hatte die Möglichkeiten sofort erkannt.

»Ist das nicht wunderbar?«, sagte er. »Seht euch nur diesen Baum an!« Er wollte den Pfad mit seinem Rollstuhl durchpflügen, aber der Pflanzenwuchs war zu stark. Nun versuchte er sich einen Weg zu bahnen, indem er mit einem Stock auf das Gestrüpp losschlug. »Es geht nicht«, keuchte er, vor Anstrengung dunkelrot im Gesicht. »Steht doch nicht so herum, helft mir lieber.«

Sie schoben ihn zur Haustür. Der Schlüssel lag tatsächlich im Briefkasten, aber das Schloss war so verrostet, dass es nicht aufging. Schließlich stieg Arthur durch eines der

Fenster ein. Er öffnete die rückwärtige Tür, und sie setzten sich in der Küche auf zwei wacklige Stühle, um einen nicht elektrischen Eisschrank zu betrachten, einen Herd, der zur Hälfte mit Gas, zur anderen mit Holz zu heizen war, ein Spülbecken, das auf drei lächerlich hohen Beinen stand, und ein Fenster, überwuchert von wildem Wein und Heckenrosen. Der Schatten des Feigenbaums verstärkte die Dunkelheit noch, sodass sie Streichhölzer anzünden mussten, um etwas sehen zu können.

Nach einer Weile ging Junie Moon in den Garten und setzte sich unter den Feigenbaum. Im Augenblick wollte sie über ihre und ihrer Freunde Situation nicht nachdenken. Stattdessen dachte sie an das Haus, in dem sie mit ihren Eltern gelebt hatte und das auch unter einem Baum erbaut worden war – oder vielleicht wurde der Baum auch erst gepflanzt und war dann gewachsen, bis seine Äste das Haus überdachten. Der dicke Stamm gabelte sich ein Stück über dem Boden, sodass der Baum aussah wie ein Riese, der mit dem Oberkörper in der Erde steckt, während seine Beine herausragen. Seit Junie Moon und ihre Freundinnen auf diesen Vergleich gekommen waren, dachten sie sich allerlei Geschichten über den Riesen aus, wenn sie in der Astgabel spielten.

»Seht mal her«, rief eines der Mädchen, »jetzt gebe ich ihm einen ordentlichen Knuff!« Und sie quietschten vor Vergnügen.

»Und ich, ich mache was noch Schlimmeres«, verkündete eine andere, und sie hielten eine geflüsterte Konferenz ab.

Stürmisches Gelächter, das in Lachtränen gipfelte.

»Ach, Junie Moon, du hast 'ne dreckige Fantasie!«

Sie lächelte, als sie daran zurückdachte. In irgendeinem Jahr hatte der Baum geblüht, und der Duft war so stark gewesen, dass ihr Vater alle Besucher mit den Worten empfing: »Kommt nur rein, es ist Samstagabend im Puff!« Dieser süße, entsetzlich ordinäre Geruch setzte sich überall fest, sogar im Essen …

Arthur kam jetzt ebenfalls heraus. »Hier können wir nicht bleiben«, sagte er.

»Warum denn nicht?«

»Weil das Haus eine Bruchbude ist. Und ganz anders, als Warren es beschrieben hat.«

Junie Moon lachte. »Weißt du noch immer nicht, dass nichts so ist, wie er es darstellt?«

»Es hat keine Veranda.«

»Dafür hat es einen Baum. Du musst doch zugeben, dass dieser Baum eine Wucht ist.« Sie sah nach oben und entdeckte die Eule. »Und eine Eule ist auch da«, fügte sie hinzu. »Das ist ein gutes Omen.«

»Wer sagt das?«

»Ich.«

»Und dann die Schlepperei mit dem Eis«, murrte Arthur.

»Das ist nicht so schlimm.«

»Aber in was sollen wir es schleppen, wenn ich fragen darf?«

»Da wird sich schon etwas finden.«

»Was?« Seine Augen füllten sich mit Tränen, ohne dass er wusste weshalb.

»Wir besorgen uns ein Wägelchen. So ein Leiterwagen genügt schon.«

»Und wo können wir uns den besorgen?« Seine Stimme bebte.

»Zum Teufel, wie soll ich das wissen, Arthur? Bei Leuten, die Kinder haben, nehme ich an.«

Arthur ging hastig ins Haus zurück.

Auf einmal bemerkte Junie Moon, dass Sidney Wyner hinter der Hecke stand und sie beobachtete. Seine Lippen waren zu einem boshaften Grinsen verzogen, und er fletschte die gelben Zähne.

Geradewegs – oder zumindest so geradewegs, wie das dichte Gestrüpp es erlaubte – ging Junie Moon auf ihn zu.

»Uhuu, uhuu, huuuuuuh!«, schrie sie ihm entgegen. »Uhuu, uhuuu, huuuuuuh!«

In panischem Schrecken ergriff Sidney Wyner die Flucht.

Etwas später am Tag kam Binnie Farber. Sie fuhr in einem Wagen vor, der wie ein uralter Müllkasten aussah, zuckte beim Anblick des Hauses die Achseln und kämpfte sich mit einem Pappkarton und drei riesigen Tüten den Pfad entlang. Was sie am dringendsten brauchen, ist ein Buschmesser, dachte sie.

Die Tüten enthielten, wie sich herausstellte, Lebensmittel, einen Büchsenöffner, Bettwäsche, ein französisches Kochbuch, drei Handtücher, Seife und verschiedene andere Dinge, darunter auch einen Packen Dosenbier.

»Hier kommt Fortuna persönlich«, sagte sie, »und nimmt sich der Bedürftigen an. Alles, was recht ist«, wandte sie sich an Warren. »Sie verstehen sich darauf, einen Platz mit Atmosphäre zu finden.«

Er strahlte. Das Geheimnis seines Erfolgs bei Binnie Farber war, dass er ihrer Ironie mit Offenheit begegnete.

»Und was wird aus uns, wenn alles aufgegessen ist?«, fragte er.

Sie zog einen Scheck aus der Tasche, den sie jedoch nicht ihm, sondern über seine ausgestreckte Hand hinweg Junie Moon reichte. »Ihr bekommt zweimal im Monat so einen Scheck«, sagte sie und zählte eine Reihe von komplizierten Prozeduren auf, die notwendig waren, damit man ihnen Unterstützung zahlte. Während dieser Erläuterungen kehrte Arthur den anderen den Rücken und blickte starr auf die Wand.

»Der Gedanke, Sozialhilfeempfänger zu sein, ist ihm zuwider«, erklärte Junie Moon.

»Mir nicht«, rief Warren.

»Er ist als Kind damit gedemütigt worden«, fügte Junie Moon hinzu und wünschte, er würde sich wenigstens wieder zu ihnen umdrehen.

»Ich bekomme jeden Monat eine kleine Summe, und die betrachte ich immer als nette Überraschung«, sagte Warren.

»Sie sollten Ihre nette Überraschung in einen gemeinsamen Topf tun«, schlug Binnie Farber vor.

»Auf keinen Fall«, widersprach er. »Es ist viel zu wenig, als dass man es teilen könnte.« Und dann, wie um seinen Geiz zu vertuschen, kochte er Kaffee und ordnete die von Binnie Farber mitgebrachten Kekse in einer Kuchenform an, die er zuvor mit gelbem Seidenpapier ausgelegt hatte. »Das erste von zahlreichen Festessen«, sagte er und drehte Arthur herum, sodass er sie ansah. »Wenn Sie das nächste Mal kommen, trinken wir Eistee im Garten.«

»Hoho!«, rief Junie Moon.

Um drei viertel vier brach Binnie Farber auf. Arthur begleitete sie bis zur Gartenpforte, während Junie Moon und Warren an der Haustür standen und winkten. Als der Wagen fort war, ging Arthur langsam zum Haus zurück, und sie setzten sich wieder in die Küche. Warren redete eine Stunde lang ununterbrochen über Binnie Farber und stellte Betrachtungen über ihr Sexualleben an, ihre Figur, ihre Vergangenheit, Gegenwart und Zukunft. Er kritisierte sie in allem und jedem, wollte von den beiden anderen aber nichts dergleichen hören. Als er endlich fertig war, blieben sie schweigend in dem dunklen Raum sitzen. Warren sah zur Decke hinauf, als wäre er mit seinen Gedanken weit fort. Arthur betrachtete Junie Moons Gesicht und stellte überrascht fest, dass der Widerwille, den er sonst bei ihrem Anblick empfand, allmählich zu schwinden begann. Junie Moon starrte auf ihre Hände. Sie überlegte, wo sie einen Karren für den Eistransport herbekommen könnte.

II

Niemand wusste genau, womit der Streit angefangen hatte, aber er brach bereits kurz nachdem Binnie Farber gegangen war aus und wurde rasch erbittert. Zwischen den beiden Männern flogen Sticheleien hin und her, die empfindliche Stellen treffen sollten. Für Junie Moon, die einen Angriff aufzufangen und scherzend in die Lüfte zu werfen verstand, war der schmerzhafte Hieb nur aufgeschoben, denn beim Rückprall geriet sie direkt ins Sperrfeuer. Was das betraf, so war ihr Stehvermögen bewundernswert.

Warren hatte versucht, Ordnung zu schaffen, aber ohne jeden Erfolg. »Wir sollten uns zusammensetzen und einen Wirtschaftsplan aufstellen«, sagte er.

Arthur litt unter der Hitze, und er war müde. »Wie wär's mit einem Plan fürs Abendessen«, sagte er gereizt.

Und so ging es weiter – Debatten darüber, wie der Büchsenöffner funktionierte, ob die Bohnen in der Büchse oder in einem Kochtopf gewärmt werden sollten, ob der Gasherd eine Zündflamme hatte oder nicht.

»Du wirst uns noch alle ins Jenseits befördern«, sagte Warren.

Anfangs hielt sich Junie Moon aus der Sache heraus und hörte nicht einmal zu, sondern streifte durch das Haus, um sich ein Zimmer auszusuchen. (»Wir wollen es mit Strohhalmen auslosen«, hatte Warren vorgeschlagen, aber sie und Arthur waren dagegen gewesen, weil sie das zu kindisch fanden. Jetzt wünschte sie, dass sie es getan hätten und die Sache damit erledigt wäre.) Sie hörte die Stimmen der beiden vor Zorn schrill werden, aber die Worte waren nicht zu verstehen. So war es auch bei Junie Moons Eltern gewesen, wenn sie sich im Schlafzimmer stritten, und sie selbst hätte immer so gern an der Tür gestanden – durchs Schlüsselloch gespäht und sie belauscht, aber sie hatte es nie gewagt.

Während die Auseinandersetzung in der Küche immer hitziger wurde, packte Junie Moon ihre Einkaufstasche aus. Ihr gesamtes persönliches Besitztum ließ sich bequem in der Ecke einer Kommodenschublade unterbringen. Sie war eine erbitterte Gegnerin sich ansammelnden Eigentums und trachtete immer danach, alles genauso rasch loszuwerden, wie sie es erworben hatte, als enthielten die Dinge ein tödliches Gift. Sie bewahrte keine Souvenirs auf: kein Medaillon, keine bemalte Tasse, keinen Zimmerschmuck irgendwelcher Art, ausgenommen ein Riechkissen, das sie einmal in einem Kurort gekauft hatte und auf dem zu lesen stand: Gefüllt mit echtem Bergheidekraut. Sie besaß zwei Garnituren Unterwäsche, von denen sie die eine anhatte, drei Kleider, ein Paar Schuhe und einen Bademantel. In einer roten Plastiktasche befanden sich all die Kosmetika, die sie seit dem Unfall nicht mehr hatte verwenden können. Ihre Zahnbürste, eingeknotet in ein Taschentuch, steckte im Regenmantel. Mehr als das besaß sie nicht, und wenn etwas davon unbrauchbar wurde, ersetzte sie es durch einen neuen Gegenstand, der dem alten so ähnlich wie möglich war.

Diese Habseligkeiten packte sie jetzt in einem Zimmer mit gelb geblümter Tapete aus. Dann breitete sie ein Laken über die harte Matratze und legte sich hin. Zum ersten Mal und unter den Klängen des Wortwechsels in der Küche fragte sie sich, was wohl aus ihren Eltern geworden sein mochte, die fortgezogen waren und sie niemals im Krankenhaus besucht hatten.

»Der Teufel soll euch holen«, sagte sie laut, aber im Geist sah sie ihren Vater vor sich, wie er seinen weichlichen Mund gequält verzog und nach einer Erklärung suchte. Wahrscheinlich, dachte sie, würde er sagen: »Es hatte gar nichts mit dir zu tun, Kleines. Du kennst doch deine Mutter. Sie war wieder mal nicht zu halten und wollte unbedingt umziehen.«

Lügner!

Sie waren fortgelaufen und hatten sich mit Arthurs Eltern zusammengetan, jawohl, das hatten sie. Alle miteinander – all diese Drückeberger, diese feigen Väter und erlebnishungrigen Mütter – lebten jetzt auf einem verkommenen Campingplatz am Meer. Junie Moon hoffte nur, dass dort, wo sie waren, der Wind niemals zu blasen aufhörte. Sie hoffte, er würde ihnen Sand in die Augen und ins Essen und in die Betten wehen, und sie hoffte, dass die Sonne alles und jedes ausbleichen würde. Sie sollten schlimmer leben als Vagabunden, Fliegen sollten in ihren Augenhöhlen nisten, und hungern sollten sie – als gerechte Strafe für ihre unsagbare Lieblosigkeit. Sie hoffte, die Geier würden tagtäglich zur Mittagsstunde über ihnen kreisen – als Mahnung.

Nachdem sie sich das ausgemalt hatte, war ihr bedeutend wohler, und sie ging in die Küche. Die beiden Männer stritten immer noch, und Junie Moon beschloss mitzumachen, indem sie von Zeit zu Zeit kleine Bemerkungen einstreute, um die Flammen zu schüren.

Die Streitereien dauerten fast eine Woche, bis alle drei blass und erschöpft waren. Zuerst machten sie einander das Leben schwer, weil sie Angst davor hatten, sich allein verarzten zu müssen, ohne dass Miss Oxford sie überwachte und kritisierte. Unbewusst vermissten sie das Krankenhaus, wo es keinerlei Privatleben gegeben hatte. Ihre Körper und ihre Gedanken waren so lange der Öffentlichkeit ausgesetzt gewesen, dass es sie hart ankam, wieder über sich selbst zu bestimmen. Es war, als müsse man ein Haus nach einer langen, ausschweifenden Party von Grund auf in Ordnung bringen.

Als diese Phase überstanden war und sie sich sicherer fühlten, gab es Streit über die Frage, wer von ihnen was wäre. »Ich lebe mit zwei Monstern«, verkündete jeder von Zeit zu Zeit. Und jeder fürchtete, er selbst wäre das schlimmste Monster. Sie hatten durchaus nicht den Wunsch, so zu sein. Es gab keine Illustrierte, die drei Leute wie sie abgebildet hätte – drei bedauernswerte Kreaturen, die in einem heruntergekommenen Häuschen unter einem dräuenden Baum wohnten.

Später stritten sie, weil sie sich allmählich aneinander gewöhnten, und die Beleidigungen waren nun sozusagen maßgeschneidert. Noch später beschimpften sie sich, weil sie einander näherkamen, aber das war eine andere Sache.

Eines Tages sagte Junie Moon: »Ich halte euer verdammtes Gezänk nicht mehr aus.« Sie stülpte sich einen großen mexikanischen Sombrero auf, den sie in einem Wandschrank entdeckt hatte, lief hinaus und galoppierte die Straße entlang.

»Jetzt hast du's endlich geschafft!«, schrie Warren.

Arthur zitterte vor Wut.

Ohne nach links oder rechts zu blicken, schritt Junie Moon eilig aus, die Hände auf dem Rücken verschränkt, das Gesicht unter der Hutkrempe verborgen. Das Städtchen schlummerte in der Mittagshitze, nur gelegentlich schaute ein Kind von seinem Spiel im Vorgarten auf und starrte ihr nach, bis sie außer Sicht war. Sidney Wyner beobachtete sie von seiner Garage aus, wo er versuchte, eine alte Vorhangstange aus Messing geradezuhämmern. Es war ihm gelungen, das meiste des nachbarlichen Gezänks zu hören, indem er sich an seiner Hecke zu schaffen machte, und von Zeit zu Zeit hatte er seiner Frau ausführlich Bericht erstattet, wobei er allerdings stark übertrieb und das Erlauschte hier und da ausschmückte, damit es interessanter wurde. Er war sicher – noch nicht ganz, aber so gut wie –, dass Arthur sexuell pervers war. Es würde aber noch langer und spannender Beobachtungen bedürfen, um die Art der Perversion herauszufinden.

»Warum rufst du nicht die Polizei, wenn die dich mit ihren Streitereien so belästigen?«, fragte Mrs Wyner ihren Mann.

»Hm, ja, das werde ich machen.« In Wirklichkeit dachte er gar nicht daran, seinen Nachbarn den Mund zu stopfen.

Als er jetzt Junie Moon die Straße entlanglaufen sah, zog er rasch ein Hemd über sein schmutziges Unterhemd und folgte ihr.

Junie Moon ging am Postamt vorüber und näherte sich dem Geschäftszentrum des Städtchens. Die Reklameplakate und die Schilder an den Läden wurden zahlreicher, beschränkten sich aber meistens auf knappe, sachliche Hinweise wie BIER und LEBENSMITTEL und SCHUHE: Es gab eine Menge leerer Parkplätze am Straßenrand, und viele Ladenbesitzer saßen auf Klappstühlen vor ihren Läden, fächelten sich Luft zu und plauderten mit Bekannten. Um diese Zeit war hier kein Betrieb. Einer der Männer erhaschte einen Blick auf Junie Moons Gesicht. »Mein Gott«, sagte er leise, beinahe teilnahmsvoll. Dann stand er auf, um ihr nachzusehen, und kratzte sich mit so ungläubiger Miene am Hinterteil, als traue er seinen Augen nicht.

Vor Sloans Eisdiele bekam Junie Moon plötzlich Appetit auf Karamelleis mit heißer Schokoladensoße, Pekannüssen und Unmengen von Schlagsahne. Aber sie wagte nicht, hineinzugehen. Es sei zu teuer, sagte sie sich. Den wahren Grund gestand sie sich nicht ein: Sie war innerlich noch nicht so weit, sich in ein Lokal zu setzen.

Als sie am Fischmarkt vorbeikam, hob ein schnurrbärtiger Mann, der einen großen Fisch schuppte, den Kopf, sah ihr seelenruhig ins Gesicht und winkte mit seinem Messer. Sie winkte zurück und bemerkte, dass er ihre Hände genau betrachtete, ohne sich in irgendeiner Weise erschrocken zu zeigen. Für den, dachte sie, ist es wahrscheinlich leichter, weil er den ganzen Tag schneidet und schuppt und hackt und Eingeweide ausnimmt. Sie beschloss, bald einmal Fische bei diesem Mann zu kaufen und seine Bekanntschaft zu machen, weil er der erste Fremde war, der sich anscheinend nicht über ihren Anblick entsetzt hatte.

Im nächsten Häuserblock fand sie einen Laden für Haushaltsbedarf und Eisenwaren und ging hinein, um sich kleine Handwägen anzuschauen. Sie waren alle als Spielzeug für Kinder gedacht und sehr teuer, hatten dicke Gummireifen, verchromte Stoßstangen und Scheinwerfer, die mit Batterien betrieben wurden. Einfache Wagen zum Ziehen oder Schieben gab es nicht.

»Guten Tag, Ma'am.«

Die Stimme erklang hinter ihrem Rücken, und Junie Moon blieb stehen, den Blick in eine Ecke gerichtet.

»Darf ich Ihnen ein Wägelchen zeigen?«

»Danke«, sagte sie, ohne den Kopf zu wenden, »ich wollte mich nur ein bisschen umsehen.«

»Wie alt ist denn das Kind?«, fragte der Verkäufer.

»Fünfzig«, flüsterte sie, unhörbar für ihn.

»Haben Sie zufällig eine Frau mit einem verunstalteten Gesicht vorbeigehen sehen? Eine Frau, die einen mexikanischen Sombrero trug?«, fragte Sidney Wyner alle Leute, die vor den Häusern saßen.

»Ja«, sagte endlich ein Mann. »Was ist denn das für eine?«

»'ne Hure«, antwortete Sidney Wyner. »Wahrscheinlich gerade wegen guter Führung entlassen, wenn Sie wissen, was ich meine.« Er zwinkerte dem Mann zu und ging weiter. Seine Achselhöhlen wurden feucht, als stünde er am Beginn eines herrlichen Abenteuers. Er erklärte sich dieses häufig auftretende autonome Symptom gern als Anzeichen seines sexuellen Spürsinns. Natürlich ist sie eine Hure, dachte er, sonst würde sie ja nicht mit zwei Männern leben. Verheiratet ist sie bestimmt mit keinem von beiden.

Schließlich entdeckte er sie in dem Haushaltsladen. Er baute sich vor dem Schaufenster auf, doch sie bemerkte ihn nicht. Daraufhin winkte er zuerst mit der einen, dann mit der anderen Hand, hüpfte auf dem Trottoir hin und her, legte die Hände an die Ohren, wedelte mit ihnen und streckte dazu die Zunge heraus. Dieses Benehmen erstaunte sogar ihn selbst, aber er konnte sich einfach nicht beherrschen.

Der Verkäufer im Laden erblickte ihn und sagte rasch zu Junie Moon: »Da drüben haben wir noch andere Modelle.«

»Sind die billiger?«

»Wenn's Ihnen recht ist, gehen wir mal hin und sehen nach.«

»Schon«, sagte sie, »warum nicht?«

Er entzog sie so rasch wie möglich den Blicken des Wahnsinnigen vor dem Schaufenster.

»Hui!«, machte Mario, während er den Fisch aufschlitzte, die Eingeweide herausnahm und sie in einen Eimer warf. Junie Moons Gesicht ging ihm nicht aus dem Sinn. Sie erinnerte ihn an seine Großmutter, die als einziges Mitglied seiner samthäutigen Familie eine ähnliche Entstellung aufzuweisen hatte: Eines Tages war ihr ein Topf mit kochender Suppe vom Herd gerutscht und hatte ihr den rechten Arm verbrüht. Weit davon entfernt, sich ihrer Narben zu schämen, sah sie in ihnen so etwas wie eine Auszeichnung und erzählte die Geschichte lauthals jedem, der zuhören mochte: »Da kippte mir doch der Kessel vom Herd, und die Suppe floss heraus wie Lava aus dem Ätna. Das war meine Strafe für eine Sünde«, fügte sie hinzu und verengte die Augen geheimnisvoll.

»Könnt ihr raten, was für eine Sünde das war?« Und die ganze Familie hatte jahrelang geraten und geraten, ohne jemals auf die richtige Sünde zu kommen. Freilich, bei Marios Großmutter war nur der eine Arm verunstaltet worden, aber gerade deshalb empfand er beim Anblick von Junie Moon eher Neugier als Abscheu. Er hoffte, sie würde bald wieder vorbeikommen, damit er winken und ihr vielleicht einen Gruß zurufen konnte.

Als der Verkäufer endlich Junie Moons Gesicht zu sehen bekam, krampfte sich ihm das Herz zusammen. Es war, als hätte er ein überfahrenes Kätzchen auf der Straße gefunden und schwankte nun zwischen Mitgefühl und der Angst, seinen sauberen Anzug mit Blut zu beschmutzen. Ach Gott, dachte er, ach Gott, ach Gott! Er verkaufte ihr einen Wagen für die Hälfte des eigentlichen Preises, ohne seinen Irrtum zu bemerken, und sie sagte nichts. Er tat ihr leid, und sie hätte gern seine Hand gestreichelt – vor ihrem Unfall hatte sie das oft bei Männern getan –, aber sie wusste, dass es ihn zu Tode erschrecken würde. So zog sie stattdessen ihren Hut tief ins Gesicht und versuchte einen Scherz zu machen.

»Vielleicht könnte ich damit Zeitungen austragen gehen«, sagte sie, auf das Wägelchen deutend.

»So etwas haben Sie gewiss nicht nötig«, erwiderte er hastig und fürchtete, er werde gleich in Tränen ausbrechen.

»Oder Milch?« Sie kicherte.

Aber er blickte sie so traurig an, dass sie sich umdrehte

und den Laden verließ. Das Wägelchen zog sie hinter sich her.

»Wir haben beschlossen, ein Fest zu feiern«, sagte Warren, als Junie Moon nach Hause kam.

»Ich bin froh, dass du wieder da bist«, sagte Arthur.

»Ich habe Schoko-Brownies gebacken«, sagte Warren. »Riechen sie nicht himmlisch?«

»Wir hatten nämlich solche Angst, du wärst böse auf uns und würdest überhaupt nicht wiederkommen«, sprach Arthur unbeirrt weiter.

»Nach dem Essen setzen wir uns draußen unter den Baum, essen Kekse und trinken Limonade«, rief Warren.

»Wir haben uns abscheulich benommen.« Arthur griff nach Junie Moons Sombrero und setzte ihn sich auf. »Sehe ich jetzt nicht wie Cesar Romero aus?« Der Innenrand war noch warm von ihrem Haar, und er fühlte sich ihr plötzlich sehr nah.

»Du siehst aus wie Baby Dumpling ohne seine Menagerie«, behauptete Warren.

»Ich mag nicht mehr streiten«, erwiderte Arthur. »Also spar dir die Mühe.«

»Entschuldige«, sagte Warren, »ich vergaß unseren Waffenstillstand.« Er öffnete die Tür des uralten Backofens und zog ein Blech mit Brownies heraus. »Nächste Woche backe ich vielleicht Brot.« Er lächelte wie ein glückliches Kind.

»Wir haben Waffenruhe vereinbart, weil wir Angst hatten, dich zu verlieren«, erklärte Arthur.

»Das weiß sie doch.« Warren schlug plötzlich einen gereizten Ton an.

»Ohne dich wären wir nämlich aufgeschmissen«, ließ sich Arthur nochmals vernehmen.

Junie Moon blickte von einem zum anderen. Sie war jetzt so sehr an Warren und Arthur gewöhnt, dass sie kaum noch auf das Aussehen der beiden achtete. Selbst wenn sie, wie jetzt, dicht vor ihnen stand, fiel es ihr schwer, daran zu denken, weil ihre Gefühle das Äußere dieser Männer veränderten, wie die Gezeiten den Sand.

»Ich bin froh über euren Waffenstillstand«, sagte sie und bemühte sich zu vergessen, wie viel Liebe aus den Stimmen der beiden geklungen hatte. Das ging über ihre Kraft, denn sie hatte den Ausflug in die Stadt noch nicht verwunden. »Ich halte sehr, sehr wenig von Auseinandersetzungen jeglicher Art«, sagte sie, nahm einen Keks und brach ihn in drei Teile. »Und Geschrei ist mir ganz besonders zuwider.« Sie steckte jedem ein Stück Keks in den Mund und ließ ihr Drittel in der Hand abkühlen. »Schreien erinnert mich an Bluten, und davon habe ich für den Rest meines Lebens genug.«

»Probier doch den Keks«, rief Warren, »probier ihn!«

Sie schob das Keksstück in den Mund und sah Warren aus schmalen Augen an. »Du bist ein prima Browniebäcker«, sagte sie, und er wurde vor Freude rot.

Später saßen sie unter dem Baum, feierten ihr Fest und lauschten auf die nächtlichen Geräusche. Die Luftwurzeln der Äste umgaben sie wie ein Zelt. Über ihnen regte sich die Eule und löste ein Gerriesel winziger Zweige aus. Ein Frosch quakte. Eine Grille zirpte. Ein Hund bellte.

»Sing uns ein Lied, Junie Moon«, bat Arthur.

»Meinetwegen«, antwortete sie und staunte über sich

selbst. Sie konnte sich nicht entsinnen, seit ihrer Schulzeit gesungen zu haben, und schon damals hatte ihre Stimme nie so geklungen, als gehöre sie zu ihr. Nun aber lehnte sie sich zurück, sah durch das Gezweig zu den matten Sternen hinauf und sang mit einer Stimme, die hell und klar war wie eine Flöte:

As a blackbird in the spring,
Beneath the willow tree,
Sat and piped, I heard him sing,
Singing Ora Lee.

12

Die Schwierigkeiten begannen durch Warren, der wie gewöhnlich nichts dafür konnte. In seiner niemals endenden Suche nach Guiles hatte er Jahr um Jahr damit verbracht, jedes Gesicht zu prüfen – ganz gleich, ob es sich um Männer, Frauen oder Kinder handelte –, und da er Guiles nicht wiederfand, versuchte er ihn in jeden Menschen hineinzusehen, der es sich gefallen ließ. Hin und wieder stieß er auf jemanden, der sich in destruktiver Absicht des Suchenden bemächtigte und ihm Schaden zufügte. Damit soll aber nicht gesagt sein, dass Warren etwas dagegen einzuwenden hatte.

Bald nachdem sie in das Haus gezogen waren, fing er an, Leute mitzubringen. Der erste Besucher war ein schwachsinniger Junge namens Jerry, der beim Milchaustragen half und in der Nase bohrte. Er kam in die Küche und glotzte die drei schweigend an. Dann kicherte er und lief davon. Nach ihm erschien ein gewisser Mr Jamison, der dem Bogenschützenverein des Städtchens angehörte. Als er auf Warren traf, der sich gerade auf dem Heimweg befand, hielt er es für seine Bürgerpflicht, ihm zu helfen, und so quälte er sich keuchend durch die Mittagsglut, schob mit einer Hand Warrens Rollstuhl und wischte sich mit der anderen den Schweiß von der Stirn. Zu Hause bot Warren ihm Limonade an, die Junie Moon am Spülbecken bereitete.

Er setzte sich und murmelte, noch immer seine Stirn betupfend, in einem fort »Junge, Junge!«, vor sich hin. Als er Junie Moons Gesicht erblickte, stieß er einen röchelnden Laut aus und verabschiedete sich hastig.

Nicht lange danach fand sich eine schöne junge Frau mit langem, wie aus Silber gesponnenem Haar ein. Sie tat alles, was lasterhafte Mädchen in Filmen tun: Sie war Kettenraucherin, trank viel zu viel, fuhr zu schnell in ihrem Sportwagen und ließ sich mit Gangstern ein oder mit Leuten wie Warren, die sich nicht wehren konnten. Sie wirkte intelligent und geheimnisvoll, war jedoch weder das eine noch das andere. Ihr Leben war derart verworren und verwirrend, dass niemand nach ihren Vorzügen fragte.

Sie kommandierte Warren herum wie einen willenlosen Sklaven, lud ihn in teure Lokale zum Essen ein und erzählte ihm von ihrem Haus, das wie ein Schloss am Berghang lag. Über dieses Haus, das sie angeblich allein mit einem Dutzend Bediensteten bewohnte, waren viele Gerüchte, tolle Geschichten und offensichtliche Lügenmärchen im Umlauf. Angeblich wurde es von einem Mann mit einer Schrotflinte bewacht, aber er schien nicht sehr erfolgreich zu sein, denn es war der Lieblingssport einiger Leute im Städtchen, insbesondere junger Männer, im Schutze der Dunkelheit durch die Fenster zu spähen, um festzustellen, was sich drinnen abspielte. Die Berichte gingen weit auseinander, sodass man nie wusste, was Dichtung und was Wahrheit war, aber eines hatten sie alle gemeinsam: Die geschilderten Szenen waren recht ungewöhnlich.

Der Tag, an dem Warren diese junge Frau zum ersten Mal mitbrachte (das heißt, eigentlich brachte sie ihn mit, im offenen Wagen, mit quietschenden Reifen und schmetterndem Autoradio), war ein heißer Mittwoch. Kurz nach vier Uhr wurde Sidney Wyner von lautem Gelächter und dem Radau des Radios an seine Gartenhecke gelockt, wo er Posten bezog und unverhohlen hinüberstarrte. Junie Moon und Arthur aßen gerade ein Sandwich mit Thunfisch unter dem Baum und blickten kaum auf, denn Warren hatte schon viele Leute angeschleppt.

»Dies ist Gregory«, stellte er das Mädchen vor, in einem Ton, als wäre sie eine Weltberühmtheit.

Arthur erhob sich mühsam. Er hätte gern einen Scherz gemacht und gefragt, ob sie Gregory Peck sei, aber das wagte er nicht. Stattdessen gab er ihr die Hand und bot ihr seinen Platz auf der Orangenkiste an, die als Stuhl diente. Ihre hellgrünen Augen irritierten ihn, und instinktiv legte er seine Hand leicht auf Junie Moons Schulter, als bekämen sie beide dadurch inneren und äußeren Abstand von dem Mädchen. Gregory verschmähte die Orangenkiste. Sie setzte sich in den Schoß der großen Baumwurzeln, wühlte mit ihren nackten Füßen im Staub und summte eine kleine Melodie vor sich hin. Warren redete drauflos, als kenne er sie seit Jahren; er erzählte Arthur und Junie Moon genau, wo sie sich in der Stadt kennengelernt und was sie danach unternommen hatten. Minute für Minute.

Schließlich unterbrach ihn Gregory, ohne auch nur aufzuschauen, mit einem »Halt den Mund!«.

»Gewiss, Liebling«, sagte Warren und strahlte, als hätte sie ihm ein ganz großes Kompliment gemacht. Eine Weile schwiegen sie alle, bis Junie Moon, zu Arthur gewandt, bemerkte: »Ich glaube nicht, dass sie uns gemeint hat.«

Sie lachte leise und reichte Arthur die zweite Hälfte von seinem Sandwich.

»Möchten Sie etwas essen?«, sagte Arthur zu Gregory. Er kam allmählich dahinter, dass sie bildschön war, und beneidete Warren um sein Talent, Bekanntschaften zu schließen.

Statt zu antworten, sprang Gregory auf und ging mit schnellen Schritten durch das Gestrüpp zu der Hecke hinüber, hinter der Sidney Wyner stand.

»Hauen Sie ab, und scheren Sie sich zum Teufel«, fauchte sie ihn an. Sidney Wyner stieß einen leisen Schrei aus, als hätte ihm jemand auf die nackten Zehen getreten.

Gregory kam zurück, und ihre Augen leuchteten vor Freude.

»Ich hasse es, heimlich beobachtet zu werden«, sagte sie.

»In Bonassola hat einmal ein junges Mädchen am Strand ihren Badeanzug ausgezogen und ist nackt durch den ganzen Ort gelaufen, und kein Mensch fand etwas dabei. Aber jeden Abend musste die Polizei kommen, um die Männer von den Fenstern ihres Ferienhauses zu verjagen – junge Männer, für die Nacktheit nur *in* einem Haus aufregend war.«

»Nach Gregory drehen sich die Leute dauernd um«, prahlte Warren.

»Das ist auch mein Problem«, sagte Junie Moon mit einem harten Auflachen, »aber aus anderen Gründen.«

»Ich bin nicht so sicher, dass es aus anderen Gründen geschieht«, meinte Gregory und sah Junie Moon fest in die Augen.

Warren hoffte, die beiden Frauen würden gut miteinander auskommen. Um Arthur brauchte er sich keine

Gedanken zu machen, aber es war wichtig, dass Junie Moon Gregory akzeptierte und ihre Überlegenheit anerkannte, ohne ihren gewohnten Sarkasmus zu zeigen. Er hatte schon angefangen, ein paar von Gregorys Manieriertheiten nachzuahmen, das Mädchen gefiel ihm wirklich über alle Maßen.

»Gregory beschäftigt drei Leute, die ständig auf ihrem Besitz patrouillieren müssen, um Eindringlinge fernzuhalten«, teilte er Junie Moon mit und hielt dabei den Kopf ein bisschen schräg, wie Gregory es häufig tat.

»Nur einen«, verbesserte Gregory. Dann wandte sie sich plötzlich Junie Moon zu, als wäre ihr etwas eingefallen. »Kommt doch alle mit zu mir. Wir könnten schwimmen und hinterher auf der Terrasse essen.«

»Ich sehe schon schlimm genug aus, wenn ich angezogen bin und das meiste von mir unsichtbar ist«, sagte Junie Moon. »Im Badeanzug kann ich unmöglich herumlaufen.«

»Und ich kriege manchmal Anfälle. Außerdem kann ich nicht schwimmen«, sagte Arthur, als wollte er Junie Moon unterstützen.

»Sonst noch was?«, erkundigte sich Gregory.

»Wie bitte?«, fragte Junie Moon.

»Noch irgendwelche Missbildungen, Unfähigkeiten, Behinderungen oder anderweitige Leiden, die Sie aufzuzählen wünschen, bevor Sie meine Einladung annehmen?« Sie sprach in scharfem Ton, aber ihr Lächeln glich alles aus. Junie Moon musste lachen, und damit war die Sache entschieden. Sie stiegen in Gregorys Wagen. Warren saß vorn, und sein Bart flatterte im Wind; Junie Moon mit ihrem Sombrero hatte neben Arthur im Fond Platz genommen.

Gregory lenkte den großen Wagen um die letzte Kurve, und nun vernahmen sie gedämpfte Musik, die aus einem der oberen Fenster des Hauses drang. Es hörte sich an wie eine altmodische Tanzkapelle, und die Töne klangen, als wehten sie in einer Sommernacht über einen See herüber. Das Haus war riesengroß und wirkte extravagant.

Als Gregory das Tempo verlangsamte, kam aus einer Nebenstraße ein kleiner dunkelhäutiger Mann angelaufen und schwang sich auf einen der vorderen Kotflügel, um bis zum Haus mitzufahren.

Sie wurden in einen Raum geführt, der sich außerhalb des Hauses in einer Terrasse fortsetzte und an einen Swimmingpool grenzte. Er wurde von Bäumen beschattet und war von bequemen Liegestühlen umgeben. Warren rollte mit höchster Geschwindigkeit umher und sah sich alles an. Platten mit Essen standen bereit, auch für Frottiertücher, Strandhüte und Sonnenöl war gesorgt. Die Musik klang jetzt lauter, aber wegen eines klagenden Saxofons auch trauriger.

»Fantastisch!«, rief Warren und bremste scharf vor Gregory.

»Ich wünsche gute Unterhaltung«, sagte Gregory mit einem merkwürdigen Lächeln zu Arthur und Junie Moon, während sie sich anschickte, Warren in seinem Rollstuhl davonzuschieben.

»Wohin gehen Sie mit ihm?«, fragte Junie Moon beunruhigt.

Gregory lachte. »Spazieren.«

»Mir gefällt's hier nicht«, sagte Arthur, als sie allein waren.

»Lass gut sein«, erwiderte Junie Moon, »Gregory ist der Typ, der nichts lieber tut als angeben.«

»Das ist es ja, was ich so unheimlich finde. Vielleicht bekomme ich einen Anfall.«

»Vielleicht. Aber leg dich erst mal in den Schatten, weil ich mich dann leichter um dich kümmern kann. Ich mache dir einen rosa Razzamatazz.« Damit ging Junie Moon zu der Bar neben dem Pool.

Arthur ließ sich in einen Liegestuhl sinken und schloss die Augen.

»Für Stammgäste bloß fünfundzwanzig«, sagte sie, »das ist eine unumstößliche Regel.« Sie mixte den Drink, indem sie aus fast allen Flaschen der Bar einen Schuss in zwei hohe Gläser gab. Eine Melodie vor sich hin summend, fügte sie Orangenstückchen, Kirschen und Minze hinzu, bis das Getränk wie Fruchtsalat aussah. Dann drückte sie Arthur das eine Glas in die Hand.

»An so ein Leben könnte man sich schon gewöhnen«, meinte sie und tänzelte am Rand des Bassins entlang. »Junie Moon im Hotel Ritz ... Junie Moon und ihr schwarzer Ferrari.« Sie knabberte an ein paar Sandwiches und legte sie dann, lächelnd über ihre Extravaganz, auf die Platte zurück. Sie hielt einen Bikini an ihren mageren Körper und versuchte sich vorzustellen, wie sie darin aussehen würde. (Der einzige Badeanzug, den sie je besessen hatte, war aus schwarzer Wolle gewesen, unter den Armen tief ausgeschnitten.) »Junie Moon tut den entscheidenden Schritt.« Sie beugte sich über Arthur und öffnete eines seiner Augen. »Ich weiß, dass du da drin bist«, sagte sie. »Komm, trink aus und vergiss deine Sorgen.«

Die altmodische Tanzkapelle spielte einen Walzer aus *The Red Mill,* und das erinnerte sie an einen strohblonden jungen Mann, mit dem sie einen Sommer lang ausgegangen war.

Howard Young. »Junie Moon, warum bittest du deine Mutter nicht, dass sie dir Dauerwellen machen lässt?« Seine Oberlippe war immer feucht von Schweiß gewesen, und nach all den Jahren kam der Geschmack jetzt zu ihr zurück. »Du solltest dir den Mund abwischen, bevor du ein Mädchen küsst, Howard.« – »Und du, du solltest dir Dauerwellen machen lassen, Junie Moon, und deine Zähne müssten reguliert werden. Mit regulierten Zähnen würdest du gar nichts von meiner schweißigen Lippe merken, siehst du, so …« Und dann hatte er sie geküsst, bis es kein Spaß mehr war.

Das leicht bewegte Wasser spiegelte ihr Gesicht wider. »Junie Moon und ihr grausames Erwachen!«, rief sie. Es kam keine Antwort. Ein Windstoß fuhr durch die Bäume, und das war das einzige Geräusch. Sie mixte sich einen neuen Razzamatazz und setzte sich in den Liegestuhl neben Arthur.

Als er im Schlaf zu zucken begann, bettete sie seinen Kopf in ihren Schoß und strich ihm das dunkle Haar aus der Stirn. Kannst mir gestohlen bleiben, Howard Young, dachte sie, wahrscheinlich arbeitest du in irgend 'ner dreckigen Tankstelle auf dem platten Land, wo sich Fuchs und Hase gute Nacht sagen. Außerdem, wenn ich Dauerwellen gewollt hätte, wäre meine Mutter sofort einverstanden gewesen. Arme Mama. Dieses Haus hier hätte ihr gefallen. Junie Moons Familie hatte immer in Häusern gewohnt, die eigentlich nur Baracken waren, mit papierdünnen Wänden, sodass man alles hörte, und mit undichten Fenstern, durch die im Winter die Kälte drang. Dünnwandige Häuser, die im Sommer heiß wie Backöfen waren. »Wart's nur ab«, sagte die Mama manchmal, »eines Tages finden wir einen schönen alten Palacio mit vergoldeten Türklinken und fünf Badewannen.« Die erlebnishungrige Mama suchte noch immer danach. Liebe Mama, nun bin ich also in deinem Palacio, und er ist genauso, wie du ihn geschildert hast, nur noch feiner ... Junie Moon schrieb nie an ihre Mutter, schließlich wusste sie ja auch gar nicht, wo ihre Eltern waren, aber mitunter dachte sie sich Briefe aus – eigentlich nur Postkarten –, die sie ihr hätte schicken mögen. Zum Schluss hieß es immer: Bitte antworte bald, und sie unterzeichnete mit: Deine gehorsame Tochter Junie Moon, eine Wendung, die sie sehr elegant und dabei sachlich fand. Wenn sie jetzt schriebe, müsste sie wohl von Gregory erzählen. Aber was? Also weiter im Text: Um auf den Palacio zurückzukommen ... Junie Moon beschloss, das Haus erst einmal zu besichtigen.

Die Korridore waren breit, mit spanischen Kacheln gefliest und hatten hohe, freiliegende Deckenbalken. Zu beiden Seiten befanden sich Prunkräume mit französischen und spanischen Stilmöbeln, jeder so perfekt und so kalt wie ein Museum. Junie Moon setzte sich an das Kopfende eines langen Banketttischs und versuchte sich vorzustellen, dass sie zu dritt hier tafelten. »Gib mir doch mal den Ketchup rüber, Schätzchen«, sagte sie und kicherte, aber ihre Stimme wurde von den Gobelins an den Wänden verschluckt. Nun lief sie hinaus und durch die Halle. In der Küche, die größer war als das Haus unter dem Feigenbaum, saßen an einem Tisch – aus echten Porzellan! – zwei Köche, ein Stubenmädchen und ein Butler und spielten Karten, während ein Diener die Punkte notierte. Das Personal wirkte genauso sorgfältig ausgewählt wie die Einrichtung. Der Diener bemerkte Junie Moon als Erster, erhob sich rasch und machte eine leichte Verbeugung. »Können wir Ihnen behilflich sein, Madame?«, fragte er. Die anderen blickten auf, beugten sich aber sogleich wieder über ihre Karten. Ich werde nie erfahren, dachte Junie Moon, ob sie wegen meines Aussehens oder wegen ihres Spiels so rasch weggeschaut haben. Sie winkte mit der Hand ab und setzte ihren Weg fort. Der Korridor führte im Bogen an einer Bibliothek vorbei und öffnete sich dann auf eine Terrasse, von der aus die Lichter des Städtchens zu sehen waren. Junie Moon lehnte sich an die Steinbrüstung und horchte auf die nächtlichen Geräusche. Ihre heitere Stimmung war verflogen. Sie fand dieses Haus trotz seiner Pracht so leer wie ein Schiff auf hoher See, das keine Menschenseele an Bord hat. Ein Kälteschauer überlief sie, obgleich der Abend warm war, und sie durchquerte eilig das Haus, um zu Arthur zurückzugelangen.

Als sie sich dem Schwimmbecken näherte, hörte sie den Schrei.

Auch Arthur hatte ihn gehört und richtete sich blinzelnd auf. »Was war das?«

Sie starrten einander an, und jeder von ihnen tat, als wüsste er nicht, was es gewesen war.

»Vielleicht der Wind«, sagte Junie Moon.

Arthur schüttelte den Kopf. »Nein, es klang eher wie Hundegebell.«

Sie warteten stumm, aber der Schrei wiederholte sich nicht. »Lass uns nach Hause gehen, Arthur«, bat Junie Moon.

»Es könnte auch ein Flugzeug gewesen sein«, sagte er. »Jets machen manchmal so ein Geräusch, dass man denkt, da heult ein Mensch – und ohne Warren können wir nicht fortgehen.«

Junie Moons Stimme klang schrill. »Warren kann auf sich selber aufpassen.«

»Ich weiß nicht – hat es nicht doch wie Warrens Stimme geklungen?«, fragte Arthur zögernd.

Junie Moon seufzte. »Möglich wäre es.«

Und so durchquerten sie die Eingangshalle, um Warren zu suchen.

Weit hinter dem langen Korridor und den vielen Prunkräumen, aus denen Gregorys Haus bestand, gab es noch einen Anbau mit eigenem Eingang. Dort, in einer mönchisch kahlen Zelle, saß Warren und weinte.

»Das Spielzimmer«, hatte Gregory gesagt.

»Aber es ist ja ganz leer. Ich sehe keine Spieltische.«

»Streng deine Fantasie ein bisschen an, Liebling.«

Für gewöhnlich weinte Warren aus Selbstmitleid oder weil er sich frustriert fühlte. Tränen der Trauer hatte er nie gekannt, denn seinen einzigen Verlust – Guiles – spielte seine Großmutter, die Wissenschaftlerin mit den schmalen Lippen, bewusst herunter. (»Tapfere kleine Jungen weinen nicht über Dinge, die nicht zu ändern sind.«) Jetzt weinte er, weil er nicht imstande war, das Einzige zu tun, was ihm Gregorys Zuneigung sichern, ja das Mädchen vielleicht dazu bringen konnte, für immer mit ihm zusammenzubleiben. Er dachte: Das Leben wird an mir vorüberziehen, weil ich ein Krüppel bin. Ich muss unaufhörlich von einem Ort zum anderen wandern, um nach einem Freund zu suchen. Der Ewige Jude. Der Heimatlose. Im Rollstuhl fahre ich der sinkenden Sonne nach. Niemand liebt mich. Niemand.

Das Weinen hatte ihn erfrischt, und er putzte sich die Nase. Er wollte es noch einmal versuchen. Vielleicht schaffte er es jetzt. Gregory saß ihm gegenüber, und er lächelte ihr schwach zu. Wie schwierig war es doch, ihre Gedanken zu erraten. Das Licht der einzigen Glühbirne im Raum fiel auf ihr silbriges Haar. Während sie für gewöhnlich leicht verärgert dreinblickte, hatte ihr Gesicht jetzt einen entschlossenen Ausdruck, der sie noch schöner machte. Trotzdem musste Warren sich eingestehen, dass sie ihn in Angst versetzte. Vielleicht lag es an ihren Augen, die schmal und funkelnd waren wie die eines Tieres.

»Kein Geschrei mehr«, befahl Gregory. »Entweder versuchst du es, oder du gibst auf. Kein Mensch zwingt dich hierzubleiben.«

»Verzeih mir«, murmelte Warren und wischte sich die Tränen ab.

Arthur und Junie Moon waren dem Klang der Stimmen gefolgt. Sie standen nun im Dunkeln vor der halb geöffneten Tür und spähten in den Raum.

»Du bildest dir ja nur ein, nicht gehen zu können«, sagte Gregory. »Es ist rein psychogen, weiter nichts.«

»Möglich«, erwiderte Warren kleinlaut.

»Ich zähle jetzt noch mal bis zehn, und dann wirst du es

schaffen.« Sie erhob sich und ging um ihn herum, wachsam und konzentriert wie ein Löwenbändiger.

Arthur machte eine Bewegung, aber Junie Moon hielt ihn zurück. Sie sorgte sich um Warren und war empört, weil er sich so viel von dieser Frau gefallen ließ, aber sie fand, dass sie sich hier nicht einmischen durfte. Es war wie eine scheußliche Darbietung auf dem Jahrmarkt. Sehen Sie den Mann mit den kräftigen Armen und dem blonden Bart der Länge nach zu Boden fallen! Direkt aufs Gesicht! Sehen Sie die Dame lächeln! Hören Sie ihr lautes Lachen! Welche Dame? Junie Moon schauderte.

Gregory hatte bis zehn gezählt. »Okay, mein kleiner Liebling, mein kleiner Halbmann, mein kleiner Schatz …« Warren vermochte sich ihrem Blick nicht zu entziehen. Er war wie hypnotisiert. Wie von einem giftigen Insekt gestochen.

Sie sagt ihm Obszönitäten, dachte Junie Moon, und ihre Erinnerung eilte zurück zu jener dunklen Nacht am Rande der Landstraße. Um Himmels willen, Jesse, ist es denn möglich, dass ich nackt dort gestanden und zugehört habe, wie du mir derartige Dinge sagtest? Gregorys Gesicht hatte den gleichen Ausdruck wie damals Jesses Gesicht – dieses blicklose Starren.

»Warren!«, schrie sie.

»Nicht stören, Goldkind«, sagte Gregory, ohne aufzuschauen. »Diesmal schaffen wir's. Nicht wahr, Warren? Los!«

Mit seinen muskelstarken Armen stemmte Warren sich hoch, hielt sich, auf die Armlehnen des Rollstuhls gestützt, für den Bruchteil einer Sekunde in der Schwebe und stellte sich dann mit einer gewaltigen Anstrengung auf die Beine. Er beugte wie ein Tänzer den Oberkörper leicht nach hinten, fiel dann nach vorn und schlug auf dem Fußboden auf.

»Seht ihr«, rief Gregory triumphierend. »Wenn er stehen kann, kann er auch gehen! Noch mal!«

»Es war kein Stehen, und das wissen Sie sehr gut«, sagte Arthur mit ungewöhnlich fester Stimme. Gregory blickte ihn an, als sähe sie ihn zum ersten Mal und fände ihn interessant.

»Wir wollen Warren darüber entscheiden lassen«, erwiderte sie gleichmütig.

»Sehr richtig«, sagte Warren, während er sich hochzog und in den Rollstuhl zurückkroch. Er genoss es, dass so viel Aufhebens um ihn gemacht wurde, besonders jetzt, da er Gregorys Gunst wiedergewonnen zu haben schien.

»Das kann er ja gar nicht entscheiden«, protestierte Arthur. Er begriff nicht die Problematik dessen, was sich vor seinen Augen abspielte, er spürte lediglich, dass es sich auch hier um eine Form von Grausamkeit handelte, wie bei so vielem, was er in der Anstalt erlebt hatte. Kleine Jungen, die man zwang, ihr Hinterteil zu entblößen und sich schlagen zu lassen für Untaten, die sie gar nicht begangen hatten. Er selber, einen halben Tag lang eingesperrt in einem Besenschrank. Was hatte er denn getan? Er begriff es jetzt so wenig wie damals. Er versuchte, Junie Moons Blick einzufangen. Warum stand sie ihm nicht bei gegen diese gemeine Person? Es sah ihr gar nicht ähnlich, dass sie ihren Senf nicht dazugab. Junie Moon? Arthur fühlte sich schwach und mutlos.

Keiner der vier rührte sich, als wären sie bis in alle Ewigkeit erstarrt. Warren, das Gesicht zu Gregory erhoben, lächelte sie an. Gregory stand da, mit harten Augen, der Mund wie aus Stein. Junie Moon, die an allen vorbeiblickte, hielt – so kam es Arthur vor – die Augen auf einen Punkt an der gegenüberliegenden Wand gerichtet. Er dachte: Wenn ich nicht rede, wird keiner von ihnen je wieder reden, wir werden für immer hier stehen wie die Salzsäulen. Vielleicht habe ich zu viel getrunken. Vielleicht bekomme ich doch noch einen Anfall. Und dann, als ihm die Erklärungen ausgingen, erkannte er plötzlich und nicht ohne Entsetzen, dass er hier der Verantwortliche war.

»Wir gehen jetzt nach Hause«, sagte er energisch.

Gregory sprang auf und legte ihre Hand auf Arthurs Schulter. »Ausgeschlossen, Liebling! Ihr seid ja eben erst gekommen.« War es Panik, was sich in ihrer Miene zeigte?

Ob Panik oder etwas anderes, es machte sie so hässlich, dass sie ihm beinahe leidtat.

»Kommst du, Junie Moon?«, fragte er.

Junie Moon riss ihren Blick von der Wand los und sah ihn an. »Ja, du hast recht, wir müssen gehen.«

»Und du kommst auch mit«, wandte sich Arthur an Warren.

»Warte doch einen Moment, verdammt noch mal«, sagte Warren, und wieder füllten sich seine Augen mit Tränen.

»Du kannst mich nicht so rumkommandieren.«

»Doch«, versetzte Arthur, »hin und wieder kann ich.«

Er nahm Junie Moons Arm, und sie gingen den endlosen Korridor entlang, am Schwimmbecken vorbei zum Hauptportal. Die Musikkapelle spielte noch immer: *Palemoon shining, high above* … denselben altmodischen Walzer. Sie warteten an der Tür, ohne einander anzusehen. Nach ein paar Minuten hörten sie den Rollstuhl herankommen. In Warrens Bart hingen Tränen, aber er war bereit, mit den beiden zu gehen.

13

Arthurs Zimmer war eigentlich eine Veranda, da die Außenwand nur aus Fliegengitter bestand. Warren hatte dieses Zimmer ursprünglich als Gemeinschaftsraum geplant und vorgeschlagen, dass Arthur auf einem Klappbett neben dem Küchenherd schlafen solle. Arthur hatte jedoch den Kampf gewonnen, indem er sich weigerte, über diese Angelegenheit zu diskutieren. Nachts, wenn er im Bett lag, konnte er oft den hellen Schimmer der Eulenflügel im Feigenbaum sehen, und das erinnerte ihn an Gespensterfilme mit Eulen, Fledermäusen und Spukhäusern. Er stellte sich vor, er sei Laurence Olivier, Schlossherr, Gebieter über die Falknerei, die Hundemeute und rothaarige irische Mädchen, die auf irgendwelche adligen Gunstbeweise erpicht waren. Arthurs Fantasien hatten meist eine stark erotische Färbung. Er träumte vom Beischlaf, von der Kunst und den vielfältigen Variationen sexueller Betätigung, die er oft mit Heroismus oder Überheblichkeit verwechselte – sogar mit Liebe. Gelegentlich dachte er noch an Ramona, an ihr schallendes Lachen und wie sie am Hackklotz in der Anstaltsküche ihr Messer geschwungen hatte, wie sie ihn mit ihrem feuchten Mund geneckt und ihm, wenn er vorbeiging, mit dem Hinterteil einen Schubs versetzt hatte. Immer wieder sah er sie vor sich, wie sie ihm die Hosenknöpfe abschnitt, und er ließ diese Szene auf tausend verschiedene

Arten enden. Dennoch war Ramonas Geruch immer zu stark, ihr Gewicht immer zu mächtig.

Manchmal wachte er um vier Uhr morgens auf, zu der Stunde, da der Wind sich legte und die Stille bedrückend war. Dann fiel es ihm schwer, an Sex zu denken. Stattdessen sagte er sich häufig: Ich schlafe immer unter Fremden.

Er lauschte, ob sich die beiden anderen in ihren Zimmern rührten. Warren sprach oder sang oft im Schlaf, und Junie Moon warf sich unruhig im Bett hin und her. Anfangs dachte er nachts sehr selten an Junie Moon. Er war froh, sie im Haus zu wissen, mehr nicht. Sie war wie ein alter Schuh. Eine alte Tante. Eine reizlose alte Schwester. Aber sie veränderte sich. Ganz allmählich wurde sie weniger reizlos.

Es war schön gewesen, ihren Bauch zu fühlen, als sie bei Gregory seinen Kopf in ihren Schoß gebettet und er sich schlafend gestellt hatte. Aber für längere Zeit konnte er noch nicht in sexueller Weise an sie denken. Stattdessen grübelte er darüber nach, was mit ihm geschehen würde. Um vier Uhr morgens ängstigte er sich vor dem Sterben. Immer war es ein Tod durch Ertrinken.

Eines Nachts stand er auf und setzte sich unter den Feigenbaum. Die Tatsache, dass er keinen Sinn in seinem Leben entdecken konnte, und dazu die Angst vor dem Sterben machten ihn rastlos. Er erwog davonzulaufen, lachte dann aber bitter auf, denn von allem, wozu er nicht fähig war, stand Davonlaufen an erster Stelle. Sein Bein mit den absterbenden Nerven wog so schwer, dass es ihm allenfalls gestatten würde, bis zum Drugstore an der Ecke zu gehen. Vielleicht geben sie mir dort eine Adrenalinspritze, dachte er. Damit käme ich wenigstens noch bis zur nächsten Ecke. Wenn man nicht davonlaufen kann – wie soll man dann ein respektabler Versager werden? Trotzdem, dieses Herumhocken hielt er nicht länger aus. Er hatte es satt, von der Fürsorge zu leben. Morgen wollte er sich Arbeit suchen. Nachdem er diesen Beschluss gefasst hatte, stellte er fest, dass wieder Wind aufgekommen war, und so kehrte er ins Haus zurück und schlief weiter.

Am nächsten Morgen duschte er ausgiebig und lange und benutzte das Haarwasser, das Warren ihm geschenkt hatte. Er wusste nicht, wie viel man davon nehmen musste, und sah infolgedessen aus wie ein altmodischer Zeremonienmeister mit angeklatschtem, fettglänzendem Haar. Er zog ein kurzärmeliges geblümtes Sporthemd an und wählte eine rot-weiß gestreifte Krawatte. Da er abgenommen hatte, hingen ihm die Hosen an den Hüftknochen, wie man es bei alten Männern sieht, die langsam dahinsiechen. Er putzte seine Schuhe und reinigte die Fingernägel, aber kaum hatte er sich ein paar Schritte vom Haus entfernt, als ein Anfall ihn niederwarf, sodass er minutenlang zwischen dem Unkraut lag und um sich schlug. Als es vorbei war, kroch er in sein Zimmer zurück und legte sich hin, um neue Kraft zu sammeln. Danach musste er sich zum zweiten Mal gründlich säubern. Er war so deprimiert, dass er laut weinte, die Tränen fielen auf sein Hemd, und der Stoff kräuselte sich. Von ihrem Fenster aus hatte Junie Moon die letzte Phase seines Anfalls beobachtet, sich aber entschlossen, nichts zu unternehmen. Erstens war es dafür ohnehin zu spät, und zweitens hatte Arthur sie bei einer früheren Gelegenheit gebeten, sich nicht um seine

Anfälle zu kümmern. Jetzt hörte sie ihn schluchzen und im Badezimmer mit Wasser plätschern, und dann sah sie ihn wiederum fortgehen, den Gartenweg entlang, mit gekämmtem Haar, das Hemd ordentlich in die Hose gesteckt. Sie dachte: Sein verfluchter Heroismus bringt mich noch zum Heulen.

Arthur ging in das Telegrafenamt der Western Union, wo er früher gearbeitet hatte, und sprach mit Sam, dem Mann, der ihn damals eingestellt hatte.

»Na«, sagte Sam und blickte unter seinem Augenschirm zu ihm auf, »wo haben Sie denn so lange gesteckt?«

Arthur beschloss, den feinen Mann hervorzukehren. »Ich war in Florida«, behauptete er.

»Tatsächlich?«, fragte Sam. »Und jetzt möchten Sie wohl Ihren Job wiederhaben?«

»Richtig«, sagte Arthur.

»Nein«, widersprach Sam, »das ist nicht richtig. Sie sind einfach weggeblieben, ohne mich zu verständigen.«

»Ich wurde krank«, sagte Arthur aus Versehen.

»Eben haben Sie mir doch was von einer Reise nach Florida erzählt.« Sam wusste ganz gut, was passiert war, denn ein mit ihm befreundeter Polizist hatte Arthur auf der Straße gefunden und die Ambulanz gerufen. Aber im Augenblick machte es ihm Spaß, gemein zu sein.

»Das mit Florida war nur ein Scherz«, sagte Arthur. Er wusste, dass er den Job nicht bekommen würde, aber er brachte es einfach nicht fertig, das Büro zu verlassen.

»Mit anderen Worten, Sie haben gelogen. Ich kann keine Lügner einstellen, Arthur. Wie Sie wissen, habe ich meine Vorschriften, und an die muss ich mich halten.«

»In der Regel lüge ich nicht«, beteuerte Arthur.

»Es sind die Ausnahmen von der Regel, mit denen man gewöhnlich die meisten Scherereien hat«, erwiderte Sam und fühlte, wie eine Woge guter, wärmender Rechtschaffenheit ihn durchströmte.

»Ich habe Ihnen nie Scherereien gemacht«, sagte Arthur.

Seine Hände wurden kalt, und er stand wie angewurzelt, unfähig, sich zu bewegen.

»Das ist wahr«, gab Sam zu, »und ich wäre jederzeit bereit, es zu bestätigen.« Er setzte sich an seine alte Schreibmaschine und spannte sorgfältig ein Telegrammformular ein. Sein Lächeln war so gütig, dass Arthur glaubte, er hätte sich anders besonnen. »Trotzdem«, sagte Sam, »nach dieser Lüge könnte ich Ihnen nie mehr vertrauen.« Er fing an, kräftig auf die Tasten zu hämmern, aber Arthur wusste, dass er kein Telegramm tippte, sondern es nur darauf anlegte, wichtig und beschäftigt zu wirken.

»Ich wäre auch mit weniger Lohn zufrieden.« Als Arthur sich so sprechen hörte, wurde ihm ganz schlecht, und er hätte sich ohrfeigen mögen.

»Was sagen Sie?«, überschrie Sam den von ihm selbst produzierten Lärm. »Ich kann Sie nicht verstehen.«

»Gar nichts.«

»Himmelherrgott, reden Sie lauter!«

Für einen so bösartigen Kerl, dachte Arthur, sieht er eigentlich recht nett aus.

»Könnte ich nicht die Nachtschicht übernehmen?«, fragte Arthur. »Es ist doch immer so schwer, dafür jemand zu kriegen.« Das hässliche Maschinengeklapper verstummte. »Hören Sie, Arthur, nein ist nein. N-e-i-n.« Er hieb rhythmisch auf immer dieselbe Taste. »Nein, nein, nein, nein, nein.«

»Gut, Sam.« Arthur versuchte, sein Bein vorzuschieben, sich in Bewegung zu setzen, aber nichts geschah. Er fürchtete schon, er würde sich hinlegen und auf dem Bauch hinauskriechen müssen.

»Also dann auf Wiedersehen, Arthur, und viel Vergnügen in Florida.«

»Sie Stinkbock!«, schrie Arthur. Und durch den Schrei löste sich der Krampf: Er konnte das Bein bewegen und einen Schritt machen.

»Besuchen Sie mich mal wieder«, sagte Sam freundlich.

»Sie dreckiger Bastard!« Arthurs Muskeln bebten wie Espenlaub.

»Wer weiß, vielleicht ändert die Western Union irgendwann ihre Vorschriften hinsichtlich der Beschäftigung von Lügnern«, meinte Sam.

Weiter, weiter! Beweg dich schon, los! Heulst wie ein Idiot, schwenkst die Arme wie Windmühlenflügel. Vorwärts, versuch's in dem Drugstore da drüben. Ganz egal wo.

»Tut mir leid«, sagte der Drogist, »ich habe schon einen Botenjungen.«

»Ich bin kein Junge.«

»Auch das tut mir leid.«

»Ach, halts Maul.«

Weiter, weiter, bevor es zu spät ist!

»Früher hatte ich einen Austräger, aber ich musste ihn entlassen.«

»Warum?«

»Weil er mir den ganzen Profit aufgegessen hat.«

»Ich esse sehr wenig.«

»Das sagen alle.«

Ihm wurde heißer und heißer. Alles Blut war aus seinen Händen und Füßen gewichen und staute sich in den Eingeweiden. Gleich werde ich mich mitten auf der Hauptstraße übergeben, dachte er.

»Ich weiß nicht«, sagte Mario, während er den Kopf eines dicken roten Schnappers abtrennte und in den Eimer warf.

»Muss erst den Chef fragen. Kommen Sie morgen wieder.« Mein Gott, ein Job!

Arthur hatte geglaubt, er werde nicht lebend nach Hause kommen, aber seit er einen Grund hatte, am Leben zu bleiben, dachte er nicht mehr ans Sterben. Er bahnte sich im Vorgarten einen Weg durch Unkraut und Kresse, lief am Haus vorbei und fand Junie Moon dort, wo er sie zu finden gehofft hatte. Sie saß unter dem Baum und las die Zeitung der vergangenen Woche.

»Ich hab einen Job«, schrie er, »ich hab einen Job!«

Dann sank er vor ihr zu Boden, halb ohnmächtig und einem Zustand der Ekstase so nah wie nie zuvor. Sie fischte ein Stück Eis aus ihrer Limonade und rieb ihm damit die Stirn.

Mario wusste gar nicht, weshalb er zu Arthur gesagt hatte, er müsse den Chef fragen, denn der Chef war er selbst. Wahrscheinlich hatte er befürchtet, Arthur werde, wenn er ihm sagte, dass er keinen Job für ihn hätte, auf der Stelle tot umfallen, so entsetzlich hatte er ausgesehen. Allerdings wollte Mario gern einen Gehilfen haben, nur musste es jemand sein, der kräftig genug war, um Eis aufzuschütten und Fischkörbe zu stapeln.

Im Grund wäre Mario mit der Arbeit auch allein fertig geworden, aber was er brauchte, war ein Mensch, mit dem er reden konnte. An den langen Sommernachmittagen vermisste er den Klang einer anderen Stimme. Er vermisste jemanden, den er freitags, wenn der Laden überfüllt war, anschreien konnte. Na, was sagt denn nun der Chef?, fragte er sich selber, und nach einer Weile antwortete er: Der Chef sagt, er weiß nicht so recht, denn irgendwas ist mit diesem jungen Mann nicht in Ordnung. Womöglich schlachtet er eines Tages den Chef ab und schmeißt seine Eingeweide in den Eimer. Später am Nachmittag, als Mario gerade den Laden schließen wollte, entdeckte er auf der anderen Straßenseite den jungen Mann in Begleitung jener Dame, die er schon einmal gesehen hatte – die mit dem mexikanischen Sombrero und dem Narbengesicht. Mario hatte den Eindruck, Arthur zeige zum Fischmarkt hinüber. Ach, du lieber Gott, dachte er, irgendwie gehört der Bursche also zu ihr. »... da kippte mir doch der Kessel vom Herd, und die heiße Suppe hätte mich beinahe zu Tode verbrüht«, glaubte er die Stimme seiner Großmutter zu vernehmen. Die Dame mit dem Sombrero klopfte jetzt Arthur auf die Schulter, und dann machten sie kehrt, gingen den Weg zurück, den sie gekommen waren. Lieber Gott, dachte Mario, er hat ihr zeigen wollen, wo er arbeiten wird. Na, meinetwegen. Wenigstens habe ich dann jemand zum Reden.

14

Arthur erwartete Mario vor dem Laden. Trotz der frühen Stunde war es schon drückend heiß, das bemerkte er kaum. Obgleich er in der letzten Nacht höchstens fünf Minuten geschlafen hatte, war er frisch und munter wie ein Junge. Seine Ängste hatte er so weit wie nur irgend möglich zurückgedrängt, und der Rest des Haarwassers war bei der Morgentoilette draufgegangen.

Warren hatte am Abend zuvor in düsteren Prophezeiungen geschwelgt. »Er hat nicht gesagt, dass er dich nehmen will. Er hat nur gesagt, er wird den Chef fragen.«

»Das war doch bloß eine Formalität.«

»Außerdem wirst du grässlich nach Fisch stinken, wenn du abends nach Hause kommst.«

»Ein Mann braucht sich für diese Art von Gerüchen nicht zu entschuldigen«, erwiderte Arthur mit überlegener Ruhe.

Junie Moon konnte nicht anders, sie musste ihm zulächeln.

»Ich finde es romantisch«, sagte sie. »Stell dir vor, der Fisch, den du heute schuppst, hat letzte Nacht noch in der Chesapeake Bay geschlafen.«

»In der Cape Cod Bay«, verbesserte Warren.

»Wie wär's denn mal mit 'ner schönen Seezunge, Ma'am?«, flötete Arthur.

»Für mich kommt nur Steinbutt infrage, Herzchen.« Sie kicherte und gab ihm einen Rippenstoß.

»Schade«, sagte Arthur, »die sind nämlich alle vom Dampfer überfahren worden.«

Sie saßen unter dem Baum, schlugen nach den Mücken und aßen Schoko-Brownies, die Junie Moon zu backen versucht hatte, um Arthurs neuen Job zu feiern.

»Du wirst durch deine Arbeiterei unser idyllisches Leben ruinieren«, murrte Warren. »Als Nächstes kommen bestimmt die Wohlfahrtsdamen angerückt, um auch mich einer nützlichen Tätigkeit zuzuführen – Webarbeiten oder sonst was Faszinierendes.«

»Bei dir wäre das verlorene Liebesmüh«, bemerkte Junie Moon.

Warren mochte nicht, dass man so etwas über ihn sagte.

»Und du backst gräuliche Brownies«, gab er zurück.

»Das weiß ich.«

»Steinhart sind sie und schmecken schauderhaft.«

»Da hast du leider recht.«

»Aber wenigstens dazu taugen sie«, sagte er, nahm einen Keks und feuerte ihn gegen die Hecke, hinter der Sidney Wyner gewöhnlich stand, um zu spionieren. Sie hörten, wie der Keks irgendetwas traf – vielleicht nur einen Zweig –, und dann folgte ein leises Rascheln.

»Mir scheint, du hast ihn erwischt«, meinte Arthur hoffnungsfroh.

»Nächstes Mal kannst du sie backen«, sagte Junie Moon.

»Vielen Dank.« Warren blickte sie von oben herab an.

Sidney Wyner war tatsächlich von dem Keks getroffen worden. Dieses Geschoss, das er für einen Stein hielt, trieb ihn ins Haus zurück. Seine Frau war gerade dabei, in ihrem Knopfkasten zu wühlen. »Der Magere behauptet, er hat einen Job beim Fischmarkt gekriegt«, teilte er ihr mit. »Dem werd ich die Suppe versalzen.«

Mrs Wyner blickte auf und seufzte. Das dauernde Gerede über die neuen Nachbarn ging ihr so auf die Nerven, dass sie am liebsten hysterisch gekreischt hätte.

»Warum kümmerst du dich nicht lieber um deine eigenen Angelegenheiten, Sidney?«, fragte sie und ließ die Knöpfe durch die Finger gleiten.

»Genau das tue ich ja, Lil«, erwiderte er, während er eine Telefonnummer wählte. »Hallo, Mario«, sagte er, »ich muss dir was über diese Missgeburt erzählen, die du angestellt hast.« Er sprach so leise weiter, dass seine Frau kein Wort mehr verstand. Sie seufzte noch einmal und betrachtete die Knöpfe, die sie in der Hand hielt. Einer davon stammte von Sidneys Hochzeitsanzug. »Ach Gott«, sagte sie laut.

Mario hatte Sidney Wyner nicht gern zugehört, denn er wusste, was für ein Schwätzer er war, aber zugehört hatte er trotzdem, etwa in der Art, wie man eine beschmutzte Postkarte ansieht, die auf der Straße liegt. »Was ist er?«, hatte Mario gefragt. Sidney war zu dem Schluss gelangt, Arthur huldige einer ganz bestimmten Perversion.

»Er ist ein Sodomit«, wiederholte er.

»Wirklich?« Das Wort kam Mario bekannt vor, er wusste nur nicht, was es bedeutete.

»Ich brauche dir wohl nicht zu erklären, wie schädlich es für dein Geschäft ist, wenn du so einen für dich arbeiten lässt«, fuhr Sidney in eindringlichem Flüsterton fort.

»Ja, ja«, sagte Mario, während er langsam den Hörer auflegte.

Später am Abend versuchte Mario die Bedeutung des Wortes zu ergründen, aber das einzige Nachschlagewerk, das er besaß, war ein Wörterbuch, aus dem seine Mutter Englisch gelernt hatte. Es war in großen Lettern gedruckt und enthielt keinen Hinweis auf das fragliche Wort.

Mario ließ sich am nächsten Morgen reichlich Zeit, bevor er zur Arbeit ging. Er trank eine zweite Tasse Kaffee, was er sonst nie tat, und saß dann noch eine Weile auf den Stufen der rückwärtigen Treppe seines Hauses. Ohne dass er sich dessen bewusst war, entwickelte er allmählich Gewohnheiten, wie man sie oft bei allein lebenden Menschen findet, kleine Rituale, die den Anforderungen von Kindern oder der Kritik einer Ehefrau nicht standgehalten hätten. Zum Beispiel stieg er immer von derselben Seite ins Bett, trank vor dem Abendessen nicht mehr, aber auch nicht weniger als zwei Glas Whisky, zog jeden Tag in genau festgelegter Reihenfolge ein anderes Hemd an und hatte nur ganz bestimmte Nahrungsmittel in seiner Speisekammer – schlichte Hausmannskost, die seinen Appetit nicht besonders anregte. Er dachte, der Sommer sei diesmal zu lang gewesen; er sehnte sich nach kühlerem Wetter. Alles war ihm zuwider: die Hitze, die kleine Stadt, der Fischgestank und dass er dauernd Fischschuppen aus seinem Haar und unter den Fingernägeln entfernen musste. Es war Monate her, seit er mit einer Frau ein privates Gespräch geführt hatte, und noch viel länger, seit er mit einer ins Bett gegangen war. Er sehnte sich danach, irgendwo zu sein, wo die Leute bis zur Morgendämmerung lachten und tanzten.

Schließlich raffte Mario sich auf und fuhr mit dem Wagen zu seinem Geschäft. Schon von Weitem sah er, dass Arthur ihn erwartete, genau wie er es sich vorgestellt hatte. Du bist ein Sodomit, dachte Mario, während er noch immer sein Gedächtnis nach der Bedeutung des Wortes durchforschte. Andererseits wusste jeder, dass Sidney Wyner ein Schnüffler und Lügner war. Auch das musste Mario bedenken.

Trotz der Hitze wollte Junie Moon ein warmes Abendessen auf den Tisch bringen: Kartoffelpüree, gebackene Bohnen, heiße Biskuits und Schweinekoteletts – alles, was ihr Arthur jemals als seine Leibgerichte genannt hatte. Um vier Uhr hatte sie mit der Kocherei angefangen, und um sechs war sie noch nicht fertig. Warren saß bei ihr in der Küche und las.

»Wie gemütlich das ist«, sagte er von Zeit zu Zeit mit einem so bezaubernden Lächeln, dass sie ihn zum ersten Mal ausgesprochen sympathisch fand. »Ich habe es gern, wenn du beim Arbeiten vor dich hin summst«, bemerkte er. »Die Köchin meiner Großmutter in Boston hat das auch immer gemacht.«

»Ich tu es nur, um meine Angst zu verbergen«, erwiderte sie. »Ich habe nämlich seit Ewigkeiten nicht mehr gekocht.«

»Das brauchst du keinem zu sagen, der deine Kekse probiert hat.« Er blinzelte ihr über den Rand seiner Zeitschrift hinweg verschmitzt zu und lachte.

»Okay, Herzchen, hab schon verstanden.« Es war seine fünfzehnte Bemerkung über die Kekse in ebenso vielen Stunden.

Um drei viertel sieben war das Essen fertig, aber Arthur ließ auf sich warten.

»Vielleicht muss er den Laden noch sauber machen«, meinte sie.

Warren brummte irgendetwas.

Das Essen wurde langsam kalt. Um halb acht hatte Warren das Magazin ausgelesen und war hungrig.

»Wir wollen noch eine Weile warten«, sagte Junie Moon, aber als Arthur auch um acht Uhr noch nicht da war, gab sie Warren sein Essen, damit die Nörgelei aufhörte. Sie redeten über alles Mögliche und taten, als glaubten sie, Arthur werde jeden Augenblick kommen. Um halb elf setzte Junie Moon ihren Sombrero auf.

»Ich will nur mal zum Fischladen gehen und ihm mitteilen, dass sein Essen fertig ist.« Sie wandte sich zur Tür.

»Da ist er bestimmt nicht«, sagte Warren.

Sie seufzte. »Ach, Warren, du würdest sogar wetten, dass die Sonne zu Eis wird.«

Die Straße war dunkel und menschenleer. Hier und dort saßen Leute auf den Veranden und plauderten; ihre Stimmen wurden durch das dichte Sommerlaub und die feuchtwarme Abendluft gedämpft. Junie Moon hielt sich möglichst nahe am Bordstein, weil sie nicht gesehen werden und doch die Stimmen hören wollte. Sie liebte dieses leise Summen menschlicher Stimmen, obwohl es sie traurig machte.

Auf Arthur war sie ernstlich böse. Du dämlicher Kerl, du Schafskopf, beschimpfte sie ihn, als stünde er vor ihr. Du kläglicher Idiot du, wahrscheinlich hast du einen Anfall bekommen und bist auf das zerhackte Eis gefallen. Wahrscheinlich hat Mario dich gefragt, ob du gesund bist, und du hast prompt geantwortet: O ja, ich bin kerngesund, außer dass ich ein progressives Nervenleiden habe, und da hat Mario dich rausgeschmissen, bevor du überhaupt eingestellt warst. Je länger sie über Arthur nachdachte, umso wütender wurde sie auf ihn. Sie dachte daran, wie blöde er sein Haar kämmte und dass er gestreifte Krawatten zu karierten Hemden trug und an einen lahmen Krebs erinnerte, wenn er umherhumpelte und mit den Armen wie mit Scheren in der Luft fuchtelte. Schlimm, dass du so ungeschickt bist, Arthur, dachte sie, und ihr Gesicht wurde unter den geröteten Narben noch röter, ja, und am schlimmsten ist es, dass du keine Ahnung davon hast. Junie Moon gab einem Pappkarton, der im Rinnstein lag, einen so kräftigen Tritt, dass er über den Gehsteig flog und in einem Blumenbeet landete.

Als sie bis zum Postamt gekommen war, wo die Stadt erst richtig begann, hatte sie eine solche Wut auf Arthur, dass ihr ganz schlecht davon war. Aber fast gleichzeitig stieg wie eine Flutwelle ein anderer Gedanke in ihr auf: Sie erinnerte sich an Arthurs Gesichtsausdruck, als er ihr von dem neuen Job erzählte. Sein Lächeln, das sie in dem Moment kaum beachtet hatte, war so weich gewesen, und seine Augen hatten vor freudiger Erregung geleuchtet. Da setzte sich Junie Moon in schnellen Galopp, eine Gangart, die sie beibehielt, bis sie den dunklen, menschenleeren Fischladen erreichte.

»Hast du denn geklopft?« Warrens Stimme klang vorwurfs-voll, und er zupfte nervös an seinem Bart. »Er könnte doch drinnen auf dem Boden gelegen haben.«

»Er war nicht drinnen.«

»Das ist eine bloße Annahme, Junie Moon. Man sollte eine Frau nie etwas tun lassen, was Männersache ist.«

»Sehr richtig! Schick doch einen Mann hin!« Sie warf ihm einen bösen Blick zu. »Wahrscheinlich hat er den Job gar nicht bekommen.«

»Ich habe ihn ja gewarnt«, sagte Warren.

»Du hast ihn nicht gewarnt, du hast ihn nur verunsi-chert.«

»Hab ich nicht!«, widersprach Warren wie ein Kind und fuhr mit seinem Rollstuhl ärgerlich in kurzen Bögen umher.

So stritten sie eine Weile. Jeder gab dem anderen die Schuld an dem, was mit Arthur passiert war, ohne dass sie überhaupt wussten, um was es sich handelte. Keiner von ihnen sprach aus, was beide befürchteten – dass sich Ar-thur etwas angetan haben könnte.

Um Mitternacht ging Junie Moon noch einmal fort, diesmal zu einer Telefonzelle, wo sie Marios Nummer he-raussuchte und bei ihm anrief. Es läutete siebenundzwan-zigmal, bevor jemand sich meldete.

»Ich komme gleich mal zu Ihnen. Wegen Arthur«, sagte Junie Moon zu der Stimme am anderen Ende und legte dann auf.

Die Häuser waren jetzt dunkel. An einem Fenster stand ein Mann im Bademantel, schaute in seinen Garten hi-nunter und kratzte sich nachdenklich am Kopf, als plane er die Arbeit für den nächsten Tag. Hinter ihm sah Junie Moon einen ausgestreckten Arm, der einer im Bett liegenden Frau zu gehören schien. Vielleicht wartete sie, dass ihr Mann ins Bett käme.

Junie Moon ging an dem Laden vorbei, in dem sie das Wägelchen gekauft hatte, und erinnerte sich an Arthurs Zorn, als er das kleine Haus mit dem altmodischen Eisschrank zum ersten Mal sah. Er war so ärgerlich gewesen, dass er beinahe in Tränen ausgebrochen wäre. »In was sollen wir das Eis schleppen, wenn ich fragen darf«, hatte er gesagt. Arthurs Augen waren wunderschön, aber sie verrieten ihn immer. Man brauchte ihm nur in die Augen zu sehen, und schon wusste man, wie ihm zumute war. »Elender Kerl!«, rief sie laut.

In Marios Haus brannte Licht. Junie Moon klingelte mehrmals und horchte auf die Geräusche, die Mario machte, bevor er herunterkam. Wahrscheinlich glaubt er, es ist ein Raubüberfall, und holt erst seinen Revolver, dachte sie.

»Ich heiße Junie Moon.« Sie blieb auf der Veranda stehen, damit er sich ein bisschen an ihr Gesicht gewöhnte. »Ich wollte mich nur erkundigen, was mit Arthur geschehen ist.«

Mario starrte sie an und entsann sich, dass er sie gesehen hatte, als sie an seinem Laden vorüberging, und dann noch einmal, als sie mit Arthur auf der anderen Straßenseite stand.

»Wer ist Arthur?«, fragte er, obwohl er es wusste. Aber er wusste nicht, wie er es ihr sagen sollte.

»Ein Freund von mir. Er, Warren und ich wohnen in dem kleinen Haus unter dem bengalischen Feigenbaum.«

»Ach, wirklich?« Mario war wütend über sich selbst, weil er so dämlich klang. Mit einer Handbewegung forderte er sie auf hereinzukommen.

»Sie wollten ihm Arbeit geben«, sagte sie und trat ein, den Hut tief ins Gesicht gezogen. »Jedenfalls hatten wir den Eindruck, dass Sie das wollten.«

Mario machte Licht, strich ein Sofakissen glatt und merkte plötzlich, wie muffig die Luft im Zimmer war.

»Bitte, setzen Sie sich«, sagte er. »Sie können gern den Hut abnehmen«, fügte er leise hinzu. »Mich stört es gar nicht.«

Junie Moon sah ihn groß an, weil sie ihm nicht glaubte.

»Was haben Sie mit Arthur gemacht?«, fragte sie.

»Ich habe ihn weggeschickt«, antwortete Mario, »weil ein gewisser Sidney Wyner mir erzählt hat, Arthur sei abartig veranlagt. Geglaubt habe ich's nicht, aber ich habe ihn trotzdem weggeschickt.« Marios Miene war so ehrlich, dass Junie Moon es nicht fertigbrachte, ihm böse zu sein.

»Sidney Wyner wohnt neben uns«, erklärte sie. »Er steht Tag für Tag und wahrscheinlich auch Nacht für Nacht hinter seiner Hecke und belauscht uns.«

»Ich weiß!«, sagte Mario lachend. »Für diese Rolle ist er bestens geeignet, besonders mit seinem dreckigen Unterhemd.«

»Sie mögen es ja komisch finden«, meinte sie, »aber für Arthur war es vermutlich der Weltuntergang.«

»Es tut mir leid.« Mario strich sich langsam über den Schnurrbart.

»Warum haben Sie ihn dann weggeschickt? Sie mussten doch wissen, dass Sidney Wyner ein Intrigant ist.«

»Ich begreife selbst nicht, warum ich ihn weggeschickt habe«, sagte Mario. Die Art, wie diese fremde Frau zu Arthur hielt, stimmte ihn traurig.

»Er ist nicht nach Hause gekommen«, sprach Junie Moon weiter. »Ich habe Essen gekocht, und wir haben gewartet und gewartet, und schließlich bin ich zu Ihrem Laden gegangen, aber dort war er nicht.« Die mühsam unterdrückte Spannung machte sich jetzt in einem Tränenstrom Luft.

»Was ich da getan habe, war sehr schlimm«, sagte Mario und reichte ihr ein Taschentuch. Er empfand Mitleid und auch noch etwas anderes, aber was das war, konnte er sich nicht erklären. Er klopfte Junie Moon auf die Schulter.

»Kommen Sie, ich helfe Ihnen suchen.«

Mario hatte einen großen grünen, auf beiden Seiten mit einem Fisch bemalten Lieferwagen. Als er zur Garage ging, fiel ihm auf, dass er leichtfüßiger ausschritt als seit Monaten. Er lächelte. Man kann sich nicht immer nur um Fische kümmern, dachte er. Nachdem er Junie Moon geholfen hatte, auf den Beifahrersitz zu klettern, fuhren sie in langsamem Tempo los. In den dunklen, mit Bäumen gesäumten Straßen spähten sie vergebens nach Arthur aus.

»Wohin könnte er wohl gegangen sein?«, fragte Mario.

»Ich weiß nicht«, erwiderte sie. »Er hatte keine besonderen Plätze – außer denen, die er hasste.«

Sie suchten die ganze Stadt ab, und als es zu dämmern begann, fuhren sie auf die Landstraßen hinaus, fünf Meilen weit, und auf einem anderen Weg zurück.

»Hier irgendwo muss er sein«, sagte Junie Moon von Zeit zu Zeit, als wäre Arthur ein Fingerhut, den sie verlegt hatte. »Er ist so nah, dass ich ihn förmlich riechen kann.« Dann ließ sie Mario anhalten, stieg aus und rief Arthurs Namen. »Verdammt noch mal, Arthur«, schrie sie einmal, »du kommst jetzt augenblicklich her!« Als wäre er ein Kind, das sich versteckt hat – aber hinter welchem Felsen?

Um neun Uhr morgens fuhren sie nach Hause. Warren saß mit geröteten Augen in der Küche.

»Zum Donnerwetter, wo bist du gewesen?«, schrie er Junie Moon an.

»Wir haben nach ihm gesucht«, antwortete sie.

»Zuerst kommt immer Arthur dran, was? Um mich machst du dir niemals Sorgen!«

»Aber Warren! Du bist doch nicht verloren gegangen.«

Warren wandte sich Mario zu. »So wie sie sich anstellt, muss man Arthur für einen hoffnungslosen Fall halten, stimmt's?«

»Ach …« Mario versuchte, nicht zu lächeln.

»Man sollte meinen, Arthur wäre ein kleiner Prinz und Junie Moon sein englisches Kindermädchen – mit gestärkter Schürze und allem Drum und Dran.«

Junie Moon kochte Kaffee und Hafergrütze für sie alle.

Sie strich Warren über den Kopf, und das besänftigte ihn, aber danach spielte er sich wieder vor Mario auf.

»Sie ist eine fürchterliche Köchin«, teilte er ihm mit. »Sie backt Brownies, an denen man sich die Plomben ausbeißt, und in der Hafergrütze sind immer pflaumengroße Klumpen.«

»Wirklich?«, sagte Mario.

»Und tyrannisch ist sie auch. In diesem Haus hat man keine Freiheit, sie herrscht über uns mit eiserner Hand.«

»Warum rebellieren Sie nicht?«, fragte Mario. Er hörte nur mit halbem Ohr zu, denn er beobachtete Junie Moon am Herd. Obgleich sie schmächtig war, bewegte sie sich nicht ohne Anmut.

»Sie durchlöchern mich stattdessen mit Schrotkugeln«, sagte Junie Moon. »Ich werde von den tausend winzigen Wunden noch Anämie kriegen und zugrunde gehen.«

Menschen wie diesen beiden war Mario noch nie begegnet. Immer wenn er zu wissen glaubte, was sie meinten, entschlüpften sie und schlugen die entgegengesetzte Richtung ein, etwa wie Hasen, die vor einem schnellen Hund flüchten. In Marios Familie hatte man derbe Witze bevorzugt und eindeutig Partei ergriffen – für oder gegen, schwarz oder weiß. Nur seine Großmutter mit ihren Geheimnissen und Rätseln und ihrem vielfältigen Aberglauben war anders gewesen. Wenn die Übrigen im Haus durcheinanderschrien und Gruppen bildeten, saß sie im Garten auf einer Traubenkiste und kramte in einem silbernen Kasten voller Glasperlen, Armbänder und Ringe mit großen gelben Steinen. Dabei erzählte sie den Kindern, die zu ihren Füßen im Gras saßen, Geschichten aus alten Zeiten. Mario war ihr besonderer Liebling. Einmal hatte er sich zum Essen am Familientisch mit den Ringen und Armbändern geschmückt, war aber von seinen Brüdern derart ausgelacht worden, dass er schleunigst alles ablegte. Ach, Großmutter, dachte er, und plötzlich tat ihm vor Sehnsucht das Herz weh.

»Sie müssen mich einmal besuchen«, sagte er, insgeheim erstaunt über seine unbegreifliche Spontaneität.

Warren strahlte. Er war überzeugt, dass Mario ihn hinreißend fand.

»Das ist wirklich sehr nett«, sagte er. »Wann?«

»Warrens größtes Problem ist seine Schüchternheit«, stellte Junie Moon fest. Sie füllte die Hafergrütze auf die Teller. Mario lächelte. Die Klumpen waren in der Tat so groß wie Pflaumen.

Nach dem Frühstück fragte Junie Moon, ob Mario sie mitnehmen und vor dem Krankenhaus absetzen würde. Ihr war plötzlich eingefallen, dass sie Arthur vielleicht dort finden könnte – wahrscheinlich lag er im Sterben und schämte sich, sie zu benachrichtigen. Marios Angebot, sie zu begleiten, lehnte Junie Moon kurzerhand ab. Sie stieg aus und knallte die Wagentür zu, ohne auch nur Auf Wiedersehen zu sagen.

Das Krankenhaus, das sie doch so gut kannte, erschien ihr jetzt fremd und unheimlich. Zu ihrer Überraschung gehörte sie plötzlich zu denen, die von draußen kamen. Alle Patienten sahen dünn und krank aus, obgleich sie wusste, dass es einigen besser ging als anderen.

In der Aufnahme hatte man ihr gesagt, Arthur sei nicht hier, aber sie wollte es nicht glauben und ging trotzdem hinauf. Sie schaute in sämtliche Räume – bis auf einen –, und sie ging sogar in den Wintergarten, den sie alle drei so gehasst hatten. Der Raum, um den sie einen Bogen machte, war Minnies Zimmer. Im Wintergarten lief der Fernseher, aber der einzige Zuschauer war Vernon, der Mann, der die Böden bohnerte und der sich jetzt bei einer Zigarette ausruhte. Er blickte auf und nickte Junie Moon zögernd zu, da er sie in ihren Straßenkleidern nicht erkannte, andererseits aber ihr verunstaltetes Gesicht nicht vergessen hatte.

»Hallo«, begrüßte sie ihn. »Haben Sie Arthur gesehen?«

»Wen?«, fragte Vernon und wandte sich wieder dem Bildschirm zu, auf dem ein langbeiniges Mädchen einen Spazierstock wirbelte und einen Stepptanz vollführte, beides zugleich.

»Arthur. Sie wissen doch, er war zur selben Zeit hier wie ich.«

»Die kommen und gehen«, meinte Vernon und lächelte, als das Mädchen sich vorbeugte und die Füße kreuzte. Diesen Schritt lässt keine gute Tänzerin aus, dachte er.

»Wirklich?«, sagte Junie Moon, aber Vernon hörte sie nicht. Im Schwesternzimmer trank Miss Holt ihren Morgenkaffee und zählte dabei die Pillen ab. Als sie Junie Moon erblickte, sprang sie so hastig auf, dass sich Kaffee, Pillen und Magnesiummilch über den Tisch ergossen.

»Nein, so was!«, rief sie und fiel der Besucherin um den Hals. »Junie Moon! Wie gehts denn euch dreien?«

»Uns ist einer abhandengekommen«, sagte Junie Moon. »Ich dachte, er wäre vielleicht hier.«

Miss Holt bot ihr einen Stuhl an und ließ sich die Sache mit Arthur erzählen. Dann holte sie ihr eine Tasse Kaffee, und sooft jemand vom Personal vorbeiging, rief sie ihm zu, dass Junie Moon da sei.

»Nach eurer Entlassung hat Miss Oxford einen langen Urlaub genommen«, berichtete Miss Holt. »Wir hoffen alle, dass es ihr guttun wird.«

»Sind Sie ganz sicher, dass Arthur nicht hier ist?«, fragte Junie Moon.

Miss Holt nickte. »Er wird schon wieder auftauchen«, meinte sie. »Übrigens, sind Sie mal bei Minnie gewesen?«

»Nein«, antwortete Junie Moon. »Ich wollte sie besuchen, und dann habe ich's nie getan. Jeden Tag nahm ich's mir vor, aber mit jedem Tag wurde es mir schwerer. Wie geht es ihr denn?«

»Sie lebt noch – falls Sie das meinen.«

Als hätte Minnie sie gehört, tönte ihre hohe, kindliche Stimme über den Flur.

»Schwester! Schwester, kommen Sie doch!«

»Gleich, Minnie«, rief Miss Holt. Dann sagte sie zu Junie Moon: »Gehen Sie rüber und fragen Sie, was sie will. Es wäre doch eine nette Überraschung für sie.«

»Ach, lieber nicht.« Junie Moon fühlte, wie ihr Herz klopfte, und das beunruhigte sie. »Krankenhäuser jagen mir Angst ein.«

»Sie machen wohl Witze«, sagte Miss Holt. »Nach allem, was Sie überstanden haben?« Sie wandte sich ihren Pillen zu und begann sie von Neuem abzuzählen.

Junie Moon dachte daran, wie nah ihnen Miss Holt noch vor Kurzem gestanden hatte. Tag und Nacht war sie bei ihnen gewesen, und sie hatten geglaubt, alles von ihr zu wissen – Vergangenheit, Gegenwart, Zukunft. Miss Holt hatte ihnen den Rücken abgerieben und sich um ihre intimsten Verrichtungen gekümmert, und nun war sie beinahe eine Fremde geworden, die sich abwandte, um Pillen zu zählen.

»Ich werde zu Minnie gehen«, sagte Junie Moon.

Sie lief hinüber, so schnell sie konnte, weil sie sich sonst vielleicht doch noch anders besonnen hätte.

»Hallo, Minnie.«

»Mein Gott, das ist ja Junie Moon!«, rief Minnie. »Und meine Sachen sind noch nicht mal gepackt! Schwester! Vernon! Kommt doch und helft mir! Junie Moon ist da, um mich abzuholen!«

15

Obgleich der Hund noch nicht alt war, benahm er sich alt, indem er schräg lief und immer wieder ein paar Schritte auf nur drei Beinen machte, als hätte er sich das vierte verletzt. Seine praktische Färbung – ein rötliches Braun – ermöglichte es ihm, ungesehen zwischen Bäumen und Sträuchern umherzustrolchen und in Anbetracht dessen, dass er noch nie von einem menschlichen Wesen gebadet worden war, relativ sauber zu wirken. Sein Haar war rau und von mittlerer Länge, er hatte eine borstige Schnauze und einen kräftigen, spitz zulaufenden Schwanz. Laufen konnte er schnell wie der Wind.

Der Hund hatte schon eine Anzahl von Besitzern gehabt. Einige hatten ihn verlassen, und einige waren von ihm verlassen worden – immer aus demselben Grund: Sie passten nicht zueinander. Einer seiner allerersten Herren hatte ihn unbedingt für die Brackjagd ausbilden wollen, und so war der Hund zwei Jahre lang zur Jagdzeit ins stickig heiße Unterholz geführt und dazu ermuntert worden, das aufgestöberte Wild zurückzutreiben, damit sein Herr es schießen konnte, aber den Hund hatte das nicht gefreut. Die Zecken fraßen ihn beinahe auf, und er fand den Mann zu heftig und brutal – sehr oft traf ihn ein Hieb mit dem Gewehrkolben, wenn er die Fährten nicht fand oder sich nicht still verhielt. So machte er sich eines Nachts in langen Sätzen davon und war froh, diesen Herrn los zu sein.

Das Haus, in dem er dann Zuflucht fand, hatte er aus ganz anderen Gründen verlassen. Diesmal war er bei einer Dame gelandet, die sich meistens in ihrer großen, herrlich duftenden Küche aufhielt, wo sie kochte, backte und Magazine mit Liebesgeschichten las. Als er eines Tages in ihrem Garten auftauchte, hatte sie ihn hereingerufen und ihm einen Teller mit Fleisch und Gemüse hingestellt. Er war weiß Gott hungrig gewesen, und das entzückte die Dame, die außer Kochen und Lesen nichts lieber tat, als anderen beim Essen zuzuschauen. Nach einer Woche ging sie dazu über, besondere Mahlzeiten für ihn zu bereiten – Suppenfleisch und Haferbrei, vermischt mit Schinkenfett, Käserinden und Bratenresten. Sie gab ihm Schüsseln voll Schmand mit Eiscreme darin und Schokoladenkuchen mit Nussglasur. Sie setzte ihm Suppe mit Salzkeksen vor und Gänseklein, das sie erst gekocht und dann in Butter gebraten hatte. Sie rief ihn drei-, mitunter auch viermal am Tag zum Essen, und anfangs schien ihm, er sei gestorben und in den Himmel gekommen, denn so gutes Essen hatte man ihm noch niemals gegeben. Nach einiger Zeit verlor er jedoch den Appetit. Das ärgerte die Dame: Sie begann zu schmollen und ihn mit Missachtung zu strafen. Die beiden gingen steifbeinig in der Küche umeinander herum, und jeder verabscheute den Anblick des anderen. Eines Tages lief der Hund hinaus, die Tür fiel hinter ihm zu, und beide wussten, dass er nie mehr zurückkehren würde.

Für kurze Zeit schloss er sich einem Landstreicher an. Er folgte dem stark riechenden alten Mann aus der Stadt hinaus und blieb etwa drei Wochen bei ihm, während sie nordwärts wanderten. Aber abgesehen davon, dass er eine neue Gegend kennenlernte, machte ihm die Sache keinen besonderen Spaß. Der Landstreicher war ein geschwätziger alter Mann, der von einer Farm zur anderen ging, und oft genug wurden große Hunde auf die beiden gehetzt, sodass sie um ihr Leben laufen mussten.

Beinahe wäre er für immer bei einem kleinen Jungen geblieben, der weinend hinter einer Scheune stand und mit den Füßen auf die Erde stampfte. Der Junge schlang die Arme um den Hals des Hundes und schluchzte in sein Fell hinein, während der Hund dastand, auf die Berge starrte und wartete, dass der Junge sich beruhigte. Der Junge fütterte und säuberte ihn und nahm ihn mit ins Haus. Aber die Mutter mochte den Hund nicht und schlug nach ihm, wenn der Junge in der Schule war. Eines Tages verjagte sie ihn mit einem Besen aus einem Blumenbeet, wo er gelegen und die Morgensonne genossen hatte. Er biss sie kurz in den Knöchel, und dann lief er davon.

So zog der Hund von einem Ort zum anderen, und bald war er so weit, dass er schon nach wenigen Minuten wusste, welche Leute nett waren und ihn füttern würden und von welchen er bis zum Jüngsten Tag nichts zu erwarten hatte.

Als er wieder einmal unterwegs war, entdeckte er einen Mann, der mit dem Gesicht nach unten in einer kleinen felsigen Schlucht lag, ungefähr eine halbe Meile vom Highway entfernt. Der Hund ging langsam um den Mann herum, mit erhobener Nase, als wolle er mehr über ihn erfahren; dann hob er wie zu militärisch zackigem Gruß ein Bein und pinkelte gegen einen Eichenstamm, ohne den

Mann aus den Augen zu lassen. Als dies bei dem Mann keine Reaktion hervorrief, machte der Hund die Hinterbeine steif, wühlte ganze Wolken von trockenem Laub auf und gab dabei leise, heisere Töne von sich. Der Mann rührte sich noch immer nicht, und der Hund ging zum Schein weg, als hätte er Besseres zu tun, horchte aber gespannt auf eine verräterische Bewegung des Liegenden. Die Sonne stieg höher, und ein Fliegenschwarm setzte sich auf den Nacken des Mannes, der sich jedoch nicht regte. Der Hund fand einen schattigen Platz unter einem Holunderbusch, von wo aus er den Mann aus dem Augenwinkel beobachten konnte. Obgleich am Himmel ein Bussard kreiste, blieb der Hund da und bewachte den Mann, fest davon überzeugt, dass er sich irgendwann bewegen würde.

Die Ambulanz hielt vor dem Haus, und eine uniformierte Dame, deren üppiger Busen die Knöpfe ihrer eng anliegenden Jacke zu sprengen drohte, kam heraus. Zwei Krankenpfleger folgten ihr. Sidney Wyner bedeutete seiner Frau durch Zischlaute, sie solle kommen und sich das ansehen, aber sie pflückte Löwenmäulchen und stellte sich taub.

Die Männer öffneten die hintere Tür des Krankenwagens und zogen eine Tragbahre heraus, wie Sidney noch nie eine gesehen hatte. Es waren Stangen angebracht, von denen Flaschen herabhingen; diese Gefäße enthielten anscheinend Flüssigkeiten, die teils in den Körper des Patienten liefen und teils aus ihm heraus. Der Patient selbst war unsichtbar, denn er lag unter einer grauen Decke, die man ihm bis zur Stirn hochgezogen hatte. Die Männer blieben mit der Trage stehen, während die Frau sich über den

Patienten beugte, und alle vier warteten, bis Junie Moon ebenfalls ausgestiegen war und sie durch den Vorgarten zum Haus führte.

Warren saß unter dem Baum, aber Junie Moon sah kaum zu ihm hin.

»Ich habe Minnie mitgebracht«, sagte sie nur, »und falls du ein einziges Wort darüber verlierst, schlage ich dich mit dem Feuerhaken tot.« Und da erschienen auch schon die Träger. Die uniformierte Frau bildete die Nachhut, als wäre sie der Feldwebel. Jetzt ertönte unter der Decke Minnies Stimme, dünn und bittend. »Lasst mich doch hier draußen.«

Die Männer zögerten. Sie hatten Anweisung, die Kranke ins Haus zu bringen, aber die Uniformierte überzeugte sie, dass es Minnie nichts schaden werde, auf einem alten Klappbett unter dem Baum zu liegen.

»Sie wird schon mit ihr zurechtkommen«, meinte sie, auf Junie Moon deutend, und damit entfernten sie sich.

»So einen hohen Baum hab ich in meinem ganzen Leben noch nicht gesehen«, sagte Minnie. »Der scheint überhaupt kein Ende zunehmen.« Sie drehte sich auf die Seite. »Ach, da ist ja Warren. Wie geht's Ihnen denn, Warren?«

»Großartig«, antwortete er.

»Das freut mich. Großartig geht es mir schon seit Langem nicht mehr. Ich bin müde gewesen oder traurig, auch nervös, aber großartig – nein, ich kann mich gar nicht mehr erinnern, wann ich mich zuletzt großartig gefühlt habe. Hat Junie Moon Ihnen gesagt, dass ich für immer hierbleiben werde? Wo ist denn der andere nette Mann? Der mit den Anfällen?«

»Er sieht sich gerade nach Arbeit um«, sagte Junie Moon rasch.

»Hm«, machte Warren.

»Ich darf nicht vergessen, ihm alles Gute zu wünschen«, sagte Minnie. »Wenn er zurückkommt in unser Häuschen, müsst ihr mich unbedingt daran erinnern.«

Sidney Wyners Frau, die die Spioniererei ihres Mannes gründlich satt hatte, warf zufällig einen Blick durch die Hecke und sah Minnie unter dem Feigenbaum liegen. Sie erschrak so sehr, dass sie ihren Mann rief.

»Die Neue da drüben«, sagte Mrs Wyner, »die ist ja grausig.«

»Was mich betrifft, ich finde diese Leute durch die Bank grausig«, erwiderte Sidney. Sie streichelte seine Hand und lächelte ihn zum ersten Mal seit Wochen an, und er trug ihr die Löwenmäulchen ins Haus.

Gegen zwei Uhr nachmittags herrschte eine brütende Hitze. Kein Lüftchen regte sich, und es roch intensiv nach verdorrtem Gras, welken Pflanzen und staubtrockener Erde, denn seit Wochen war kein Tropfen Regen mehr gefallen. Die Luft schien voller Hitzekristalle zu sein, die alle weiter entfernten Dinge verschwimmen ließen, als blicke man durch eine beschlagene Fensterscheibe. Der Hund unter dem Holunderstrauch wurde unruhig, teils wegen der Hitze, teils weil das Abenteuer, auf das er sich eingelassen hatte, nicht den erwarteten Verlauf nahm. Der Mann rührte sich noch immer nicht. Natürlich hätte der Hund einfach weggehen können, anderen Erlebnissen entgegen, denn er war ja ein moderner Hund, aber irgendein Instinkt, ein Relikt aus uralten Zeiten, hielt ihn zurück. Er lief ein Weilchen umher, ärgerlich über den inneren Zwang, der ihn bleiben hieß, nach Wasser dürstend und voller Hass auf die Hitze, die ihn an seinen jagdfreudigen Herrn erinnerte. Jetzt wäre er sogar bereit gewesen, sich mit der Dame abzufinden, die ihn überfüttert hatte, und er wünschte, der kleine Junge hätte sich gegen seine Mutter durchsetzen und ihn behalten können. Aber er blieb und wartete. Nach einer Weile setzte er sich zwischen den Mann und die Sonne, sodass sein Schatten auf den Kopf des Mannes fiel. Der Hund saß und wartete.

»Wo soll sie denn schlafen?«, zischte Warren.

»Mach dir deswegen keine Gedanken«, erwiderte Junie Moon. »Bring uns lieber eine schöne kalte Limonade und Kekse.«

Warren war so wütend auf sie, dass er genau das tat, was sie ihm aufgetragen hatte.

»Ich wusste ja, du würdest kommen und mich holen«, sagte Minnie. »Alle im Krankenhaus hielten mich für eine Lügnerin. ›Minnie schwindelt schon wieder und behauptet, dass Junie Moon kommen und sie holen wird‹, sagten sie. Na, denen habe ich's aber gezeigt. Mein Gott, ich wollte, du wärst in eine große Visite reingeplatzt und hättest mich ihnen vor der Nase weggeschnappt.« Sie ahmte die näselnde Stimme des Internisten nach: »›Wie geht es Ihnen denn heute, Minnie? Das ist recht.‹ Nie wartet er auf eine Antwort, nie hört er zu, wenn er eine bekommt. Ach, ich kann's kaum glauben, dass ich jetzt richtige Luft unter einem richtigen Baum atmen darf – zum ersten Mal seit zwei Jahren. Junie Moon, ich schenke dir meine Grabstelle, für den Fall, dass du mal eine brauchst.« Sie ließ sich zurücksinken, und Tränen liefen ihr über das Gesicht.

»Komm, nicht weinen«, tröstete Junie Moon.

»Ist schon gut«, sagte Minnie. »Ich weine ja nicht aus Kummer oder Schmerz, sondern weil ich mich wie erlöst fühle. Es ist so herrlich, hier zu sein und zu heulen und in diesen alten Baum zu schauen.« Minnie seufzte und legte die magere Hand auf die Augen, als wolle sie ihr vergangenes Leben an sich vorüberziehen lassen. Junie Moon ging in die Küche, um Warren zu helfen.

»Ist es nicht schon schlimm genug, dass Arthur weg ist? Aber nein, du musst uns zu all unseren Sorgen auch noch Minnie aufladen«, schimpfte er.

»Ich wusste gar nicht, dass du Sorgen hast«, sagte Junie Moon. Sie wünschte sich einen guten, erfrischenden Krach mit Warren. Er konnte so wunderbar toben, schreien und Streitigkeiten vom Zaun brechen, die sich lohnten, weil man dabei eine Menge Gift und Galle loswurde. Aber dann fiel ihr ein, dass es Minnie erschrecken würde. »Sie bleibt ja nicht lange. Wart's doch ab.«

»So haben sie im Krankenhaus auch immer geredet – dass sie den nächsten Tag nicht mehr erleben würde.«

»Was du da sagst, ist gemein.«

»Mich braucht man ja nicht um mein Einverständnis zu fragen. Jeder tut, was ihm passt, und der liebe, gute Warren darf Brownies backen und Limonade machen.«

»Ich hab dich noch nie den lieben, guten Warren genannt«, sagte Junie Moon. Jetzt muss ich aber aufhören, dachte sie, sonst gibt es wirklich Krach, und noch dazu einen, der fast gar nichts mit Minnie zu tun hat.

»Sei nicht böse«, bat sie und zwang sich, ihm auf die Schulter zu klopfen. Sie wusste, dass er sich gern streicheln und umarmen ließ, sogar von ihr, und sie hatte herausgefunden, dass es die beste Art war, ihn zu besänftigen.

»Ich höre eure geliebten Stimmen aus dem Haus dringen«, rief Minnie. »Es ist ein solcher Trost, euch wieder zu hören.«

Sogar Warren musste lächeln. Gleich darauf aber verfinsterte sich seine Miene von Neuem. »Ich fahre jetzt los, um Arthur zu suchen. Ich kann unmöglich hier herumhocken und Teegesellschaft spielen, während Gott weiß was mit ihm passiert.« Seine Kopfhaltung drückte Arroganz aus, als er zur Tür hinausrollte, aber Junie Moon wusste trotzdem, dass er ernstlich besorgt war. Sie brachte Minnie ein Glas Limonade und ein feuchtes Tuch zum Kühlen ihrer Stirn.

»Warren sollte nicht in dieser Hitze herumfahren«, sagte Minnie. »Er wird sich einen Sonnenstich holen. Wenn man so lange im Bett liegt wie ich, dann merkt man erst, wie sinnlos es ist, immerzu hin und her zu laufen. Die Leute benehmen sich genau wie Hühner mit abgehacktem Kopf. Hast du mal zugesehen, wenn ein Huhn geschlachtet wurde?«

»Das gehört zu den Erlebnissen, die mir entgangen sind«, erwiderte Junie Moon.

Minnie drehte sich ein wenig zur Seite, damit sie Junie Moon besser sehen konnte. »Meine Großmama hielt ein paar Hennen, und von Zeit zu Zeit fand sie, dass eine zu alt geworden sei und in den Topf müsse. Draußen vor der Scheune stand ein Hackblock, und das Beil musste bei Großmama immer so scharf geschliffen sein wie ein

Rasiermesser. Sie behauptete, die alten Hennen könnten riechen, was ihnen bevorstand. Großmama brauchte nur das Gehege zu betreten, und schon wussten die Viecher ganz genau, dass sie nicht bloß zum Gutentagsagen kam. Sie starrten sie misstrauisch an, wurden nervös, stießen ein leises Gackern aus, als ob sie etwas vor sich hin murmelten, und dann fingen sie an, schneller und immer schneller in sämtliche Richtungen zu laufen. ›Wollt ihr wohl stehen bleiben, ihr blöden Hühner!‹, schrie Großmama sie an, aber das machte sie nur noch hektischer. Und diejenige, die dran glauben sollte, wusste das und versuchte immer, irgendwo ein Versteck zu finden. Aber Großmama bekam sie schließlich doch zu fassen und setzte sich mit der Henne im Schoß hin, und ich sagte jedes Mal: ›Mach rasch, damit es überstanden ist!‹ Nach einer Weile ging sie zu dem Hackblock hinüber, und all die anderen Hennen standen in einer Reihe, um zuzusehen, und ruckzuck, war's geschehen. Die geköpfte Henne flatterte dann vom Block herunter, lief im Hof herum, und das Blut spritzte nur so. Und stell dir vor, als ich das allererste Mal zuschaute, rannte die tote Henne direkt in mich hinein, und ich brüllte los, dass man es bestimmt zehn Meilen weit hören konnte. Ach, was hat Großmama gelacht!«

»Kann ich mir denken«, sagte Junie Moon.

»Und daraus siehst du«, schloss Minnie, »wie viel überflüssiges Herumgerenne es auf der Welt gibt.«

Das Gras fühlte sich an wie Stacheln – dies war das Erste, was ihm zu Bewusstsein kam. Eine riesige Hand unter der Erdoberfläche schien die Stacheln gegen sein Gesicht zu pressen. Er hatte keine Ahnung, wo er sich befand und wie er hierhergekommen war, und er wagte nicht die Augen aufzumachen, bevor er es herausgefunden hatte, weil er fürchtete, er wäre sonst dazu verurteilt, es niemals zu erfahren. Erinnerungsfetzen wehten durch sein Gedächtnis; ein Bein, das er nicht bewegen konnte, eine Schreibmaschine, deren Tasten, alle zugleich angeschlagen, einen Klumpen bildeten, eine Frauenstimme, die seinen Namen rief. Und dann Fischgeruch, der plötzlich alles zu einem Ganzen zusammenfügte. Er machte ein Auge auf und sah einen großen rötlichen Hund, der vor ihm saß. Er dachte: Der Hund ist hier, um mich zu töten. Ich bin nur aufgewacht, um meinen eigenen Tod mitzuerleben. Er machte das Auge zu.

Warren rief Gregory an und teilte ihr mit, dass Arthur verschwunden war.

»Wer ist Arthur?«, fragte sie mit eisiger Stimme. Die drei interessierten sie nicht mehr, aber sie lieh Warren trotzdem ihren Wagen mitsamt Chauffeur. Fünf Stunden lang suchten sie die Straßen ab. Sie fuhren so langsam, dass jeder Bewohner des Städtchens, der an diesem Tag draußen war, sie zu sehen bekam. Manchmal fand Warren sich selbst derart eindrucksvoll, dass er vergaß, warum er unterwegs war. Schließlich schlug der Chauffeur vor, die Suche aufzugeben, hauptsächlich deshalb, weil er nicht wusste, durch welche Straße er noch fahren sollte.

Um halb vier hatte Minnie ihre letzte Geschichte erzählt und war eingeschlafen. Bald darauf wurde sie wieder wach und schaute schweigend in das Gezweig des Baumes hinauf. Junie Moon war in der Küche und spülte das Geschirr, konnte aber Minnie vom Fenster aus sehen. Die Idee mit dem Nachhauseholen stammte nicht allein von Junie Moon und Minnie – auch der Arzt war daran beteiligt. Es war derselbe Arzt, der immer so nett zu Junie Moon gewesen war. Er hatte sie am Morgen beiseitegenommen und ihr erzählt, Minnie sei total erschöpft, denn sie rede Tag und Nacht von der Übersiedlung.

»Es ist gar nicht so, dass sie wirklich bei Ihnen wohnen möchte«, hatte er gesagt. »Sie will nur mitkommen, weil sie schon überall verkündet hat, dass Sie sie holen würden.«

»Aber wir können sie unmöglich aufnehmen«, widersprach Junie Moon. »Wir leben in einer Art Hühnerstall unter einem Baum von der Größe eines Zirkuszelts, und wir waten buchstäblich in Schimmel und Moder.«

»Ein paar Stunden genügen schon«, meinte er. »Dann komme ich und hole sie zurück.«

»Warum tun Sie so etwas?«, fragte Junie Moon und musste sich beherrschen, ihm nicht um den Hals zu fallen.

Der Arzt nahm ihr Gesicht zwischen seine Hände. »Weil ich emotionell ein Umstürzler bin«, sagte er.

Und so erschien er, wie angekündigt, um vier Uhr mit der Ambulanz und tat, als sei er sehr böse über Minnies Flucht aus dem Krankenhaus. Minnie, die sich insgeheim bereits Sorgen gemacht hatte, was aus ihr werden sollte, wenn die Nacht kam und keine Pflegerin da war, brachte ein Grinsen zustande und forderte ihn auf, Platz zu nehmen und ein Glas Limonade zu trinken. Sie tat, als lebte sie schon seit Jahren mit Junie Moon, Warren und Arthur in diesem Häuschen, aber auf die Länge der Zeit kam es gar nicht an. Jedenfalls konnte sie nun den anderen Patienten ausführlich von dem Leben unter dem großen Baum berichten und ihnen erzählen, der Arzt habe sie gegen ihren Willen zurückgeholt.

Auf seinem Heimweg hielt Mario vor dem Häuschen an und stieg mit einem großen Korb aus, in dem sich Garnelen und Steinbutt befanden, dazu ein Laib portugiesisches Brot und eine Zweiliterflasche schwerer Rotwein.

»He, Junie Moon!«, schrie er und klopfte an die Hintertür. »Lassen Sie mich rein!«

Sidney Wyner saß im Nebenhaus gerade beim Abendessen, stand aber sogleich auf, um nachzusehen, was da los war. Während er zur Tür ging, sagte seine Frau: »Das ist doch bestimmt wieder 'ne neue Verrücktheit von denen.«

Sidney grinste und leckte sich die Lippen. Er freute sich, dass seine Frau endlich begriffen hatte, was bei den Nachbarn gespielt wurde.

»Ich hab euch was Extrafeines mitgebracht«, rief Mario. Er stellte den Korb ins Spülbecken und begann den Fisch vorzubereiten, während Junie Moon zusah. Wie sie so dastand und ihm wortlos zuschaute, hätte man die beiden für alte Freunde – oder ein Liebespaar – halten können.

»Er ist also noch immer nicht da? Na, er wird schon kommen.« Mario warf eine Handvoll Kräuter in einen Kochtopf und dünstete sie mit den Garnelen, dann füllte er zwei Marmeladengläser mit Wein. »Chin-chin«, sagte er. So gut hatte er seit Monaten nicht mehr gegessen.

Als Warren nach Haus kam, machte Mario derart viel

Aufhebens um ihn, dass Warren gewaltig mit seinen Erlebnissen dieses Nachmittags prahlte. Er war in einem
Rolls-Royce gefahren und hatte einen livrierten Chauffeur gehabt. Mario schien ihm zu glauben, und Junie Moon
lächelte über die beiden. Wenn ein Lügner einen Zuhörer
hat, dachte sie, dann ist es eigentlich der Lügner, der zum
Narren gehalten wird.

Nach dem Essen setzten sie sich unter den Baum. Der
Wind wehte, aber es war so schrecklich heiß, dass er keine
Abkühlung brachte.

Warren warf von Zeit zu Zeit einen Blick auf die Straße,
als erwarte er, Arthur jeden Moment kommen zu sehen.
Er ärgerte sich, dass er ihn nicht gefunden hatte, weil er
dann ein Held gewesen wäre, zumindest in den Augen von
Junie Moon. »Bestimmt ist er in einen anderen Staat gegangen«, meinte er.

»Was denn noch?«, sagte Junie Moon und fächelte sich
mit einem Feigenblatt Luft zu.

Mario sah zum Himmel hinauf. Was sollte er nur an-
stellen, um die beiden zu beruhigen? Er hatte Fisch gekocht
und erzählt, was an diesem Tag alles im Laden passiert
war, er hatte sogar einen kleinen Tanz hingelegt, als er das
Essen servierte, aber keiner hatte gelächelt oder auch nur
richtig zugehört.

Es war, als säßen sie alle auf einem Bahnhof, wo es nur
noch tote Gleise gab.

16

Der Hund wartete, und endlich sah er, wie das Augenlid des Mannes zuckte. Er knurrte und reckte sich in die Sonne – jetzt konnte es nicht mehr lange dauern, bis etwas geschah.

Arthur hob ein wenig den Kopf, aber die Anstrengung war zu groß, und er sank wieder zurück, diesmal mit offenen Augen, die auf den Hund gerichtet waren. Die feuchte rötliche Schnauze des Hundes war wie ein inneres Organ, pulsierend und vertraut. Hunde schwitzen nicht, dachte Arthur. Wenn sie stinken, dann nur, weil sie sich in irgendwas gewälzt haben oder weil sie einen faulen Zahn haben, und kein Deodorant der Welt kann das beseitigen. Kein Roll-on, kein Spray, das absolut sicher vor Körpergeruch schützt, kann verhindern, dass ein Hündchen stinkt.

Über das Feld drangen schwach die Verkehrsgeräusche des Highways. Zuerst hielt Arthur die lang gezogenen, zu zitternder Höhe ansteigenden Töne für das Summen von Insekten, doch dann begriff er, dass es das Kreischen von Gummireifen auf einer schlecht angelegten Kurve war.

Dabei fiel ihm ein, dass er nur ein einziges Mal einen Wagen gefahren hatte, einen Lastwagen der staatlichen Anstalt. Er hatte aus Versehen einen Gang eingelegt, und der Wagen war mit ihm – ihm allein – die Landstraße entlanggesaust. Wie in einem uralten Film flogen die Bäume vorbei. Es gelang ihm, sich hinter das Lenkrad zu klemmen und das Ding zu steuern, und er war dem Himmel so nah, wie man es zu Lebzeiten nur sein kann – zum ersten Mal seit Jahren bewegte er sich, ohne zu zucken und zu fuchteln. Innerhalb dreiundvierzig Sekunden hatte er Auto fahren gelernt, seinen ersten Ausflug gemacht, sich zum ersten Mal eine Beule am Kabinendach geschlagen, war zum ersten Mal um eine Ecke gebogen, hatte zum ersten Mal einen Kartoffelacker aufgerissen, zum ersten Mal die Höchstgeschwindigkeit überschritten und seinen ersten Autounfall gebaut. Fortan konnte niemand mehr behaupten, er sei nicht einmal imstande, die Längsseite einer Scheune zu rammen, denn genau das hatte er getan.

Der Hund legte den Kopf schräg. Da der Mann endlich ein Lebenszeichen von sich gegeben hatte, bestand Hoffnung, demnächst dieser Gluthitze zu entrinnen.

Es war eine nicht zu leugnende Tatsache, dass Arthur versuchen musste aufzustehen. Er hatte keine Ahnung, wie lange er hier gelegen hatte und ob das irgendeine Rolle spielte. Der Fischladen und Mario, der ihn weggeschickt hatte, standen ihm jetzt klar vor Augen. Er erinnerte sich auch, dass Zorn in ihm aufgewallt war, wilder Zorn, der eine Menge Reaktionen hätte hervorrufen können: Mord, Tränen, einen Anfall, trotziges Schweigen – aber er hatte nur zitternd dagestanden wie ein Idiot. Vor Enttäuschung hatte es ihm die Sprache verschlagen, und er war ein Versager, weiter nichts.

In der Anstalt hatte er einmal durch die Tür gehört, wie eine Sozialarbeiterin mit Besuchern sprach: »Wir wollen den Gehemmten helfen, sich ihrer Fähigkeiten bewusst

zu werden«, hatte sie gesagt. Was bedeutete das: ein Ge-
hemmter? Eine Niete? Ja, genau das: eine Niete. Wo bist du
gewesen, als den Menschen der Verstand gegeben wurde?
Oben bin ich gewesen, im Duschraum, hab mit mir selber gespielt.

»Komm her, Hund.«

Der Hund kniff die Augen zusammen.

Als Erstes musste Arthur das Bein, auf dem er lag, vor-
schieben und sich mit den Armen aufstützen. Die Prozedur,
vom Boden hochzukommen, musste in Einzelvorgänge
aufgeteilt, gründlich überlegt, berechnet und abgemessen
werden. Plötzlich revoltierte sein Magen, sodass ihm der
kalte Schweiß ausbrach. Er beschloss, einen Countdown
bei fünfzig zu beginnen; wenn er bei null angelangt war,
hatte sich sein Magen gewiss beruhigt, und er konnte das
Problem in Angriff nehmen.

Ramona, du hast mich einfach stehen lassen, mit den
Hosen um meine Knöchel: Damit hast du dem Gehemmten nicht geholfen, sich seiner Fähigkeiten bewusst zu
werden.

Ein bebender Muskel zog sein Bein hoch, gab dann aber
nach, sodass er wieder hinfiel, diesmal mit dem Gesicht
in Kletten. Sein Puls dröhnte ihm in den Ohren wie der
Rhythmus eines Stepptanzes auf weichen Sohlen. Dum-
di-dum-di-dum-di-dum-di-dum. Sag, dass du mich liebst,
sag, dass du mich liebst, sag, dass du mich liebst, Junie
Moon, blabla. Sag, dass du mich liebst, sag, du wirst mich
küssen und mich auch vermissen, Junie Moon, blabla.

Arthur schaffte es nicht, von fünfzig bis null zu zählen. Er übergab sich, lag eine Zeit lang würgend da und

dachte schließlich: Ich werde sterben. Ich werde an meiner eigenen Kotze ersticken, und niemand außer diesem dämlichen Hund wird bei mir sein. Noch einmal machte er eine gewaltige Anstrengung, und jetzt kam er wenigstens auf die Knie.

»Hilfe! Hilfe!« Auf allen vieren wie ein heulender Hund. Anstrengung, Hitze und eine grässliche Angst brachten sein Herz derart in Aufruhr, dass zwischen den einzelnen Schlägen keine fühlbaren Intervalle mehr lagen. Der Stepptanz war jetzt wie eine Schallplatte, die mit rasender Geschwindigkeit ablief. Sag-dass-du-mich-liebst-Junie-Moon-blabla, sagdassdumichliebstjuniemoonblabla.

Er krallte die Hände in das Genick des Hundes und stemmte sich hoch. Der Hund knurrte, biss jedoch nicht. Nach zweiundzwanzig Schritten erreichte Arthur einen großen Baum und ließ sich in den Schatten fallen. Der Hund legte sich neben ihn, froh, der Sonne entkommen zu sein.

Bringen Sie mir eine Portion gebackenes Hirn und als Beilage Orden. Jawohl, Orden für gute Führung. Orden für Tapferkeit und einen Extraorden zum Gedenken an vergangene Tage.

Und dann weinte er, weinte, weil er nicht länger vorgeben konnte, tapfer zu sein, und weil es genauso war, wie Warren – oder Guiles? – gesagt hatte: Man weint, wenn man keine Zuflucht mehr hat. Er heulte und schluchzte, stieß mit den Füßen um sich, brüllte alle Flüche, die er je gehört hatte, beschimpfte auch den Hund und überhäufte ihn mit Anschuldigungen, als würde er ihn kennen. Der Hund legte wie bei einem Regenguss die Ohren an und wartete mit abgewandtem Blick, bis Arthurs Geschrei verstummte. Danach stand der Hund auf und ging.

»Willst du wohl herkommen!«, brüllte Arthur. Der Hund drehte sich langsam und kam zurück, und nun waren Arthurs Tränen wie die eines sentimentalen Mädchens, das soeben geküsst worden ist.

Nach einer Weile erhob er sich und ging in Richtung Highway. Der Hund trottete hinter ihm her.

17

Weder an diesem noch am nächsten Tag kam Arthur nach Hause. Junie Moon suchte ihn an sämtlichen Orten, die Arthur erwähnt hatte und derer sie sich entsann, auch in der Anstalt für Geistesschwache. Mario fuhr mit ihr hin. Sie behaupteten, dass sie einen kleinen Sohn hätten, den sie hier unterbringen wollten, und daraufhin durften sie alles besichtigen. Junie Moon sah sich sogar das Tomatenfeld an, auf dem Arthur, wie sie aus seinen Erzählungen wusste, mit einem Jungen namens Gembie gearbeitet hatte, und als sie dort standen, überlegte sie, ob das Mädchen, das damals mit frisch gewaschenem Haar auf der Veranda gesessen hatte, sich noch an Arthur erinnerte. Hatte er wirklich bis zum Nordpol sehen können, weil ihr Kleid so kurz war? Junie Moon wurde plötzlich von einer heftigen Sehnsucht nach Arthur befallen – ganz unerwartet, denn ihrer Meinung nach erfüllte sie nur eine Freundespflicht, wenn sie ihn suchte. Sie hatte nie etwas von der Vergangenheit der Männer gewusst, mit denen sie zusammen gewesen war, und so kam es ihr jetzt vor, als sei sie in Arthurs Elternhaus geführt worden, um seine Familie kennenzulernen. »In welchem von diesen Gebäuden er wohl geschlafen hat?«, überlegte sie.

»Schwer zu sagen«, meinte Mario. »Das ist ja hier so groß wie eine Stadt.« Er sah sie von der Seite an, und auf einmal wurde ihm klar, dass die merkwürdige Gereiztheit, die er schon den ganzen Vormittag fühlte, nichts anderes als Eifersucht sein konnte. »Hoho!«, rief er laut, aufgerüttelt durch diese jähe Erkenntnis.

Sie blickte ihn mit gespielter Strenge an. »Hoho ist zufällig *mein* Wort.«

Das Wetter war umgeschlagen; seit dem Morgen ließ ein scharfer Wind den nahenden Herbst ahnen. Die Anstaltsgebäude wirkten farblos und öde, und während die beiden das Gelände durchstreiften, gingen sie Schulter an Schulter: Jeder suchte die Wärme des anderen.

»Arthur ist Ihnen wohl sehr wichtig?«, fragte Mario wie beiläufig.

»Allerdings«, antwortete sie, »ich bin nämlich scharf auf sein Geld.«

»Ach so.« Was er eigentlich hatte fragen wollen, war: »Steht er Ihnen sehr nahe?« Aber ihm fehlte der Mut dazu. Angenommen, sie hätte mit Ja geantwortet? Ob Sie wohl miteinander schliefen? Angenommen, sie hätte mit Nein geantwortet? Wie konnte jemand mit einer Frau schlafen, die ein solches Gesicht und derart verstümmelte Hände hatte? Wenn der Mond durch die Zweige ins Zimmer schien – was dann? »… da kippte mir doch der Kessel vom Herd, und die Suppe floss heraus wie Lava aus dem Ätna. Könnt ihr raten, für welche Sünde ich damit bestraft wurde?« Er sah das Gesicht seiner Großmutter vor sich und wie sie ihnen mit dem brandnarbigen Arm unter der Nase herumgefuchtelt hatte. Sie war immer so vergnügt gewesen, wenn sie davon sprach. Warum wohl? Er warf einen verstohlenen Blick auf Junie Moon. Der Wind hatte den

Rand des Sombreros hochgeklappt, sodass ihr Gesicht ungeschützt der rauen, kalten Luft ausgesetzt war. Offensichtlich war sie alles andere als vergnügt, und sie erinnerte ihn stark an primitive Masken, die er einmal in einem Museum für Völkerkunde gesehen hatte. Trotzdem hatte sie ihn in eine innere Unruhe versetzt, die sich bestimmt nicht so ohne Weiteres abschütteln ließ. Du alter Junggeselle – für wie schlau du dich doch gehalten hast!

»Lassen Sie uns irgendwo einen Happen essen«, sagte er, da es ihm unmöglich war, etwas Persönliches zu sagen.

Sie fuhren auf dem Highway zurück, und nach ungefähr drei Meilen erspähte Junie Moon die beiden. Auf den trockenen Grasstoppeln am Straßenrand gingen sie Richtung Stadt, der Mann voraus, der Hund hinterher.

»Mein Gott«, rief Junie Moon, »das ist Arthur!«

»Ich wusste gar nicht, dass er einen Hund hat«, sagte Mario, während er das Tempo drosselte.

»Er hat auch keinen«, erwiderte Junie Moon und kurbelte das Fenster herunter.

»Na, in meinen Augen ist das ein Hund.« Marios Stimme klang gereizt.

»Wieder mal ein Beweis, dass man immer nur sieht, was man sehen möchte«, gab sie schnippisch zurück.

Er dachte: Für sie existiert nichts als ein torkelnder Mann und ein Köter voller Flöhe. Sie ist ein Monstrum, und ich sollte sie schleunigst vergessen.

Das Dumme war nur, dass es ihm so schwerfiel, in ihr ein Monstrum zu sehen.

Arthur bemerkte sie nicht gleich, als sie ihn eingeholt hatten. Mario fuhr langsam neben ihm her, um Arthur beim Gehen zuzuschauen, das war, als beobachte man einen Vogel mit gebrochenem Flügel, der sich in die Luft zu schwingen versucht. In dem Bein, das er nachzog, schienen alle Muskeln erschlafft zu sein. Er hob es mühsam, schwenkte es herum, als wäre es mit einer Schnur an seinem Gürtel befestigt, und dann folgte ein Mittelding zwischen Sprung und Hopser, weil ihn das Bein nicht länger als den Bruchteil einer Sekunde trug. Den Arm auf dieser Seite hielt er dicht an den Körper gepresst, die Hand war wie die eines Kindes zur Faust geballt, während die andere Hand vor ihm Halbkreise in der Luft beschrieb, als suche sie etwas zum Festhalten.

»Arthur!«

Er blieb abrupt stehen, sah auf und traute seinen Augen nicht: Junie Moon in Marios Lieferwagen mit dem aufgemalten Fisch. Überzeugt, dass er träumte, setzte er sich mühsam wieder in Bewegung, den Blick fest auf einen dunklen Chausseebaum gerichtet.

»Arthur, ich bin's!«

Wenn er es bis zu diesem Baum schaffte, wollte er ein Weilchen schlafen und dann weitergehen. Kam er aber nicht mehr so weit, dann würde er sterben und im Straßengraben liegen, bis endlich eine von diesen pflichtvergessenen Polizeistreifen auf seinen verwesenden Leichnam stieß. Zieh doch den Königinbauer. Zieh ihn, zieh ihn, los, mach schon, Königinbauer zu Bauer vier. Mit einem so albernen Schachzug könntest du höchstens einen gänzlich verblödeten Fritz täuschen. Fischers Fritze fischt frische Fische. Bitte, lieber Arthur, halte doch beim Schachspielen deine Gedanken zusammen.

Also den schwarzen Läufer anderthalb Felder nach Südwest. Idiotisch. Der schwarze Läufer ist ein Mohr und würde immer weiter nach Südwesten rennen, von der Landkarte hinunter.

»Arthur! Ich bin's doch, Junie Moon, deine gute Freundin!«

Sag, dass du mich liebst, Junie Moon, blabla.

»Steig sofort ein! Mario hat es doch gar nicht so gemeint.«

»Hoho!«, schrie Arthur.

»Hoho ist zufällig *dein* Wort«, sagte Mario zu Junie Moon und grinste völlig sinnlos.

»Klappe halten!«, fauchte sie ihn an.

Arthur wandte sich ab, wie er es immer tat, wenn er ärgerlich oder gekränkt war.

»Komm mit nach Hause, hörst du?«, rief Junie Moon, so laut sie konnte.

Mario stellte den Motor ab. Der Hund kam misstrauisch auf steifen Beinen heran und pinkelte an einen Vorderreifen.

»He!«, brüllte Mario. Der Hund legte die Ohren an den Kopf und setzte sich neben Arthur nieder.

»Das sind zwei Dickköpfe. Bei denen erreichen Sie nichts«, sagte Mario zu Junie Moon, und zu seiner Verblüffung erwiderte sie: »Ja, das stimmt. Lassen Sie uns nach Hause fahren.«

»Ist das Ihr Ernst?«, fragte er.

»Ja. Es wird noch ein Weilchen dauern, aber dann kommt er.«

»Woher wollen Sie das wissen?«

Sie lächelte. »Weil er schon auf dem Heimweg ist. Wir haben gar nichts dazu tun müssen.«

An diesem Abend kam Arthur nicht, obgleich Junie Moon, Mario und Warren bis zwei Uhr nachts unter dem Baum saßen und auf ihn warteten.

»Wenn er dir über den Weg gelaufen ist – warum hast du ihn dann nicht gleich mitgebracht?«, fragte Warren.

»Das hast du nun schon zwanzigmal gefragt.« Junie Moon zog sich Arthurs alten Pullover fester um die Schultern.

»Er wollte uns ja nicht mal ansehen«, warf Mario ein.

»Ja, wenn Sie die Sache in die Hand genommen hätten«, sagte Warren, »dann wäre er jetzt bestimmt hier.« Warren hatte an Mario einen Narren gefressen und bemühte sich schon den ganzen Abend um ihn, überhäufte ihn mit Schmeicheleien und bot ihm pausenlos Schoko-Brownies an. »Sie hätten ihn einfach gepackt und behutsam in den Wagen gehoben. Stimmt's, Mario?« Warren war besonders angetan von den schönen harten Muskeln an Marios Unterarmen und seinen kleinen, aber zweifellos kraftvollen Händen. »Ich bin sicher, Mario, dass Sie einen zu allem überreden können, wenn Sie nur wollen«, fuhr er fort, und Junie Moon lachte laut auf. »Halten wir dich womöglich davon ab, schlafen zu gehen?«, fragte er und wünschte, sie würde sich zurückziehen und ihn mit Mario allein lassen.

»Es ist Arthur, der uns davon abhält«, sagte Mario.

Er hatte noch nie erlebt, dass ihn ein Mann derart hofierte, und er fand es sehr amüsant. In seiner Familie gab es zwischen den Männern lautstarke Zänkereien, und als

Zeichen ihrer Zuneigung schlugen sie einander mit der geballten Faust auf den Bizeps.

»Haben Sie Arthur gern?«, fragte er.

»Was soll das heißen?« Warren kniff die Augen zusammen.

Mario lachte. »Nichts Schlimmes. Ich meine, ob er Ihr Freund ist.«

»Hm …« Warren hatte nie einen Freund gehabt. Es hatte Liebhaber gegeben. Und Freundinnen, die eher wie Schwestern waren. Und ältere Frauen, die ihn streichelten. Und Frauen wie Gregory, die ihn aus experimentellen Interessen an Land zogen. Aber Freunde? Nein. »Natürlich ist er mein Freund«, sagte er vergnügt. Er hatte keine Lust, diesem sympathischen Fischhändler seine düsteren, trübseligen Gedanken zu offenbaren. Es hätte Mario vielleicht bedrückt.

»Ich mag Arthur gern«, fuhr er fort, »obgleich er ein sehr, sehr schwieriger Mensch ist. Keineswegs so offen und freundschaftlich wie Sie.«

»Hört, hört«, sagte Junie Moon und schlug nach einer Mücke.

»Er hat oft schlechte Laune und ist dann nicht ansprechbar«, erklärte Warren. »Man muss also vieles in Kauf nehmen, wenn man sein Freund sein will.«

»Du hast es gerade nötig«, murmelte Junie Moon.

Warren überhörte diese Bemerkung. »Und er ist stur wie ein Bock. Für ihn ist es eine Sünde, Sozialhilfe anzunehmen, und er bildet sich ein, Lachen sei nur an bestimmten Feiertagen gestattet.«

»An welchen?«, fragte Mario lächelnd.

»Das weiß ich nicht, weil wir noch keinen hatten«, antwortete Warren.

In gewisser Hinsicht hat er recht, dachte Junie Moon, und der ernste, nachdenkliche Arthur stand ihr so klar vor Augen, dass sie den Tränen nahe war. So ein störrisches Biest – weglaufen und dann nicht in den Lieferwagen steigen wollen! Eigensinnig bis dorthinaus! Und doch bestimmte eben das seinen Charakter, machte ihn klar und berechenbar.

»Jeden Morgen steht er um sechs Uhr auf«, sprach Warren weiter. »Wie finden Sie das? Er behauptet, es sei noch eine Gewohnheit aus dieser Anstalt, in der er mal war, aber das stimmt nicht. In Wirklichkeit denkt er, dass jeder, der nach sechs Uhr morgens noch im Bett liegt, ein Sünder ist und in die Hölle kommt. Großer Gott, er weckt uns mit seinem Herumgestampfe, bevor es draußen auch nur dämmert. Ist es nicht so, Junie Moon?«

»Um die Zeit bin ich sowieso immer schon wach«, sagte sie und dachte: Für Arthur sind die Nächte eben voller Schrecken, und er ist jeden Morgen glücklich, wenn er's mal wieder überstanden hat.

»Wahrscheinlich«, meinte Warren, »lässt sich das alles damit erklären, dass er in seiner Kindheit so vieles entbehren musste.«

»Du wohl nicht?«, fragte Junie Moon.

»Aber nein«, versicherte Warren. »In den Jahren, in denen sich der Charakter bildet, hatte ich Guiles, und später lebte ich bei meiner Großmutter, die Biochemikerin war. Habe ich Ihnen das noch nicht erzählt?«, wandte er sich an Mario.

»Natürlich hast du es ihm noch nicht erzählt«, sagte Junie Moon. »Ihr habt euch doch eben erst kennengelernt.«

»Und meine Mutter soll eine sehr schöne Frau gewesen sein. In mancher Beziehung ist es ein Vorteil, eine Mutter zu haben, die man nie gesehen hat, besonders wenn sie schön war und fast so etwas wie eine Legende.«

»In allem, was du sagst, steckt immer ein bisschen Wahrheit«, bemerkte Junie Moon.

Als Mario nach einer Weile aufbrach, versprach er, am Morgen wiederzukommen und Regenbogenforellen mitzubringen.

Warren ging zu Bett, aber Junie Moon blieb noch lange, fast bis zur Morgendämmerung, unter dem Baum sitzen und versuchte, sich in ihren Gefühlen einigermaßen zurechtzufinden. Sie war auf Unannehmlichkeiten beim Zusammenleben in diesem kleinen Haus gefasst gewesen, hatte erwartet, dass sie die meiste Zeit damit zubringen würden, über ihre diversen Leiden zu reden und Verhandlungen mit dem Sozialamt zu planen. Nun, dergleichen hatte es wenig gegeben, aber dafür war ihr zumute wie einem Menschen, der gefesselt auf einem offenen Lastwagen liegt und durch eine finstere Wüste gekarrt wird.

Erst als sie die Flügelschläge der Eule hörte, kam ihr zu Bewusstsein, dass sie sich fürchtete. »Du hast uns doch Glück bringen sollen«, rief sie der Eule zu, und die Eule nahm das zur Kenntnis, indem sie ein Geriesel von Knöchelchen und Fellfetzen hinuntersandte. Sie hatte einen blinden, quiekenden Maulwurf erbeutet und sich niedergelassen, um ihn als frühen Morgenimbiss zu genießen.

»Du lügst und betrügst«, sagte Junie Moon zu ihr. »Du tust, als wärst du über die Maßen geheimnisvoll und weise, und dabei bist du nichts als ein ganz gewöhnlicher, gefräßiger Vogel.«

Sie schloss die Augen, aber all die nur halb bewältigten Probleme ihres Daseins ließen sie nicht einschlafen.

Da war Jesse, der noch immer frei wie ein Vogel umherzog und wahrscheinlich auch andere Frauen mit Säure übergoss, und da waren ihre Eltern, die sich in aller Heimlichkeit aus dem Staub gemacht hatten, um an einem weißen Strand unter einer gleißenden Sonne zu leben. Da war auch noch dieses Haus, das einer gründlichen Säuberung bedurfte. Und vor allem war da Arthur, der ihr, wie sie sich jetzt eingestand, die meisten Sorgen machte, der verschwand, kaum dass er gekommen war, betrauert, noch vor seinem Tod, und beinahe, aber eben nur beinahe, geliebt.

Arthur kam, als sie gerade unter dem Baum eingeschlafen war. Er setzte mühsam einen Fuß vor den anderen, wie ein Mensch in einem qualvollen Trancezustand. Ein paar Sekunden lang betrachtete er Junie Moon, dann betrat er das Haus. Die Fliegentür fiel hinter ihm zu, aber der Hund, der ihm gefolgt war, stieß sie mit der Pfote wieder auf und ging ebenfalls hinein.

18

Der Geruch von bratendem Fisch weckte den Hund. Er
schüttelte sich und schlich auf leisen Pfoten in die Küche.
Er war unausgeschlafen, aber er hatte Durst und schrecklichen Hunger, sodass er schleunigst herausfinden musste,
ob die Leute in diesem Haus ihn zu füttern gedachten.
Wenn nicht, wollte er sofort weiterwandern.

Mario briet den Fisch in einer großen Eisenpfanne.
Junie Moon und Warren saßen einander gegenüber am
Küchentisch.

»Das ist ein Freund von Arthur«, stellte sie den Hund
vor. »Er hat neben Arthur geschlafen, mit dem Kopf auf
seinem Kissen.«

»Woher wissen Sie das?«, fragte Mario in scharfem Ton.
Seine Hand zitterte vor Eifersucht.

»Weil ich ins Zimmer geschaut habe. Der Hund hatte
sich im Bett so breitgemacht, dass kaum noch Platz für Arthur blieb.« Sie lachte. »Ich wollte Arthur zudecken, aber
das war nicht möglich, ohne dass ich auch den anderen
zudecke.«

Der Hund ging vorsichtig über das Linoleum, als hätte
er etwas gestohlen, und legte seinen Kopf in Junie Moons
Schoß.

»Er mag dich«, sagte Warren.

»Ach wo«, erwiderte Junie Moon. »Er hat Hunger und

Durst und versteht es glänzend, sich einzuschmeicheln, das ist alles.«

»Meine Großmutter hatte zwei Pekinesen, die immer nebeneinander auf einem hohen Kinderstuhl am Esstisch saßen«, erzählte Warren. »Die Mahlzeiten wurden ihnen genauso serviert wie uns.«

Junie Moon stand auf und machte dem Hund etwas zum Fressen zurecht: zerkleinertes Cornedbeef mit Cornflakes und obendrauf ein Stück gebratene Forelle, sie füllte den Aufwischeimer mit Wasser und ging hinaus, um das alles unter den Feigenbaum zu stellen. Der Hund folgte ihr, gemächlich mit dem Schwanz wedelnd.

»Ihr beide solltet mit Arthur zur Erholung wegfahren«, schlug Mario unvermittelt vor, als Junie Moon zurückkam.

Warren, der seinen Ohren nicht traute, lachte auf.

»Wir können uns keine Ferienreise leisten«, sagte Junie Moon.

Aber Mario hatte schon alles geplant. In der vergangenen Nacht war er ruhelos in seinem großen, leeren Haus auf und ab gewandert und hatte sich nach dem Klang menschlicher Stimmen gesehnt. Er hatte schon des Öfteren bedauert, dass er unverheiratet geblieben war, statt sein Haus mit Leben zu erfüllen. Seine Brüder und ihre fetten Frauen hatten ihn deswegen so oft angepöbelt, bis es schließlich zur Gewohnheit geworden war. »He, Mario, wann heiratest du endlich, Menschenskind?« Wieder und wieder fragten sie, warum er das finstere alte Haus nicht verkaufte und sich ein modernes Apartment mietete, so eines, wie moderne Mädchen es gernhatten. »Los, Mario, man muss doch mit der Zeit gehen.« Sonntags besuchte er den einen oder anderen Bruder in seinem modernen Haus und aß jedes Mal zu viel von dem schweren Essen, das die Schwägerinnen in ihren modernen Küchen bereiteten, und nachher saßen sie im Wohnzimmer, das zu ordentlich und zu eng war, um gemütlich zu sein. Nichts gegen kleine Häuser, dachte Mario, nur müsste es darin einen Platz geben, wo man sich nach einer überreichlichen Mahlzeit ausruhen kann. Aber seine Brüder hatten keine Veranda mit Hängematte. Und die Gärten hinter den Häusern waren gepflastert, ohne Bäume oder Sträucher.

Mit der Zeit wurde Marios Haus immer größer und leerer. Als seine Großmutter im Sterben lag, hatte sie die Arme um seinen Hals geschlungen und ihm zugeflüstert: »Such dir eine Frau, Mario, bevor du zu alt und klapperig wirst.« Selbst an den heißesten Tagen erschien ihm sein Haus kalt. Eine Frau kam zum Saubermachen und Putzen, aber nichts glänzte, und bis auf sein eigenes Zimmer roch das Haus säuerlich und unbewohnt. Eigentlich hatte er gar nicht vorgehabt, ledig zu bleiben. Er war der Meinung gewesen, wenn es an der Zeit sei, werde er bestimmt ein hübsches Mädchen finden, eine mit schwarzen Augen, die sich in den kalten Winternächten an ihn schmiegte und ihm so viele Kinder schenkte, wie er wollte. »Wenn es an der Zeit ist«, sagte er zu seinen Brüdern und seinen Schwägerinnen. »Wartet es nur ab, ihr werdet schon sehen.« Aber die hübsche Schwarzäugige war nicht vorhanden, und er liebte sie auch nicht mehr und hätte sie nicht einmal geliebt, wenn sie vorhanden gewesen wäre. Denn jetzt gab es ja diese langbeinige Person, die einen mexikanischen

Sombrero trug, um ihr schrecklich entstelltes Gesicht zu verbergen. Was würdest du wohl sagen, Großmutter, wenn du diese komische, unergründliche Kreatur sehen könntest, die galoppiert, statt zu gehen, immer ein bisschen schief, eine Schulter vorgeschoben, und die mich mit ihren schrägen Witzen zum Lachen bringt.

Als der Morgen dämmerte, wurde ihm klar, was es bedeutete, einen Menschen zu lieben, aber da es sich mit seinem Traum nicht vereinbaren ließ und er sich auch keine Ansprache auszudenken vermochte, der seine Brüder zuhören würden, ohne dabei vielsagende Blicke mit ihren fetten Frauen zu tauschen, ersann er einen anderen Plan. Er wollte Junie Moon, Arthur und Warren auf Reisen schicken. Wollte sie sich vom Hals schaffen.

»Seit Jahren habe ich nicht mehr ausspannen können.«
Warren trommelte nervös mit den Fingern auf dem Tisch. Er versuchte an sich zu halten, um nur ja nichts zu verderben.

»Ihr könnt meinen Wagen nehmen, und das Geld leihe ich euch«, sagte Mario.

»Nein«, wehrte Junie Moon ab, »das geht nicht.« Sogar Warren merkte, dass Trauer in ihrer Stimme mitschwang.

»Es würde Arthur aber bestimmt guttun«, sagte Warren hoffnungsvoll.

»Das bezweifle ich«, sagte Junie Moon.

»Wir können ihn ja fragen«, sagte Mario.

»Nein, nein!«, rief Warren. »Der fährt auf keinen Fall, nachdem Sie ihm das angetan haben. Und noch dazu mit Ihrem Wagen! Ich höre ihn schon, wie er vor Empörung schreit und tobt.«

»Ach, sieh mal an!« Arthur stand im Türrahmen, das Haar vom Schlaf zerzaust. »Hier wird also einfach über mich verfügt – wie üblich. Und wo ist der Hund?«

»Ich habe ihm draußen Frühstück gegeben«, antwortete Junie Moon.

»Ich möchte mich bei Ihnen entschuldigen …«, begann Mario.

»Lassen Sie das bitte«, sagte Arthur. »Von Ihren Entschuldigungen würde mir übel werden, und dazu bin ich jetzt viel zu hungrig.«

Mario stand da, hielt einen Teller mit gebratenem Fisch in der Hand und wusste nicht, was er damit anfangen sollte.

Arthur aber löste mit einem Schlag sämtliche Probleme.

»Ich finde, die Idee mit den Ferien ist prima«, sagte er. »Und es macht mir auch gar nichts aus, wenn Sie uns die Reise bezahlen. Ich stelle nur eine Bedingung.«

»Welche? Welche?« Warren war völlig außer sich.

»Dass der Hund mitkommt«, sagte Arthur.

»Und Sie«, wandte sich Junie Moon an Mario, »kommen Sie auch mit?«

»Nein«, antwortete er rasch und stellte den Teller mit Fisch vor Arthur hin.

Mario bereitete auf der Ladefläche des Wagens ein Lager für Arthur, das der Hund sofort in Beschlag nahm. Mario nähte auch Fäustlinge für Junie Moons verstümmelte Hände, damit sie den Wagen steuern konnte. Er kochte Eier, holte Konserven aus seinem Keller und tat das alles in eine Kiste, die er mitsamt Streichhölzern, einem meterlangen Seil, einem Trinkwasserkanister, einer Auswahl von

Straßenkarten und zwei Büchsen mit kandierten Früchten im Wagen verstaute.

»Man könnte denken, wir gehen auf eine Safari«, sagte Arthur.

Als gerade keiner hinsah, schmuggelte Mario noch eine Schaufel, ein Beil und eine Bratpfanne in den Wagen. Er hatte sämtliche Gegenstände fest und ordentlich verpackt und dabei so sehnlich gewünscht, mitzufahren, dass er es förmlich schmecken konnte.

Am nächsten Morgen um fünf Uhr brachen sie auf. Mario setzte sie so fürsorglich in den Wagen, als wären sie sein Leben, sein höchster Schatz, sein guter Name. Im Handschuhfach lag ein Umschlag mit neunhundert Dollar – Mario hatte ihn mit einer Heftklammer an der ersten Straßenkarte befestigt, die sie benutzen mussten. Er hoffte nur, dass der Wagen, sobald sie aus der Stadt raus waren, nicht mehr nach Fisch stinken würde.

Warren saß vorn und hatte das Fenster heruntergekurbelt. Er sang eine triste Kollektion von Wanderliedern vor sich hin und schwatzte zwischendurch über dies und jenes, bis die beiden anderen ihn am liebsten verprügelt hätten. Aber er ließ sich durch keine noch so spitze Bemerkung stören.

Arthur lag hinten, mit dem Hund neben sich. Der Hund schwankte hin und her und sah etwas mitgenommen aus von dem Gerüttel und den Kurven. Arthur kam sich vor wie ein Mensch, den man aus einem kalten Fluss gezogen und in eine Kiste hinter dem Ofen gesteckt hat – nur dass die Kiste sich bewegte und er eine männliche und eine weibliche Stimme hörte, die einschläfernd wirkten und die Illusion hervorriefen, er besitze eine Familie oder habe wenigstens eine kleine Wurzel geschlagen und sei dadurch mit dem Leben verbunden. Sag, dass du mich liebst, Junie Moon, blabla. Er dachte dabei, wie die Sonne ihn gepeinigt hatte, er erinnerte sich an den Geruch des verdorrten Grases, und er fragte sich, warum er eigentlich davongelaufen war und ob Junie Moon sich um ihn gesorgt hatte.

Das Reiseziel war von Warren ausgesucht worden. Um diese Jahreszeit, hatte er gesagt, sei das Meer den Bergen vorzuziehen. Man treffe dort das beste Publikum an, und wer auf sich halte, der könne einfach nicht anderswohin fahren. Sie hatten gar nicht erst versucht, ihm zu widersprechen.

»Wie es heißt«, sagte Warren, »wird sich der Jetset demnächst in Alaska treffen. Das gilt jetzt als das Ausgefallenste. Die Gletscher, wisst ihr, und der weiße, weiße Schnee.«

»Na«, meinte Junie Moon, »da wird der Jetset es aber schwer haben, den weißen, weißen Schnee von den eigenen weißen, weißen Händen zu unterscheiden.«

»Warum bist du bloß immer so zynisch?«, tadelte Warren. »Du redest fast wie eine Puritanerin.«

Sie lachte. »Zynisch ist immer noch besser als snobistisch.« Aber als sie einen heimlichen Blick auf sein Gesicht warf, das vor Ferienfreude strahlte, wurde ihr Herz weich.

»Hast ganz recht«, sagte sie, »ich fange schon an, wie eine alte Jungfer zu reden. Ich glaube, es hat was mit Sex zu tun – oder vielmehr mit Mangel an Sex.«

Bei diesen Worten fühlte sie Arthur hinter ihrem Ohr atmen. Sooft die Rede auf Sex kam, wurde er munter, und sie scheuchte ihn jedes Mal fort – lästige Fliege, verschwinde.

Arthur dachte: Es ist hübsch, von einer Frau fortgescheucht zu werden, die es gar nicht so meint. Er gab dem Hund einen spielerischen Stoß, und der Hund, der Arthur immer lieber gewann, schnappte behutsam nach seiner Hand.

»Warum hat dich dieser Junge eigentlich in den Rücken geschossen?«, fragte Junie Moon. Sie fuhr mit einer Stundengeschwindigkeit von sechzig Meilen, und der Luftzug drang pfeifend durch Fenster und Ritzen und fegte über den hohen Kühler, sodass sie einander kaum verstehen konnten.

»Weil es mir nicht gelang, ihn daran zu hindern«, erwiderte Warren. Er war bester Stimmung und hatte Lust, sie zu necken, war jedoch nicht gesonnen, ihr den wahren Sachverhalt zu verraten.

»Dieses Gefühl kenne ich«, sagte sie. Ihre Stimme klang so schroff, dass es ihn kalt überlief. »Es ist wie in einem Albtraum, wenn man fliehen will und nicht von der Stelle kommt.«

Warren war pikiert, weil sie das Gespräch von ihm weggelenkt hatte. »Manche Dinge, die in der Wirklichkeit passieren, sind schlimmer als der schlimmste Albtraum«, sagte er hintergründig.

»Da hast du wahrhaftig recht«, bestätigte sie. »Hör mal, wie wär's denn, wenn wir hier anhielten und einen Donut äßen?«

Ach Guiles, dachte Warren, du hättest nie versucht, mich auf diese Weise abzuschieben.

»Ich hasse Donuts«, knurrte er.

Junie Moon hielt trotzdem an, und nachdem sie vom einen zum anderen geschaut hatte, sprang sie aus dem Wagen. Sie standen vor einer der Sultan-Jazu-Raststätten, die sich wie eine Kette den Highway entlangzogen, eine wie die andere, mit einem Sultan aus Neonröhren über der Tür, der den Gästen einladend zuwinkte. »Wahrscheinlich komme ich nicht lebend wieder heraus«, bemerkte sie und blinzelte Warren zu. Wie gewöhnlich kehrte daraufhin seine gute Laune zurück.

»Diese Person macht mich manchmal derart rasend, dass ich sie umbringen könnte«, sagte er mit einer Stimme, die so zärtlich wie die eines Liebhabers war.

Arthur ärgerte sich darüber. »Verdammt noch mal, sie ist eine großartige Person.«

»Genau das habe ich soeben gesagt. Die Schwierigkeit mit dir ist, dass du mir selten zuhörst, und wenn du's mal tust, verstehst du mich nicht, und wenn du mich verstehst, kapierst du es nicht, und selbst wenn du es kapierst, verdrehst du es, bis etwas ganz anderes daraus wird.«

»Ich werde sterben«, sagte Arthur.

»Außerdem«, fuhr Warren fort, »steckst du die Nöte anderer Menschen in einen Aktendeckel mit der Aufschrift ›Später zu erledigen‹, der erst dann aufgeschlagen werden soll, wenn deine Nöte behoben sind. Übrigens wirst du keineswegs sterben.«

»Doch, werde ich.« Arthur sprach wie ein gekränktes Kind.

Warren fröstelte bei diesen Worten, weil er überzeugt war, dass Arthur recht hatte. Deshalb machten sie ja die Reise, deshalb hatte Mario das alles geplant, und deshalb fuhr Junie Moon so schnell, dass ihre Hände in den von Mario genähten Fäustlingen bluteten. Es war, als müsste Arthur nur dann nicht sterben, wenn sie schnell genug hin- und wieder zurückfuhren, ohne Umwege, ohne rissige Landstraßen zu benutzen. Warren war kein sehr intuitiver Mensch, aber seine Gefühle wuchsen mitunter über ihn selbst hinaus, rankten sich in außergewöhnliche Richtungen, in außergewöhnliche Tiefen. Trotzdem – so seltsam es klingen mag –, in diesem Augenblick vermochte er an nichts anderes zu denken als an *The Conquest of Mexico*. Der arme mexikanische Indianer betet vor seinem Wasserloch, dachte Warren, er fleht die Götter an, aus dem Schlamm aufzutauchen, und dabei lauern bereits die Spanier mit ihren blitzenden Dolchen hinter dem Berghang. Guiles, komm doch und hilf uns!

Ein Caravan hielt neben dem Lieferwagen, und ein blasser Mann in rotgeblümtem Hemd und mit einer Schar von Kindern warf einen finsteren Blick auf den winkenden Sultan. Die Kinder waren mager und sahen mit ihren Rotznasen und den Zottelhaaren aus, als wäre ihre Mutter schon lange tot.

»Ich sag's euch zum letzten Mal«, fing der Vater an, als leite er jeden seiner Sätze mit diesen Worten ein, »da drinnen habt ihr zu gehorchen und euch anständig zu benehmen.« Ein kleiner, etwa siebenjähriger Junge saß rittlings auf den Beinen seiner jüngeren Schwester, kniff ihr die Lippen zusammen und verurteilte sie damit zu schmerzhaftem

Schweigen. Als Antwort auf die väterliche Ermahnung rülpste er.

»Die gefallen mir nicht«, bemerkte Warren, und zu seiner Überraschung stimmte Arthur ihm zu.

»Manchmal mag ich dich«, sagte Arthur, und Warren war so verblüfft, dass er rot wurde. Er kurbelte das Fenster herunter. »Du bist ganz große Klasse«, fuhr Arthur fort. »Vielleicht denkst du jetzt, ich übertreibe, aber wirklich und wahrhaftig, ich mag deinen Stil.« Arthur holte Luft zu seinem letzten und schönsten Kompliment. »Ich wette, ohne diese Querschnittslähmung wärst du ein zweiter Errol Flynn.« Damit streckte er sich wieder auf seinem Lager aus und spielte mit dem Hund.

Warren war vor Freude dunkelrot geworden. So etwas von Arthur zu hören, hätte er nie und nimmer erwartet. Überhaupt hatte er schon so lange kein Kompliment mehr bekommen, dass er im Zweifel gewesen war, ob es je wieder geschehen würde. Er antwortete nicht gleich, weil er fürchtete, die Fassung zu verlieren.

Und dann sagte er etwas, was er gar nicht hatte sagen wollen. »Du, Arthur, ich glaube, Junie Moon liebt dich.«

Hinter ihm entstand ein heftiges Rascheln, weil Arthur sich wieder aufrichtete.

»Zum Teufel, was redest du da?«, keuchte Arthur. »Warum musst du andauernd Lügenmärchen verbreiten?« Seine fuchtelnde Hand schlug gegen die Lehne des Beifahrersitzes, und obgleich Warren sich über ihn ärgerte, griff er automatisch nach hinten und hielt Arthurs Arm fest.

»Hast du nicht eben gesagt, ich hätte Stil?«, fragte Warren.

»Das nehme ich zurück.«

»Was wahr ist, kann man nicht zurücknehmen.«

»Sie liebt nicht mich. Sie liebt Mario«, sagte Arthur.

»Hoho!«, rief Warren.

»Hoho ist Junie Moons Wort, verdammt noch mal.«
Warren schrie vor Lachen.

So hatten sie beide gehört, was sie zu hören wünschten,
aber keiner von beiden glaubte dem anderen.

Junie Moon kam mit einem Karton, auf dem der Sultan
abgebildet war, zurück, samt drei Pappbechern Kaffee, Donuts und etwas, das sich *Jazu's Pecan Delight* nannte. Auch
ein Hackbratensandwich mit Ketchup und Zwiebeln für
den Hund war dabei. Als sie Warren den Karton hinauf-
reichte, wurde eines der mageren, rotznäsigen Mädchen
ihrer ansichtig.

»Seht mal!«, schrie die Kleine. »Das ist ja die Frau aus
dem Weltraumfilm! Die vom anderen Stern!«

Das alarmierte die Kinder, und sie kamen alle angelaufen. Der Vater hatte sich in das Lokal verzogen und war
vermutlich froh, sie los zu sein. Sie rückten heran wie eine
ungeordnete kleine Armee, blieben dicht vor Junie Moon
stehen und glotzten sie an.

»Schert euch weg!«, schrie Warren.

»Der da hat 'nen Bart«, stellte das kleine Mädchen
fest.

Ihr älterer Bruder schob die Hände in die Taschen. »Das
ist einer von diesen blöden Beatniks«, sagte er.

»Beatnik, Beatnik«, rief das jüngste Kind und hüpfte
wie ein Gummiball.

Warren öffnete die Wagentür und schwang sich mithilfe seiner kräftigen Arme hinunter. Er hatte jedoch vergessen, dass sein Rollstuhl nicht da war, und so hing er nun über dem Boden, mit gekreuzten Beinen, die dünn und schlaff wie Schilfrohr waren.

Der Junge, der sich im Vorteil fühlte, trat einen Schritt näher. »Was'n das? Streichhölzerbeine?«

»Komm doch her und sieh nach.« Warrens Gesicht lief vor Zorn rot an. Ohne Rollstuhl oder zumindest Krücken war er hilflos wie eine reife Pflaume, die am Baum hängt.

»Bleib drinnen«, sagte Junie Moon. Der Blick des Jungen gefiel ihr ebenso wenig wie die Tatsache, dass ein Mann und eine Frau, die soeben die Raststätte verlassen hatten, dastanden und zu ihnen herüberstarrten.

»Ist das die Mutter von dem Beatnik?«, erkundigte sich die Kleinste und zeigte auf Junie Moon. Dann hielt sie sich die Hand vor den Mund und kicherte durch die Finger.

»Um Himmels willen, lasst uns fahren«, sagte Arthur.

Der Mann im rotgeblümten Hemd kam hinter dem Caravan zum Vorschein. »Was ist denn hier los?«, fragte er.

»Der da hat mich einen Hurensohn genannt«, behauptete der Junge dreist.

»Ja, hat er, hat er!«, rief die Kleinste.

Junie Moon stieg ein und ließ den Wagen an.

»Halt mal, einen Moment«, sagte der Mann. »Die Sache gefällt mir nicht.«

»Warren, um Himmels willen, komm schon!«, rief Junie Moon, während der Motor lief.

»Ich kann nicht«, zischte Warren ihr zu.

Arthur entriegelte die hintere Bordwand und sprang vom Wagen. Sein Bein war so schwach, dass er auf einem Knie landete, und bei dem Versuch, sich hochzustemmen, zitterten seine Arme vor Anstrengung.

»Was fällt Ihnen ein, meinen Sohn zu beschimpfen?«, fragte der Mann in dem geblümten Hemd. Seine kleinen Augen standen eng beieinander, und das borstige Haar war so kurz geschoren, dass sein Schädel hart wie Holz aussah.

»Ich habe niemanden beschimpft«, erwiderte Warren und versuchte, sich an der offenen Tür hochzuziehen.

»Kümmern Sie sich gefälligst um Ihre eigenen Angelegenheiten«, sagte Arthur. Er stand jetzt fest auf den Beinen, ohne zu zittern und ohne Angst vor einem Anfall. Insgeheim wünschte er geradezu, dass der Mann aggressiv werden würde, weil er ihn gern geohrfeigt hätte, um Junie Moon zu imponieren.

»Nun seht euch doch bloß diese Höhlenmenschen an«, wandte sich der Mann mit wieherndem Lachen an die Kinder und all die Leute, die sich angesammelt hatten. Plötzlich sprang der Hund vom Wagen. Er stellte sich zwischen den Mann und Arthur, gab ein leises Knurren von sich und legte die Ohren an.

»Am besten benachrichtige ich mal den Sheriff«, sagte der Mann mit einem Blick auf den Hund und lief Richtung Raststätte. Arthur schob Warren in die Fahrerkabine und kletterte hinterdrein. Junie Moon fuhr an, und raste über den Parkplatz.

»Dem hast du einen schönen Schreck eingejagt«, sagte Warren zu Arthur.

»Und ob«, bekräftigte Junie Moon. »Wisst ihr, mir sind

in meinem Leben schon viele bösartige Kinder über den Weg gelaufen, und alle hatten sie gelbe Augen.«

Der Lieferwagen bog in den Highway ein, und die drei schwiegen eine Weile.

Schließlich sagte Warren: »Ich muss mir einen kleinen Klappstuhl oder so was anschaffen, damit mir das nicht noch mal passiert. Wie 'ne Puppe baumelt man da in der Luft.«

»Ihr seid beide sehr ritterlich gewesen«, sagte Junie Moon. »Ich komme mir vor wie die Kaiserin von China.«

»An dem Klappstuhl werde ich ein Klappmesser anbringen – für alle Fälle«, sprach Warren weiter. »Und eine kleine Tränengasbombe.« Er streckte die Hände aus, deren Innenflächen bluteten.

»Mein Gott«, rief Arthur, »wie ist denn das passiert?«

»Als ich versuchte, mich hochzuziehen«, antwortete er und zwinkerte Arthur zu.

»Bitte, lass dieses Zwinkern«, sagte Arthur.

»Warum denn?«, fragte Junie Moon. »Was ist schon dabei, wenn er dir zublinzelt?«

»Es macht mich nervös«, erklärte Arthur.

»Wieso?«

»Ich weiß nicht. Ich denke dann immer, er ist schwul.«

»Na, wenn schon.« Junie Moon knuffte Warren in die Rippen. »Blinzeln ist doch nun wirklich nicht anstößig. Du brauchst ja nicht darauf zu reagieren.«

»Freundlicher wär's, wenn er's täte«, sagte Warren und kicherte. Er mochte kein Blut sehen, am wenigsten sein eigenes, und er war dankbar für alles, was ihn ablenkte. »Manchmal führe ich Tests durch«, berichtete er. »Ich zwinkere dann allen Leuten zu, denen ich auf der Straße begegne, Männern, Frauen, Kindern, und passe auf, wie viele zurückzwinkern. Mehr Männer als Frauen tun es. Hättet ihr das gedacht? Und praktisch alle Kinder. Wenn eines mal nicht zwinkert, dann vermutlich nur, weil es das noch nicht gelernt hat.«

»Du findest ja immer Erklärungen«, meinte Arthur lächelnd.

»Manchmal mache ich auch noch eine leichte Kussbewegung. Ach, wenn ihr wüsstet, wie erotisch das wirkt.«

»Ich will's lieber nicht wissen«, erwiderte Arthur. »Eines Tages wird sowieso die Sittenpolizei erscheinen und uns alle in ihrem großen schwarzen Wagen abholen.«

»Die Tugendwächter«, sagte Junie Moon, »angeführt von Sidney Wyner.«

»O Gott!«, rief Arthur plötzlich. »Der Hund!«

»Ist er nicht hinten im Wagen?«, fragte Warren.

Arthur beugte sich weit zurück. »Nein. Er ist gleich nach mir runtergesprungen. Wir müssen umkehren.«

Junie Moon kehrte nicht um. Sie verlangsamte nicht einmal das Tempo. »Wahrscheinlich hatte er genug von uns«, sagte sie. »Sonst wäre er doch mitgekommen.«

»Du musst umkehren«, beharrte Arthur.

Aber sie blickte starr geradeaus. »Ich fahre nicht zurück«, erwiderte sie. »Da kriegen wir doch bloß Ärger.«

»Das ist doch wohl nicht dein Ernst«, sagte Arthur. »Wir sollen einfach wegfahren und ihn im Stich lassen?«

»Warum nicht?« Sie trat aufs Gaspedal.

Arthurs Stimme wurde schrill. »Entweder hältst du jetzt an, oder ich mache die Tür auf und springe ab.«

»Spring nur«, sagte sie. »Wenn du diesen blöden Hund lieber hast als …« Ihre Stimme erstarb, aber Warren wollte es ganz genau wissen.

»Lieber als wen?«, fragte er. Ihn entzückte der Gedanke, dies könne ein Streit zwischen Liebenden sein, obgleich sich keiner der beiden Beteiligten darüber im Klaren war. »Das klingt ja, als wäre ein gewisser Jemand eifersüchtig.« Er zwinkerte Junie Moon zu.

»Misch dich nicht in fremde Angelegenheiten«, fuhr sie ihn an. »Und lass dieses Zwinkern.«

»Der Hund wollte uns beschützen, und das ist nun der Dank«, sagte Arthur.

»Niemand hat ihn gebeten, uns zu beschützen«, entgegnete Junie Moon. »Er ist ein streunender Köter, der nichts im Sinn hat, als für sich selbst zu sorgen. Dem ist es ganz egal, was aus dir oder sonst wem wird.«

»Als ich bewusstlos in der furchtbaren Sonnenglut lag, hat er sich neben mich gesetzt. Das hat er mir zuliebe getan.«

»Ach was, er war müde, und deswegen hat er sich hingesetzt. Ich kann Leute nicht ausstehen, die behaupten, dass Hunde aus menschlichen Motiven handeln.«

»Von den Pekinesen meiner Großmutter«, sagte Warren, »wurde immer behauptet, sie hätten übersinnliche Fähigkeiten und könnten Katastrophen vorausahnen. Sie kündigten das Unheil an, indem sie ihre Köpfe zwischen die Pfoten vergruben, und zwar stundenlang.«

»War vermutlich einer von diesen faulen Hundetricks«, meinte Junie Moon.

»Du hältst jetzt sofort den verfluchten Wagen an!«,

schrie Arthur, und sein Körper wurde von einem so heftigen Zittern geschüttelt, dass er vom Sitz fiel.

Dies bewog Junie Moon, den Wagen auf einen Parkplatz am Straßenrand zu fahren.

»Wenn du nicht umkehren willst«, sagte Arthur, »dann warten wir eben hier, bis er kommt.« Seine Lippen waren blass und bebten.

»Und wenn wir bis zum Jüngsten Tag warten, den Hund sehen wir nicht wieder«, versicherte Junie Moon.

»Diesmal hast du unrecht«, sagte Arthur, »und das weißt du auch.«

Junie Moon packte die Sachen aus, die sie in der Raststätte gekauft hatte, und stellte sie auf den Picknicktisch, aber nur Warren aß etwas. Er saß jetzt in seinem Rollstuhl, und nach kurzer Zeit machte er sich auf, fuhr zwischen lichten Bäumen hindurch und gelangte zu einem Flussufer. Er brachte es fertig, mit seinem Rollstuhl in Gegenden vorzudringen, die andere Leute nur unter Schwierigkeiten zu Fuß erreichten. Am Fluss war es schön. Warren saß da und dachte an seine Großmutter mit ihren Pekinesen und ihrer Biochemie. »Wenn man die Zusammensetzung der Organismen kennt«, hatte sie mit ihrer frischen Stimme gesagt, »dann weiß man genau, wie sie sich entwickeln werden.« Und als er einwandte, wenn man es im Voraus wisse, dann mache es doch gar keinen Spaß mehr, hatte sie geantwortet: »Kleiner Dummkopf, Spaß ist mehr als eine Reihe von Überraschungen.« Auf seine Frage, was es denn sonst sei, hatte sie nicht reagiert – vermutlich war sie mit ihren Gedanken schon bei einer neuen Analyse. Warren fragte sich jetzt, ob sie wohl seine Zusammensetzung gekannt und folglich sein Schicksal vorausgesehen habe. Er entsann sich ihrer fest zusammengepressten Lippen und lächelte.

Arthur lehnte sich an einen Fichtenstamm, um die Straße überblicken zu können. Er war ärgerlich und voller Angst. Ärgerlich, weil er den Hund vergessen hatte und weil Junie Moon sich nichts aus dem Tier machte; voller Angst, weil es immerhin möglich war, dass der Hund nicht kam. Junie Moon ist hart, dachte er, sie hat niemanden gern, ausgenommen vielleicht diesen blöden Fischhändler. Ob der Hund verschwunden ist, ob ich tagelang durch die Gegend irre – das eine kümmert sie so wenig wie das andere. Er beobachtete, wie sie zum Wagen zurückging und sich stocksteif hinter das Lenkrad setzte. Tyrannisch war sie, herzlos und hässlich, hässlich, hässlich. Sie glich Ramona nicht mehr als der Mann im Mond. Ramona hatte starke, weiche Schenkel, und wäre es je dazu gekommen, so hätte sie ihn mit ihrer Leidenschaft wahrscheinlich getötet. Die war ganz anders als dieses knochige, abstoßende Monstrum, das da oben saß und nur auf eine Gelegenheit lauerte, nach dem Hund auch ihn zurückzulassen.

»Dass du dich nicht unterstehst, ohne mich loszufahren!«, rief er.

»Hoho!«, schrie sie zurück.

Ramona hätte es hier in aller Öffentlichkeit mit ihm getrieben, wenn sie nur da gewesen wäre. Die kannte keine Furcht. Und den Hund hätte sie gerngehabt und ihm Fleisch gegeben statt Cornflakes.

Dann dachte er gequält daran, wie er nach dem missglückten Versuch, einen Job zu finden, noch einmal die staatliche Anstalt aufgesucht hatte. Er erinnerte sich an die unerträgliche Hitze und die misstrauischen Fragen des Pförtners, und wie er sich um das Hauptgebäude herum zum Küchenfenster geschlichen hatte, um hineinzuspähen. Die Küche war leer und kalt gewesen; es hatte nach Seife gerochen und nach irgendetwas, was im Hintergrund auf einer Gasflamme brodelte.

Der Hackklotz stand noch an derselben Stelle, und Arthur bekam Herzklopfen, als er das Messer sah, das Ramona immer benutzt hatte, um Fleisch zu schneiden oder klein zu hacken und ihm damit zu winken. Das Messer, mit dem sie ihn entblößt hatte. Ob sie nach all den Jahren wohl noch hier war? »Na, Kleines?« Wie oft hatte sie das gesagt, wenn sie ihm mit dem Handrücken den Mund abwischte. Ihre Stimme war kräftig und warm gewesen.

Er war an jenem Tag fortgegangen, ohne sich nach ihr zu erkundigen. Nicht einmal dafür hatte er den Mut aufgebracht.

Ich werde mich zu den erlebnishungrigen Müttern begeben und mich zu ihnen ans Meer setzen, dachte Junie Moon. Ich werde den Motor dieses lausigen Wagens anlassen und allein wegfahren. Ich hoffe nur, dass der dreckige Köter unter ein Auto kommt und dass die beiden hier am Wegrand verhungern. Ich hoffe, dass ihre Knochen in der Sonne bleichen und zu Staub zerfallen und dass sich niemand findet, der sie begräbt. Nach diesen rachsüchtigen Gedanken fühlte sich Junie Moon entschieden erfrischt.

Das Unglück war nur, dass sie nie zuvor jemanden geliebt hatte, sodass nun alles zugleich über sie hereinbrach, als wäre eine Schleuse geöffnet worden. Und sie wollte Arthur nicht lieben, weil er, wie er selbst sofort sagen würde, ein progressives Nervenleiden hatte. Weniger taktvoll ausgedrückt hieß das: Er war ein Todeskandidat.

Nach etwa zwei Stunden gab Arthur die Hoffnung auf, den Hund je wiederzusehen, und Junie Moon bereute – allerdings nur im Stillen –, dass sie nicht zurückgefahren war, um den Hund zu suchen. Und gerade da kam er angelaufen. Ein Fremder hätte annehmen müssen, der Hund kenne keinen von ihnen. Er schnüffelte, ging an Arthurs ausgestreckter Hand vorbei zur anderen Seite der Fichte und pinkelte an den Stamm. Dann nahm er Warrens Spur auf, erreichte den Fluss, tauchte kurz ins Wasser, ohne Warrens Ruf zu beachten, trottete zurück, sprang auf den Wagen und schüttelte sich so heftig, dass die Sitze und Junie Moon gründlich nass wurden.

»Geschieht dir ganz recht«, rief Arthur lachend, griff nach dem Hackbratensandwich und gab es Stück für Stück dem Hund.

19

Am nächsten Tag konnte man die Nähe des Meeres ahnen – windgekrümmte Föhren, Sand und Motels, die *The Driftwood* hießen oder *Vista del Mar*. Der Hund verschlief den größten Teil der Fahrt. Er lag auf der Seite, alle viere weit von sich gestreckt. Von Zeit zu Zeit blickte er zu Junie Moon hinauf und knurrte.

Junie Moon und Warren genossen diese Fahrt. Sie legte ein rasantes Tempo vor und schlängelte sich zwischen den anderen Fahrzeugen mit gut kalkulierter Rücksichtslosigkeit hindurch, die Warren bewundernswert fand. Er selbst träumte von neuen exotischen Erlebnissen und hoffte auf das große Abenteuer.

»Ich habe beschlossen, dass wir im *Patty's Hideaway* absteigen«, sagte er. Von den Reklametafeln dieses Hotels hatte es ihm besonders eine angetan, deren Text lautete: *Kommt und vergnügt euch mit den Sternen.*

»Ob man sich seinen Stern wohl aussuchen kann?«, fragte Junie Moon, während sie geschickt einen Mercedes überholte. Im Augenblick waren Warren und sie die besten Freunde.

»Ich habe mir immer gewünscht, reich und verliebt zu sein«, sagte Warren.

»Beides endet unweigerlich damit, dass man seine Freiheit verliert«, erwiderte Junie Moon und hupte kräftig.

»Das ist nicht wahr. Liebe wärmt das Herz.«

»Ach?«

»Liebe verjüngt«, rief Warren.

»Wirklich?«

»Sie ist Anfang und Ende des Lebens.«

»Darin muss ich dir zustimmen.« Junie Moon gab Gas und flitzte durch eine schmale Lücke zwischen zwei Lastwagen.

»Mir ist, als ob wir schone lange zusammenwohnen«, sagte Warren.

»Und findest du das gut oder schlecht?«

Er lachte. »Ich weiß nicht, aber jedenfalls ist es eine Erleichterung. Ich habe zu oft in Bodenkammern und Verschlägen gewohnt, und unser Haus ist doch recht elegant.« Die Sonne schien auf sein Gesicht, sodass man nicht hätte sagen können, ob er rot geworden war oder nicht.

Arthur hörte von seinem Platz auf der Ladefläche zu und suchte zu begreifen, warum ein so schönes Gefühl derart schmerzte.

»Elegant würde ich es nicht gerade nennen«, warf er ein.

»Was du schon davon verstehst«, fertigte Warren ihn ab.

Es war für die beiden unmöglich geworden, einander nicht zu widersprechen. Zwar legten sie es nicht mehr darauf an, einander mit Worten zu verletzen, aber sie konnten das Nörgeln nicht lassen, wie ein altes Ehepaar.

»Warum musst du immer von Liebe reden?«, fragte Arthur.

Warren lachte. Er hatte einen goldenen Traum gesponnen, in dem er sich in vielerlei exotischen Posen in einem königlichen Bad sah, bedient von geschmückten Sklaven und zarten jungen Frauen. Sanfte Lüfte umspielten den Palast, und im Jasmin rief die chinesische Nachtigall: »Liebling, Liebling!«

»Es ist einfach so, dass ich mich nicht schäme, zu lieben oder geliebt zu werden«, antwortete er. »Das beweist meine emotionale Reife.«

»Hoho!«, rief Junie Moon und trat so hart auf die Bremse, dass der Hund mit dem Kopf gegen die Rückseite des Vordersitzes prallte.

Zu seinem eigenen Erstaunen hörte Arthur sich sagen: »Du mit deinem Hoho! Denkst du, das macht dich zu einer Sachverständigen?«

Junie Moon runzelte die Stirn. Sie bemerkte, dass zahlreiche Insekten, wahrscheinlich Grashüpfer, an der Windschutzscheibe klebten.

»Wenn ich dir raten darf«, sagte sie, »fliege niemals einen Highway entlang.«

»Wie bitte?«, fragte Arthur.

»Besonders dann nicht, wenn du ein Grashüpfer bist.«

Arthur streckte sich, bis er ihren Hinterkopf sehen konnte.

Der Hund brachte die Schnauze dicht an sein Ohr heran und gab kleine schnaufende Geräusche von sich, als wolle er ihm etwas Unwichtiges, aber Liebes mitteilen.

»Guter Hund«, murmelte Arthur.

»Was hast du gesagt?«, fragte Junie Moon.

Arthur lächelte. »Nichts, was dich interessieren könnte.«

Er betrachtete ihr Halbprofil, und weil die schrecklichen Narben ihn nicht mehr störten, schien ihm, er habe ein besonderes Anrecht auf sie. Noch gestand er sich nicht ein, dass dieses Gefühl vielleicht Liebe war.

Patty's Hideaway war ein großes tolles Hotel, eingezwängt zwischen zwei ebensolchen Hotels und mit einem schmalen Streifen Badestrand. Warren versicherte, es gebe dort Palmen und einen Swimmingpool, und er werde Zimmer mit Blick aufs Meer beschaffen.

»Wie willst du das machen?«, fragte Junie Moon.

»Das lass bitte meine Sorge sein«, erwiderte Warren. »Ich habe mir unterwegs alles zurechtgelegt. Ihr müsst nur mein Spiel mitmachen.«

»Was für ein Spiel?« Solche geheimnisvollen Unternehmungen regten Arthur auf.

»Ihr braucht weiter nichts zu tun, als euch wie prominente Leute zu benehmen. Um alles andere kümmere ich mich.«

»Und wie sollen wir das machen?«, fragte Arthur.

»Es genügt, wenn ihr den Mund haltet und gelangweilt ausseht.«

Einen Häuserblock von dem Hotel entfernt ließ Warren anhalten und vertauschte sein Hemd mit einer zartrosa und purpurrot gestreiften Strandjacke. Dann kämmte er seinen Bart und setzte sich in den Rollstuhl. Auf seinen Knien lag ein Spazierstock mit silbernem Knauf. Er lachte den beiden im Wagen verschmitzt zu und rollte davon, in Miene und Haltung einem exzentrischen italienischen Prinzen ähnlich.

»Ich habe Angst vor Hotelhallen«, sagte Junie Moon, während sie Warren nachsah.

»Ich auch«, gestand Arthur. »Ich bilde mir jedes Mal ein, dass meine Unterwäsche aus dem Koffer fallen wird.« Er beugte sich vor, berührte ihre Schulter und sagte dann – wie gewöhnlich – etwas ganz anderes, als er beabsichtigt hatte. »Wieso bist du losgefahren, ohne den Hund mitzunehmen?«

Sie überhörte seine Frage. »Der Hund wird im Wagen bleiben müssen, um ihn zu bewachen«, bemerkte sie und blickte dabei aus dem Fenster. »In *Patty's Hideaway* ist es wahrscheinlich nicht erlaubt, Hunde mitzubringen.«

»Er hätte verhungern oder bei dem Versuch, uns einzuholen, einen Herzschlag bekommen können.« Arthur war einfach nicht imstande, mit seinen Vorwürfen aufzuhören. Es war genauso wie im Büro der Western Union, als er es trotz Sams Weigerung, ihn wieder einzustellen, nicht fertiggebracht hatte, den Raum zu verlassen.

Junie Moon rutschte hinter dem Lenkrad ein wenig tiefer. »Weißt du nicht, dass Hunde gern etwas zu tun haben – jedenfalls männliche Hunde? Sie finden es herrlich, zu apportieren, zu rennen oder irgendwas zu bewachen.«

»Es war gemein, ihn einfach im Stich zu lassen«, beharrte Arthur.

»Hündinnen dagegen ziehen es vor, stillzusitzen und von früheren Zeiten zu träumen.« Arthurs Gesicht berührte fast das ihre, und sie schob ihn zurück. »Ich *habe* doch angehalten«, sagte sie.

»Aber erst, nachdem ich vom Sitz gefallen war«, rief er.

»Vielleicht hätte ich auf alle Fälle gehalten.«

»Woher soll ich das wissen?«

»Du kannst es nicht wissen. Und du wirst es nie erfahren.

Niemals wirst du's erfahren, also hör auf, darüber zu quasseln.« Sie zwinkerte ihm zu, sodass er lächeln musste.

»Hilf mir lieber, diese verdammten Fäustlinge auszuziehen«, sagte sie.

So vorsichtig wie möglich, um ihr nicht wehzutun, streifte er ihr die Handschuhe ab, und plötzlich zwinkerte er ihr ebenfalls zu.

»Mir scheint, man muss sich vor dir in Acht nehmen«, meinte sie. »Womöglich bist du schwul.«

Warren hatte die Leute im *Patty's Hideaway* durch seinen Zauber bestrickt. Wie er das gemacht hatte, verriet er nicht, teils, weil er seinen Bericht später noch ausschmücken wollte, teils, weil er nicht bereit war, gewisse Tricks zu verraten. Jedenfalls kam er nach kurzer Zeit mit einem livrierten Portier zurück, der den Lieferwagen zu einem Nebeneingang fuhr, wo der Geschäftsführer und zwei andere Hotelangestellte sie erwarteten, um sie durch die Halle zu geleiten. Junie Moon wurde behandelt, was wäre sie die Garbo oder irgendeine fürstliche Persönlichkeit. Der Hund hätte beinahe an das Portal gepinkelt, besann sich dann aber anders und folgte ihnen mit stolz erhobenem Schweif wie ein Rassehund edelsten Geblüts.

Warren drückte dem Geschäftsführer fünfzig Dollar in die Hand, als wäre das nichts, und Arthur bemühte sich, gelangweilt auszusehen und den Mund zu halten. Niemand erwähnte, dass die neuen Gäste keine Koffer hatten; die Einkaufstaschen wurden diskret abgestellt, und Warren entließ die Leute mit einer müden Handbewegung.

Kaum hatte die Tür sich geschlossen, da begannen Junie Moon und Arthur zu kichern. Warren hingegen verzog keine Miene und blickte die beiden so geringschätzig an, als hätte er sie auf der Straße aufgelesen. Die Sache war nämlich so, dass er sich ganz in die Rolle eines italienischen Prinzen eingelebt hatte und sein Prestige keinesfalls untergraben wollte.

Der Beach Boy sah sie durch die Halle gehen. Er lästerte gerade mit einem anderen Hotelboy über die Gäste – wer ungebunden war, wer über viel Geld verfügte und wer gewisse Amüsements suchte. Beach Boy war braungebrannt, seine Haut schimmerte seidig. Er hatte alles, was für seinen Job wichtig war: lange, schlanke Beine, feine Hände und obendrein ein flinkes Lächeln, das schneeweiße Zähne sehen ließ. Sein Haar war in einer schwungvollen Welle nach hinten gebürstet. Er war bei Verwandten im Bergland aufgewachsen, die sich wenig um ihn gekümmert hatten. Daher war er ruhelos, aber auch so etwas wie ein Träumer und machte gern lange Spaziergänge am Strand, wo er allerlei aufsammelte. Als er heranwuchs, zeigten die fetten Damen am Strand großes Interesse für seine Muscheln und luden ihn zwecks näherer Besichtigung in ihr Hotelzimmer ein. Er fand bald heraus, dass es recht einträglich war, wenn er so tat, als verstünde er nicht, wovon sie redeten, sie aber gleichzeitig hier und dort sanft berührte und unschuldig dafür um Verzeihung bat.

Als er siebzehn war, stellte das Hotel ihn ein, damit er den Sand glättete, die Strandschirme aufspannte und den Gästen in jeder Weise behilflich war.

Wenn Beach Boy den Anblick von Warren, Junie Moon und Arthur nicht abstoßend fand, dann vor allem deswegen, weil er dergleichen noch nie gesehen hatte. Überdies waren die drei eine angenehme Abwechslung – endlich einmal etwas anderes als die fetten Weiber mit ihren Armbändern und dem listigen Lächeln.

»He, Mann, sieh doch bloß«, sagte er zu dem anderen Hotelboy. Er radebrechte mehrere Sprachen, wobei sein Tonfall angenehm musikalisch klang.

»Sind bestimmt inkognito«, meinte der andere wissend. Daraufhin hob sich die Stimme des Beach Boys beträchtlich, ohne dass er hätte sagen können, warum. Er zog seine weißen Hosen gefährlich tief auf die Hüften herunter und strich sich mit der Hand nachdenklich über den goldfarbenen Oberkörper. »Ah!«, machte er, und seine Bauchmuskeln spannten sich instinktiv.

Der Hund hob schnüffelnd die Nase und atmete die Meeresluft ein wie einen lang entbehrten köstlichen Duft. Dann trank er in gierigen Zügen aus dem Toilettenbecken und streckte sich auf Junie Moons Bett aus, den Kopf auf dem Kissen. Sie warf einen Schuh nach ihm, aber er rührte sich nicht.

Sie hatten zwei durch einen Balkon verbundene Zimmer mit Blick aufs Meer. Der Swimmingpool lag unten rechts; er schien etwas kleiner zu sein als auf den Reklametafeln, sah aber sehr einladend aus, mit Sprungbrett und Luftmatratzen und mit Musik, die aus einem Lautsprecher drang. Nur wenige Leute badeten im Meer.

»Ich schaue mich mal ein bisschen um«, sagte Warren, und bevor sie ein Wort erwidern konnten, rollte er bereits davon.

Junie Moon saß auf dem Balkon. Die vielen Leute am Strand machten ihr Angst, aber sie war trotzdem glücklich, hier zu sein. Es war lange her, dass sie so etwas wie eine festliche Stimmung empfunden hatte. Sie schloss die Augen und bildete sich ein, sie könne durch die Musik hindurch den Wellenschlag des Meeres hören.

Arthur dachte: Das Schwindelgefühl wird vergehen. Ich brauche mich nur ein Weilchen hinzulegen und eine Schachaufgabe im Kopf zu lösen.

»Ich lege mich ein bisschen hin«, sagte er zu Junie Moon, bekam aber keine Antwort. Er ließ die Jalousien herunter, um das blendende Licht auszuschließen, und schon hörte er das Rauschen in seinen Ohren. Wie das Rauschen von Flügeln. Vergiss nicht, dachte er, der Königinbauer ist der Favorit der Königin und besitzt als solcher spezielle Fähigkeiten. Allerdings hat er auch gewisse Schwächen, vermutlich infolge schlechter Blutbeschaffenheit durch Heirat zwischen Verwandten. Wer weiß, vielleicht ist der Bauer sogar ein illegitimer Sohn der Königin.

Arthur drehte sich um. Auf dem Bauch liegend, umklammerte er mit beiden Händen die Bettkante. Als Kind war er einmal in einem Vergnügungspark mit der Geisterbahn gefahren. Man hatte ihn auf etwas festgeschnallt, was wie ein Karren aussah, und dieser Karren war mit lautem Kreischen in einen pechschwarzen Tunnel gesaust. »Ich will raus, ich will raus!«, hatte Arthur geschrien und dann hinter sich das Lachen eines Mannes gehört. Im Tunnel ertönten laute elektronische Geräusche, pulsierend, wellenartig wie Stromstöße durchs Gehirn, und der Rhythmus schien mit Arthurs Herzschlag übereinzustimmen, so sehr, dass er schließlich einen Anfall bekam. Als der Zug das andere Ende des Tunnels erreichte, war der Anfall vorüber, und Arthur hing leichenblass in den Gurten des Sitzes. »Na, was sagst du dazu, Kleiner?«, hatte der Mann hinter ihm gerufen. »Aufregende Sache, was?«

Der Königinbauer war ihr Liebhaber, nicht ihr illegitimer Sohn. Darum kam er auch so rasch – und so blindlings? – angelaufen, um sie zu verteidigen. Na, was sagst du dazu, kleine Königin? Wie wäre das als sternförmige Verteidigung? Sag, dass du mich liebst, sag, du wirst mich küssen und mich auch vermissen, meine Königin. Ich will raus, ich will raus!

»Ist dir nicht gut?«, rief Junie Moon aus dem Nebenzimmer.

»Doch, doch.« Arthur wühlte den Kopf ins Kissen, damit sie sein Schluchzen nicht hörte. Er wollte nicht glauben, dass sich in ihm das schlimmste aller Symptome zu entwickeln begann.

Um drei Uhr telefonierte Warren aus der Hotelhalle und bat sie herunterzukommen. »Beach Boy hat uns einen Platz verschafft«, meldete er. »Da sind wir ganz ungestört. Benutzt den Lift Nummer drei, der ist für euch reserviert.«

Junie Moon klopfte an Arthurs Tür. »Komm«, sagte sie, »wir wollen uns mit den Sternen vergnügen.«

Arthur hob den Kopf und entschied, dass er es schaffen konnte.

Beach Boy hatte Warrens Rollstuhl durch den Sand gezerrt, hatte Badetücher ausgebreitet und zwei spanische Wände aus Bambusgeflecht zum Schutz gegen Neugierige aufgestellt. Er starrte Junie Moon unverhohlen an, aber nicht aufdringlich und ungezogen, sondern nur, weil ihm nie zuvor eine Frau begegnet war, deren Gesicht und Hände aussahen, als wären sie irgendwann explodiert. Sie zwinkerte ihm zu. Er blinzelte erstaunt und brach dann in Lachen aus.

»Willkommen in *Patty's Hideaway*«, sagte er, nahm ohne Zögern ihre Hand und war ihr behilflich, sich in den Liegestuhl zu setzen.

Als Arthur sich im Sand ausstreckte, bekam er einen besonders heftigen Krampf im Arm. »Junge, Junge!«, rief Beach Boy bewundernd. Aber Warren gefiel ihm von den dreien doch am besten, und an ihn wandte er sich, nachdem er alles geordnet hatte. »Okay, Käpt'n?«, fragte er.

Warren errötete vor Freude.

»Soll ich Sie mit zum Riff nehmen?«

Warren konnte nur stumm nicken. Er fürchtete, dass er in Tränen ausbrechen würde, wenn er zu diesem schönen Jungen zu sprechen versuchte.

»Zum Riff? Das kommt nicht infrage«, sagte Junie Moon. »Weder mit Ihnen noch mit sonst wem.«

»Warum denn nicht?«

»Weil er nicht schwimmen kann.«

»Das macht doch nichts«, meinte Beach Boy, lud sich Warren auf die schönen Schultern und trug ihn bis zum Wasser. Dort setzte er ihn sanft auf dem Brett ab, das er zum Wellenreiten benutzte, und legte Warrens dünne Beine so behutsam zurecht, als wären sie aus kostbarem Porzellan. Er stieß das Brett durch die Brandung, und das Wasser tropfte ihm golden vom Rücken. Dann sprang er geschickt zu Warren hinauf. Das Brett hob sich unter dem ersten Schlag. Warren half mit, indem er seine kräftigen Arme als Paddel gebrauchte, und das Brett schoss dahin wie ein Tümmler.

Arthur fühlte sich jetzt wieder besser, aber er wusste, dass es nicht lange anhalten würde. Ich muss ihr schleunigst sagen, was ich für sie empfinde, dachte er und sagte stattdessen: »Wie kommt es bloß, dass Warren immer so gutaussehende Menschen aufgabelt?«

»Das weiß ich nicht«, antwortete Junie Moon. »Er liebt nun mal die Erregung, das Verführen, das Verführtwerden und so weiter.«

»Ich auch«, sagte Arthur abrupt. So – endlich hatte er seinen Hemmungen einen Stoß versetzt. Er rückte näher an sie heran und formte aus kleinen Sandhügeln zwei weibliche Brüste. Das Rauschen in seinen Ohren hatte fürs Erste aufgehört.

»Tatsächlich?«, sagte sie und starrte aufs Meer hinaus.

»Außerdem«, fuhr er fort und steckte in die Mitte jedes Hügels einen Kieselstein, »außerdem weiß ich zufällig, dass du nicht so widerborstig bist, wie du immer tust.«

»Du warst wohl bei 'nem Hellseher, was?«

»Ich bin durchaus imstande, meine eigenen Beobachtungen zu machen« – er modellierte unter den Brüsten einen langen, runden Bauch aus Sand – »auch wenn du es mir vielleicht nicht zutraust.« Er wurde von einem Beben geschüttelt, und dabei ging die Sandfigur kaputt.

Junie Moon legte ihm die Hand auf den Arm, wie sie es in solchen Augenblicken immer tat. Sie fand, dass seine dünnen Knochen sich anders anfühlten als sonst – oder bildete sie sich das nur ein?

Arthur holte tief Atem und sagte rasch, bevor ihn sein Mut im Stich lassen konnte: »Ich liebe dich. Was hältst du davon?«

»Ich weiß nicht«, sagte Junie Moon nach einer Weile, »du verlangst von mir eine Stellungnahme zu dem, was du empfindest, und wie in aller Welt kann ich mich dazu äußern? Was mich betrifft, so habe ich seit ewigen Zeiten niemanden geliebt, und alles ist eingerostet und vergessen – von anderen Dingen ganz abgesehen.«

»Jedenfalls hältst du hier eine ziemlich lange Rede«, bemerkte Arthur mit jenem Grinsen, das bei ihm so selten war und ihn fast jung erscheinen ließ.

»Früher, wenn mir irgendwer seine Liebe erklärte, fühlte ich mich immer verpflichtet, ihn wiederzulieben, und es gelang mir auch ohne besondere Anstrengungen. Findest du, dass ich unaufrichtig war?«

»Je mehr du erzählst, umso länger wird deine Rede.«

»Aber im Grunde habe ich ihnen nie geglaubt.«

Junie Moon zog sich den Hut bis über die Augen, sodass ihr Gesicht kaum noch zu sehen war. »Sie leierten das alles immer so herunter, als läsen sie mir eine Gebrauchsanweisung zum Bau eines Modellflugzeugs vor. Wenn man sich die Mühe machte, ihnen zuzuhören, klang es auch immer ganz logisch. Eigentlich sagten sie alle das Gleiche: Sie hatten nicht geglaubt, dass sie sich je verlieben würden, aber siehe da, nun war's passiert, und wenn ich nur dies und das tun wollte, dann hätte das Elend ihres Daseins ein Ende.«

»Das Unangenehme ist nur«, sagte Arthur, »dass ich beinahe so hilflos bin, wie ich aussehe. Es gäbe da kaum Überraschungen.«

»So tat ich also dies und das, aber Spaß machte es immer weniger, und schließlich saßen wir miteinander da. Das ist eben die Kehrseite der Medaille.«

»Damit kenne ich mich nicht aus«, sagte Arthur. »Ich bin gewissermaßen noch jungfräulich.«

»Einmal war ich mit einem befreundet, der hieß Stanley Adams«, fuhr sie fort. »Er kam aus Tulsa, Oklahoma, war Koch und arbeitete so nach und nach in sämtlichen Imbissstuben unserer Gegend. Aber er gab alle Stellungen bald wieder auf. Leider waren seine Zähne sehr schlecht.«

»Meine sind wie Felsen«, warf Arthur ein und bleckte die Zähne.

»Eines Tages sagte Stanley Adams: ›Junie Moon, ich hätte nie geglaubt, dass ich je so was aussprechen würde, aber – ich liebe dich.‹ Also nun frage ich dich, was für 'ne Art von Anfang das ist.«

»Leider«, sagte Arthur, »sind mir im Lauf der Zeit zwei Zähne gezogen worden.«

»In mancher Hinsicht konnte er einem leidtun. Er war schüchtern, räusperte sich dauernd und stotterte herum, aber andererseits war er grob und geradeheraus. Ich weiß noch, dass er sich sehr gewöhnlich ausdrückte.«

»Früher waren meine Zähne sogar noch besser. Ich konnte Walnüsse mit ihnen knacken.«

»Der Ausdruck, der mich so störte, war: ›Komm, wir suchen uns irgendwo 'ne Bude.‹ Nicht, dass ich etwas dagegen hatte, aber mussten wir es denn ausgerechnet in einer

Bude tun? Man hätte wetten können, dass Stanley Adams es nie anderswo trieb als in einer Bude. Du lieber Himmel!«

»Ich habe es eigentlich nirgends getrieben«, gestand Arthur.

»›Na, wie wär's denn?‹, sagte er auch manchmal. Arthur, ich will nur hoffen, dass du nie zu mir sagst: ›Na, wie wär's denn?‹«

»Könntest du nicht aufhören, von Stanley Adams zu reden?«

»Warum?«

»Ich weiß nicht, es stört mich eben.«

»Bist du eifersüchtig auf Stanley Adams?«

»Ja.«

»Das brauchst du nicht. Er hatte nicht nur schlechte Zähne, sondern auch den ganzen Kopf voller Schuppen.«

»Wenn du einen Mann unter die Lupe nimmst, entgeht dir aber auch nicht das Geringste«, sagte Arthur. »Ich muss dauernd auf der Hut sein.«

Sie schwiegen lange. Junie Moon zog den Sombrero noch tiefer, sodass Arthur ihr Gesicht nicht sehen und keinen Aufschluss über ihre Gefühle erhalten konnte.

»Schau mal«, sagte er nach einer Weile und deutete auf einen Schwarm Seeschwalben, »die Vögel, die dort fliegen, übernachten in den Mangroven.«

Sie antwortete nicht. Arthur dachte: Erzähl mir alles, was es von dir zu erzählen gibt. Erzähl mir von dem Tag deiner Geburt, erzähl mir von allem. Nicht von früheren Liebhabern, aber von allen anderen Freuden. Erzähl mir von vergangenen Zeiten, von den Dingen, die du dir damals am meisten gewünscht hast.

»Wenn sie in den Mangroven übernachten«, sprach er weiter, »haben sie's nicht weit bis zu ihrem Frühstück.«

Er dachte: Wenn ich doch reich und berühmt wäre und sagen könnte, nimm mich hin, ich bin ein Gewinn für dich. Ein großer Gewinn! Gib mir doch ein kleines Zeichen, ein Fetzchen von deinen Gedanken. Sag, dass du mich gern hast, dass du mich liebst, sag wenigstens, dass du mich nicht verabscheust, sag es mir doch!

»Anscheinend fressen sie die kleinen Fische, die zwischen den Mangrovenwurzeln hausen«, sagte er.

»Wir wollen zurückgehen«, sagte sie.

Warren war von Sonne und Salzluft gebräunt und redete wie ein Wasserfall.

»Guiles nimmt mich heute Abend zu einer Party mit.«

»Guiles?« Junie Moon ließ ein verächtliches Schnaufen hören.

Warren wurde rot. »Beach Boy hat nichts dagegen, dass ich ihn so nenne. Ich habe Guiles geliebt, und ich habe auch seinen Namen geliebt, und mir ist nie wieder jemand begegnet, der so hieß und den ich so hätte nennen können.«

»Wenn du mich fragst«, sagte Arthur, »ich finde das albern.«

»Ich werd gerade so blöd sein, dich irgendwas zu fragen«, versetzte Warren.

»Ruhe!«, befahl Junie Moon, und sie hörten auf, sich anzumeckern.

»Er hat mich in seinem Jeep in den Ort mitgenommen«, erzählte Warren beglückt. »Er musste nämlich allerlei für die Party heute Abend besorgen, und ich habe solange im Jeep auf ihn gewartet. War das nicht nett von ihm?«

»Goldig«, flötete Arthur.

»Sei still«, mahnte Junie Moon.

»Und ich habe etwas ganz Reizendes gesehen«, fuhr Warren fort. »Da gingen eine winzig kleine Dame und ihre Tochter die Straße entlang, und die Tochter trug ein Hündchen, und alle drei waren Albinos.«

»Du bist ein Schwindler«, sagte Arthur. Er hoffte, Warren würde bald zu seiner blöden Party gehen und ihn mit Junie Moon allein lassen. Ihn verlangte danach, sie ungestört anzusehen und nochmals zu versuchen, über seine Gefühle zu sprechen.

»Dann sind wir zu einem eleganten Herrenausstatter gefahren, und Guiles hat sich eine rot-weiß gestreifte Badehose gekauft. Das Geld habe ich ihm geliehen. Ich musste es ihm geradezu aufdrängen. Er sah übrigens wunderbar in der Badehose aus.«

»Du hast ihm *unser* Geld geliehen?«, rief Arthur entrüstet.

»Natürlich. Ich halte das für eine gute Anlage. Zuerst dachte er, ich wäre scharf auf ihn, weil er unglaublich gut aussieht. Aber inzwischen weiß er Bescheid und hat mir für die Dauer unseres Aufenthalts einen Vergnügungsplan erstellt.«

Junie Moon lachte. »Ich hätte gar nichts dagegen, wenn einer mich meines Geldes wegen liebte.«

»Hier sind eine Menge reiche Leute, um die Guiles sich kümmern muss. Er hat mir einen Mann gezeigt, der mit seinem mongoloiden Sohn am Strand war. Der Sohn ist so um die vierzig. Er sah weiß und schwammig aus, und der Vater rieb ihn mit Sonnenöl ein. Guiles muss den Sohn immer auf seinem Wellenbrett mitnehmen, aber nicht bis zum Riff, wie mich.«

Arthur dachte: Ich wollte, ich hätte sie gleich von Anfang an geliebt. Nun sind so viele Tage dahin, verloren für immer.

»Und manchmal, sagt Guiles, muss er reichen alten Weibern die Zeit vertreiben, weil sie entweder ganz allein hier sind oder Ehemänner haben, die den ganzen Tag unter einem Strandschirm liegen und schlafen. Er will mir mal eine von denen zeigen.«

»Wie vertreibt er ihnen denn die Zeit?«, erkundigte sich Junie Moon.

Arthur dachte: Wenn sie will, hat sie eine Stimme wie Honig.

Warren kicherte. »Denkst du etwa, ich hätte ihn *danach* gefragt?«

»Natürlich hast du gefragt«, sagte Junie Moon, »und er hat es dir zweifellos bis ins kleinste Detail geschildert.«

Es klopfte, und Beach Boy trat lächelnd ein. Er trug eine schneeweiße Badehose, ein offenes Hemd und keine Schuhe.

»Fertig, Käpt'n?« Und zu Junie Moon: »Seien Sie unbesorgt, ich passe gut auf ihn auf.«

»Ich bin nicht seine Mutter«, erwiderte sie.

Er lachte. »Nein?« Und schon lud er sich Warren auf die Schulter.

»Begreift ihr jetzt, warum er mich an Guiles erinnert?«, rief Warren, während Beach Boy mit ihm hinausging.

Als die beiden draußen waren, drehte sich Junie Moon mit einem Ruck zu Arthur um. Ihr Blick war hart, aber ihre Stimme zitterte vor Erregung.

»Arthur«, sagte sie, »ich bin natürlich nicht so widerborstig, wie ich tue.«

»Das weiß ich doch«, murmelte er, von einer derartigen Schüchternheit überkommen, dass er das Gesicht abwenden musste.

»Außerdem«, fuhr sie fort, »hast du wahrscheinlich gedacht, ich hätte dir heute am Strand nicht zugehört, aber ich weiß noch jedes Wort.«

»Das ist gut.« Ich muss erst mal mein Herz beruhigen, dachte er, sonst kriegt es womöglich seinen privaten Anfall und stirbt.

»Ich bin genauestens darüber informiert, dass Seeschwalben in Mangroven nächtigen«, sagte sie lächelnd, ohne ihren gewohnten Spott. »Und dass sie gern die Fische fressen, die zwischen den Baumwurzeln hausen.«

Er dachte: Wenn ich sie jetzt berühre, gibt es eine derartige Explosion, dass wir beide im Jenseits landen.

»Mein Gott, ich wollte, du würdest mich umarmen und aufhören, über Seeschwalben zu reden«, sagte er. Sie wandte den Kopf ab, denn zum ersten Mal seit längerer Zeit machte sie sich klar, wie ihr Gesicht auf einen anderen Menschen wirken musste.

Der Hund, der kurz zuvor zwei Portionen Hackbraten und eine Schüssel Spaghetti gefressen hatte, beobachtete diese merkwürdigen Vorgänge von dem Bett aus, das er in Besitz genommen hatte. Ein paar Mal stieß er einen tiefen

Seufzer aus, dann aber, als keiner der beiden ihm die geringste Beachtung schenkte, rollte er sich auf die andere Seite und blieb in seiner Lieblingsstellung liegen, alle viere weit von sich gestreckt.

Warren ließ sich drei Tage lang nicht im Hotel blicken, weil er auf einer Party war, die kein Ende nehmen wollte. Auf Beach Boys Schulter kam er zunächst zu einer dicken blonden Dame, deren Stimme und Ausdrucksweise die einer Dreijährigen waren. Sie mietete sich alljährlich in diesem Badeort für einen Monat ein Haus und bezahlte Beach Boy großzügig dafür, dass er sie etwa jeden dritten Abend besuchte und Freunde mitbrachte, um ihr Gesellschaft zu leisten. Umgeben von Männern – sie hatte Beach Boy gleich zu Anfang ihrer Bekanntschaft gesagt, dass Frauen sie nervös machten und er daher keine mitbringen solle –, saß sie mitten im Wohnzimmer auf dem Boden. Das Grammofon spielte pausenlos, ein Dienstmädchen servierte kalten Hummer, Käse und Unmengen Kaviar und füllte immer wieder die Gläser nach. Die Dame des Hauses tanzte mit jedem, der sie aufforderte, bis sie sich wegen Erschöpfung ausruhen musste. Ihre Partner hielten sie beim Tanz mit starkem Arm eng umschlungen, und sie schwenkte die Hüften wie eine alberne Zwölfjährige, die eine Sexbombe mimt. Die jungen Männer amüsierten sich hier keineswegs, sie kamen nur wegen des guten Essens und Trinkens und weil das Ganze so grotesk war. Später am Abend suchten sie sich anderswo Mädchen nach ihrem Geschmack und zeigten ihnen, was Sex war.

Als Beach Boy mit Warren erschien, runzelte die dicke

Blondine die Stirn, aber er kümmerte sich nicht darum. Er stieß mit dem Fuß ein großes Kissen vom Sofa auf den Boden und setzte Warren vor die Dame hin, als präsentiere er ihr ein Geschenk. Warren sah sie mit seinem liebenswürdigsten Lächeln an und erreichte damit, dass sie sich in den nächsten Stunden nur noch mit ihm unterhielt und nicht mehr zu tanzen wünschte.

Um zwei Uhr nachts wurde Warren wieder aufgeladen, und sie fuhren zum Seiteneingang eines Tanzlokals. Dort wählte Beach Boy drei Mädchen aus, die nicht in festen Händen waren. Dann ging es weiter zu einer einsamen Stelle am Strand, wo sie sich unter den Sternen alle im Kreis lagerten. Bald darauf wies Beach Boy eines der Mädchen an, bei Warren zu bleiben und auf ihn achtzugeben, während er sich mit den beiden anderen in diskreter Entfernung vergnügte. Er stellte eine Flasche mit fünfundzwanzig Jahre altem Scotch und eine Dose Kaviar vor Warren hin. »Für alle Fälle, Käpt'n«, sagte er lachend und ließ die beiden allein. Das Mädchen wartete etwa fünfundvierzig Sekunden, und bevor Warren nervös werden konnte, war sie schon über ihm und tat Dinge, auf die er nicht einmal in seinen wildesten Träumen verfallen wäre.

Als die Sonne aufging, fuhren sie zu einem kleinen, baufälligen Lokal in der Nähe des Hafens und aßen so viel, dass es für zehn starke Männer gereicht hätte. Dann gingen die Mädchen nach Hause. Beach Boy holte sein Wellenbrett aus dem Hotel und brachte Warren zu einem Uferstreifen, der hinter einer hohen Klippe verborgen lag. Zuerst trug er das Brett und dann Warren zum Wasser hinunter. Sie entkleideten sich, steuerten das Brett auf die offene See hinaus und sonnten sich dort drei Stunden lang wie faule Seehunde.

»Das Leben ist ein Traum«, sagte Arthur und legte den Arm um Junie Moon, während er aufs Meer blickte.

»Nicht das Leben ist ein Traum, sondern die Liebe«, verbesserte sie. »Falls du mit Traum etwas meinst, was schöner ist.«

»Jetzt ist das Leben schöner«, erwiderte er. »Vorher bestand es nur aus Zeichen, Spuren, Symptomen und Reflexen, die längst bitter geworden waren. Möchtest du tanzen?«

Aus dem Lautsprecher unter ihrem Fenster kam leise Musik. Eng aneinandergeschmiegt tanzten die beiden, ohne sich viel zu bewegen.

»Siehst du, ich habe nicht gesagt: ›Na, wie wär's denn?‹« Arthur lachte.

»Gott sei Dank.«

»Und nicht, wir wollen uns 'ne Bude suchen.«

»Das war auch nicht nötig, wir hatten ja schon eine.«

Er seufzte so tief, dass es wie ein Stöhnen klang. »Ich habe mal einen Pfirsichbaum gesehen, der war im Begriff zu sterben.«

»Still!«

»Es war schon spät im Jahr, und er benahm sich ganz verrückt.«

»Erzähl mir ein andermal davon.«

»Alle Bäume waren längst kahl, nur dieser sterbende Baum setzte plötzlich Blätter an und Blüten, aus denen Früchte wurden.«

Sie fühlte, dass er zitterte, und zog ihn dicht an sich.

»Du redest zu viel.«

»Aber das Dumme war, dass die Pfirsiche dann gar nicht wie Pfirsiche schmeckten.«

»Weil es eben schon zu spät im Jahr war und du zu viel von ihnen erwartet hast.«

»Kann sein«, gab er zu. »Für ein einfaches Mädchen redest du eigentlich sehr klug.«

»Du siehst müde aus«, sagte sie.

»Erzähl mir alles – alles, was es von dir zu erzählen gibt«, bat er und streckte sich auf dem Bett aus.

Sie setzte sich neben ihn und strich sanft sein Haar glatt. »Das würde höchstens zehn Minuten dauern, Arthur. Die Menschen sind längst nicht so kompliziert, wie du denkst.«

»Dann fang bitte an.« Er schloss die Augen, nicht, um besser zuhören zu können, sondern weil er gegen den Traum vom Ertrinken ankämpfte, der jetzt ganz nah zu sein schien.

»Also«, begann sie, »von meinem Vater hieß es immer, er sei am Tag meiner Geburt stundenlang vor dem Drugstore auf und ab gehüpft. Niemand konnte sich erklären, warum er so etwas getan haben sollte, aber meine Großmutter, die eine alte Zynikerin war und nie mit ihrer Meinung hinterm Berg hielt, behauptete, der Zeugungsakt sei ihm wahrscheinlich zu Kopf gestiegen …«

Die Vogelschwärme kreisten über dem dunklen Wasser, bald höher, bald tiefer, und stießen zornige Schreie aus, als wären ihre Nester zerstört worden. Manchmal, dachte

Arthur, stürzen sich Seeschwalben auf Menschen und hacken ihnen die Augen aus. Ich muss meinen Oberkörper freihalten, damit genügend Luft eindringt. Auf diese Weise kann ich sie daran hindern, mich ins Meer zu treiben.

»Wenn meine Großmutter von ihm sprach, sagte sie immer: ›Mein Sohn, dieser verdammte Idiot.‹ Aber sie sagte es nicht ohne Liebe, ›mein Sohn, dieser verdammte Idiot, hat einen neuen Wagen gekauft‹, konnte sie voller Stolz den Nachbarn erzählen …«

Seeschwalben übernachten nicht auf Pfirsichbäumen, Arthur. Jeder verdammte Idiot weiß, dass sie Mangroven vorziehen.

»Ich glaube, ein Junge, der dauernd Idiot genannt wird, benimmt sich allmählich auch wie ein Idiot.«

Ein normaler Mann atmet in jeder Minute etwa achtzehnmal ein, und sein Puls beträgt siebzig, also rund viermal so viel. Vögel hingegen haben einen sehr schnellen Pulsschlag und brauchen Unmengen von Nahrung, um sich am Leben zu erhalten.

»Das Einzige, was sich mein Vater jemals gewünscht hat, war eine Reise zum Yellowstone National Park. Immerzu redete er davon, aber meine Mutter sagte jedes Mal Nein.«

Vogelkehlen sind zu klein für einen Luftröhrenschnitt, man kann keine Kanüle einführen. Außerdem sind Vögel auch zu nervös.

»›Warum du zum Yellowstone Park willst, wenn wir's am Meer viel schöner haben, ist mir schleierhaft‹, sagte meine Mutter Jahr um Jahr. – Arthur, ist dir nicht gut?«

»Erzähl weiter«, murmelte er und versuchte zu lächeln.

Ihre Augen waren traurig, und er wusste, dass sie nur so tat, als merkte sie nichts von seinen Beschwerden.

Die Königin bewegt sich vorwärts und nach rechts und links, aber sie schickt immer ihren Bauern aus, damit er ihr die Dreckarbeit abnimmt. Na schön, Königinbauer zu Königinbauer vier. Schachfiguren sind besser als Vögel. Verlässlicher. Und sie atmen überhaupt nicht.

»Ich muss dich zu einem Arzt bringen«, sagte sie nach einer Weile.

»Nein.«

»Du siehst so blass aus.«

»Ich bin aber kräftig wie ein Bulle.«

»Unsinn. Ein Arzt könnte dir vielleicht etwas verschreiben.«

»Was denn?«

»Ich weiß nicht. Himmeldonnerwetter, Arthur, wie soll ich das wissen?«

Sie hatte Tränen in den Augen, und er wandte den Blick ab. »Bring mich lieber nach Hause«, sagte er. »Zu unserem Feigenbaum.«

»Aber Warren ist noch nicht zurück.«

»Wenn er kommt, meine ich. Bis dahin halte ich schon durch.«

»Wie wär's denn, wenn ich dich in der Zwischenzeit zu einem Arzt brächte?«

»*Wie wär's denn?*« Arthur rang sich ein Lächeln ab. »*Wie wär's denn*, sagst du? Schämst du dich nicht, eine so gewöhnliche Wendung zu gebrauchen?« Er legte die Hand auf ihren Arm, und sie fühlte, wie müde und schwer diese Hand war.

»Sobald Warren kommt, fahren wir nach Hause«, sagte sie.

Warren fand sich erst am nächsten Tag ein, stolz, braungebrannt und völlig erschöpft. Seine größte Sorge war, dass Arthur und Junie Moon ihm nicht glauben würden, was er erlebt hatte – die Wahrheit ähnelte allzu sehr den Lügen, die er sonst zu erzählen pflegte. Als er ins Zimmer gerollt kam, entdeckte er zweierlei: dass es Arthur sehr schlecht ging und dass sich die beiden ineinander verliebt hatten. Zunächst erschreckte ihn das, denn wie die Sache auch ausging, er würde seine Freunde auf jeden Fall verlieren. Dann ärgerte er sich, weil sie nun bestimmt keine Lust hatten, sich seinen Bericht über die Tage und Nächte mit Beach Boy anzuhören. Verdammt, verdammt, verdammt! Am liebsten hätte er sofort kehrtgemacht, sich mit Beach Boy zusammengetan und nie wieder an Arthur und vor allem an diese Frau gedacht. Hatte er nicht gleich geahnt, dass es ein Fehler war, Junie Moon in die Gemeinschaft aufzunehmen? Nein, vielleicht konnte er jetzt bei diesem goldenen Jungen bleiben, und alles würde so werden wie in Provincetown, nur wärmer, mehr sexy und weiter weg von daheim.

Allerdings, wenn er hierblieb, würde er wieder die fette Dame besuchen und sich vielleicht auch mit dem Mädchen aus dem Tanzlokal am Strand treffen müssen. Und wie oft würde ihn Beach Boy zur Entschädigung auf dem Wellenbrett zum Riff mitnehmen? Bei näherer Überlegung musste Warren sich eingestehen, dass Beach Boy gelbe Augen hatte – gelb und ruhelos – und dass es nur eine Frage der Zeit sein konnte, bis es Unannehmlichkeiten gab.

Daher sagte er zu den beiden: »Ich glaube, wir haben alles erlebt, was man hier erleben kann. Wie wär's, wenn wir nach Hause führen?«

20

Beach Boy half ihnen. Er holte den Lieferwagen aus der Garage, fuhr ihn zum Seiteneingang, trug dann Arthur hinunter und legte ihn so bequem hin, wie es auf der Ladefläche nur möglich war. Er brachte eine Schüssel Muschelragout für den Hund, und er nahm von Warren nur eine geringe Geldsumme an – mit der Bemerkung, er werde davon die Hotelrechnung der drei bezahlen. Warren zwinkerte ihm daraufhin zu, und er zwinkerte zurück. Es war das reizendste, das bezauberndste Zwinkern, das Warren je gesehen hatte.

»Mann«, sagte Beach Boy zu Arthur, »passen Sie gut auf sich auf.« Er knuffte den Hund freundschaftlich und gab Junie Moon einen Kuss auf den Nacken. Dann wandte er sich Warren zu, stemmte die Hände in die Hüften und sah ihm in die Augen.

»Machs gut, Baby«, sagte er. »Komm wieder, wann immer du willst. Guiles kümmert sich schon um dich.«

Sie hatten eine Strecke von nahezu tausend Meilen vor sich. Warren zog die Fäustlinge über Junie Moons Hände. Sie drückte den Sombrero tief in die Stirn wie ein Cowboy, der durch Kälte und Sturm über einen Berg reiten muss, und fuhr dann den Wagen auf den Highway, wobei sie so viel Gas gab, wie sie irgend riskieren konnte.

Der Hund lag neben Arthur, die Nase fast an seinem Gesicht, und starrte ihn an, als erwarte er von ihm die Enthüllung der Welträtsel. Und Warren plauderte – nicht über die Dinge, die er gern erzählt hätte, sondern über allerlei Belanglosigkeiten, von denen er wusste, dass sie niemanden reizen oder kränken konnten. Genau wie der Hund war er bemüht, sich so angenehm unauffällig wie möglich zu geben.

Junie Moon war jetzt so weit, dass sie etwas fühlte. Und der Schmerz war stärker als alles, was sie empfunden hatte, während sie im Krankenhaus lag. Er war tiefer als jede ihrer Brandwunden, quälender als jedes ihrer verhärteten, für immer gelähmten Gelenke, intensiver, als verebbende Schmerzen es sind. Ein unbedeutender, ganz und gar nicht attraktiver Mensch, der beim leisesten Hauch wie Espenlaub flatterte und zitterte – der reizloseste Mensch der Welt hatte sie berührt. Und was sie am meisten aufregte, war die Tatsache, dass sie nicht genau wusste, ob das Liebe war.

Sie fuhr wie ein Dämon hinter den Lastwagen her, die durch die Nacht rasten, als wären sie Boten der Hölle, vorbei an Schildern, auf denen PROVIANT stand, an den BLUE-MOON-Motels und an den Raststätten, über denen der Sultan Jazu einladend winkte und winkte. Warren redete unaufhörlich.

»Sprich weiter, bitte, sprich weiter«, sagte sie. Er nahm das als Kompliment und erzählte Dinge, die er bisher kaum sich selbst eingestanden hatte.

Etwa: »Ich glaube, ich kann nur schöne Menschen lieben. Melvin Coffee war der Erste.«

»Und wer, wenn ich fragen darf, war Melvin Coffee?«

»Der Junge, der mich in den Rücken geschossen hat.«

Junie Moon riss das Steuer herum, denn vor ihr war ein Farmer mit einer Ladung Mastschweine aus einer Seitenstraße auf den Highway eingebogen.

»Mein Fehler«, fuhr Warren nach kurzer Pause fort, »bestand darin, dass ich ihm sagte, was ich für ihn empfand.«

»Dass du es sagtest, war kein Fehler. Du hättest es nur nicht gerade Melvin Coffee erzählen dürfen.«

Bleich und dunstig dämmerte der Morgen, als sie ein scheußliches Städtchen namens Heavenly Peace erreichten.

»Ich halte hier an und besorge was zu essen. Steig du inzwischen nach hinten um, damit du Arthur füttern kannst, während wir weiterfahren.«

»Geht in Ordnung«, erwiderte Warren.

Sie kaufte heißen Kaffee und Salzkekse mit Erdnussbutter, die Arthur besonders gern aß. »So. Und dass mich jetzt keiner stört«, sagte sie. »Wir fahren durch bis nach Hause und halten nur zum Tanken, und wir haben noch einen sehr, sehr weiten Weg vor uns.« Über das Lenkrad gebeugt, die Augen fest auf die Straße vor ihr gerichtet, fuhr sie die Strecke in knapp dreiundzwanzig Stunden.

Ein zarter Streifen Grau zeigte sich am Horizont, als sie zu Hause ankamen. Der Wind hatte sich gelegt, und die Feuchte der Nacht hing noch in der Luft.

»Wir sind da«, sagte Junie Moon. Und zu Warren gewandt: »Du wirst mir helfen müssen, ihn hineinzuschaffen.«

»Wenn ich kann.« Warren versuchte das heftige Zittern zu unterdrücken, das die Angst in ihm ausgelöst hatte. Er hievte sich über die Lehne seines Sitzes in den rückwärtigen Teil des Wagens, wo Arthur lag. »Wir haben es geschafft«, sagte er, »jetzt wird's dir bald besser gehen.« Der Hund hatte die Ohren angelegt und blickte zur Seite, als riefe von dorther jemand nach ihm. Arthur öffnete die Augen und lächelte.

»Wie spät ist es?«, fragte er.

»Vier Uhr«, antwortete Warren.

Junie Moon entriegelte die hintere Klappe des Wagens.

»Beeil dich«, flüsterte sie. Warren rutschte über die Holzplanken und zog Arthur mit sich.

»Ich will probieren, ob ich laufen kann«, sagte Arthur. Sie stellten ihn behutsam auf die Füße. Er legte einen Arm um Junie Moons Schultern, und so gingen sie durch den Vorgarten und um das Haus herum.

»Lass mich hier unter dem Baum«, bat er.

»Auf gar keinen Fall«, entgegnete sie und wollte ihn zur Hintertür führen.

»Bitte!«

So half sie ihm denn, sich auf das Feldbett zu legen, und hüllte ihn in die Decken, die Warren aus dem Wagen mitgenommen hatte.

»Geh in die Küche«, befahl sie Warren.

»Nein, ich kann nicht.«

»Doch, los.«

»Ich fürchte mich«, sagte Warren.

»Das ist mir egal. Ab mit dir in die Küche, und wenn du dich fürchtest, dann back Schoko-Brownies!«

»So früh am Morgen?« Aber er rollte seinen Stuhl gehorsam ins Haus und knallte die Tür hinter sich zu.

Arthur stöhnte. Der Hund lag dicht neben ihm, den Kopf auf den Pfoten, die Augen zu Schlitzen verengt.

»Hast du ihn gefüttert?«, fragte Arthur.

»Ja. Zwei Hacksteaks, und neuerdings hat er eine Vorliebe für Schweinefleisch mit Bohnen entwickelt.«

»Du machst wohl Witze?«

»Nein.«

Sie hörten ein leichtes Flügelschlagen, als sich die Eule über ihnen im Baum niederließ, und dann folgte das gewohnte Rieseln von Blättern und winzigen Zweigen.

»Das Tier hat uns Glück gebracht«, flüsterte Arthur.

»Das hat sie, unsere gute alte Ohreneule.«

»Ich meine den Hund. Tut es dir leid, dass du auf dem Rastplatz ohne ihn abgefahren bist?«

»Ja.«

Plötzlich schrie Arthur auf und rang nach Luft. »Halt mich! Halt mich fest! Ich ertrinke!«

»Ja, ja, ich halte dich fest. Ich halte deinen Kopf.«

Junie Moon zog ihn von den Decken hoch und bettete seinen Kopf an ihre Brust. Sie hörte das wilde Klopfen seines Herzens und das pfeifende Geräusch, mit dem der Atem durch die sich verkrampfende Luftröhre drang.

»Es ist wie der Traum«, stieß er hervor.

»Nein, nicht wie der Traum.« Sie streichelte mit ihren verkrüppelten Händen sein Haar, und allmählich entspannte er sich. »Ich lasse dich nicht sterben. Du bist viel zu wichtig für mich.«

»Schwindlerin«, sagte er und schmiegte sich wie ein Kind eng an sie. Als sie ihn in ihren Armen schlaff werden fühlte, befiel sie eine panische Angst. Sein Zustand

verschlechtert sich, dachte sie in Erinnerung an die Rede-
wendung, die man im Krankenhaus oft gebraucht hatte.
Irgendein lebenswichtiges Organ arbeitete nicht mehr, die
Nieren vielleicht oder die Lungen. Sie musste etwas tun,
aber sie wusste nicht was. Instinktiv drehte sie ihn herum,
sodass sein Kopf herunterhing, und klopfte ihm kräftig
zwischen die Schulterblätter.

Die Folge war, dass eine Menge Blut aus seinem Mund
stürzte und eine Pfütze auf dem Erdboden bildete.

»O mein Gott«, rief Junie Moon.

Er hob den Kopf und blickte sie an. Alle Farbe war aus
seinem Gesicht gewichen, aber die Augen strahlten wie
die eines Kindes.

»Jetzt ist mir besser«, sagte er. »Der Wind weht wieder.
Ich höre ihn im Feigenbaum. Nun wird alles gut.«

Sie konnte ihn durch ihre Tränen hindurch kaum sehen.

»Danke, dass du mich vor dem Ertrinken gerettet hast«,
sagte er.

Dann lehnte er sich zurück und lächelte, und wenige
Sekunden später war er tot.

Mario erledigte alles Notwendige. Er fuhr Warren und Junie Moon in seinem Lieferwagen zum Friedhof, und der Hund saß hinter ihnen. Nach der Beerdigung brachte Mario sie in seine Wohnung, wo er sie mit Whisky und gebuttertem Toast bewirtete. Er erklärte, sie müssten jetzt zu ihm ziehen, weil er es endgültig satthabe, allein zu leben.

»Ich werde nichts dergleichen tun«, erwiderte Junie Moon. »Und wenn sie nicht will, dann will ich auch nicht«, sagte Warren.

Mario seufzte. Etwas später fuhr er sie zu ihrem Haus unter dem Feigenbaum. Er ging hinein und packte alles zusammen, was er fand, während Junie Moon und Warren draußen saßen und aneinander vorbeistarrten.

»Du könntest wirklich mal versuchen, nicht so eigensinnig zu sein«, sagte Warren schließlich.

»Fass dich an die eigene Nase«, gab sie bissig zurück.

»Arthur hätte das nicht gewollt.«

Jetzt kam die Explosion, und Sidney Wyner, der durch die Hecke spähte, hatte nicht die geringste Schwierigkeit, jedes Wort zu verstehen.

»Es ist eine gottverdammte Unverschämtheit, im Namen von Arthur zu sprechen!«, schrie sie. »Den lass gefälligst aus dem Spiel. Wenn Leute so saudumm daherreden wie du, dann möchten sie bloß ihren Kopf durchsetzen.

Ausgerechnet du willst mir erzählen, was Arthur gesagt hätte? Woher willst du das wissen, he?«

»Weil er ja auch *mein* Freund war«, erwiderte Warren sehr leise.

Mario machte die Küchentür hinter sich zu und sicherte sie durch ein neues, stabiles Vorlegeschloss, das er aus seiner Jackentasche zog. Dann nahm er Junie Moons Arm und führte sie zum Wagen. Der Hund blieb unter dem Baum sitzen und rührte sich nicht. Nachdem Mario auch Warren beim Einsteigen geholfen hatte, hob er das Tier einfach hoch und bugsierte es in den Kastenwagen.

»Deinen Typ kenn ich«, teilte er dem Hund mit, »merk dir das.«

Cider mit Rosie

Aus der Sicht eines Kindes erzählt Laurie Lee von seinem welt-
abgeschiedenen, englischen Dorf, wo er inmitten einer Natur
aufwächst, die alles aufbietet, was eine kindliche Fantasie be-
feuern kann: das blendende Licht des Tages, das die Kinder
dazu verführt, sich streunend zu verlieren, die geräuschdurch-
wirkte Dunkelheit der Nacht, in die man sich besser nicht
hinauswagt. Hier hat sich seine energische Mutter mit ihren
sieben Kindern niedergelassen. Ihr Mann hat sich nach London abgesetzt und überlässt es dieser ebenso schillernden wie
einfachen Frau, die Kinder großzuziehen.
Cider mit Rosie ist eine der schönsten Kindheitserinnerungen in
der Literatur des 20. Jahrhunderts. In viele Sprachen übersetzt
und mehrfach verfilmt, ist Laurie Lees weltberühmter Roman
in einer neuen Übersetzung zu entdecken.

»Der Roman ist heute noch so frisch und voll sprühender
Lebenslust wie bei seinem ersten Erscheinen in den fünfziger
Jahren des letzten Jahrhunderts. Er bringt die Erinnerung zum
Singen.« *Sunday Times*

»Laurie Lee schreibt, wie eine Nachtigall singt, sinnlich und
voll poetischer Genauigkeit.« *The Guardian*

»Wenn man fasziniert versinkt in *Cider mit Rosie,* dann liegt
das an der so erfinderischen wie sensiblen Sprache, in der die
Weltwahrnehmung eines Kindes geschildert wird. Laurie Lee
erzählt eine ganze Welt – und man hört ihm liebend gern zu.«
SRF

Pinnegars Garten

Herbert Pinnegar, ein Findelkind, entdeckt schon früh seine Liebe zu den Blumen und fängt als junger Bursche an, im Garten von Lady Charteris Unkraut zu jäten. Als der altersgrantige Obergärtner abtritt, schlägt seine große Stunde: Er übernimmt das Gartenregiment und teilt sein Leben fortan mit Heckenrosen und Buschwinden. Er ist ein Mann, dem sein Garten über alles geht, ein wandelndes Kompendium des Gartenwissens und ein Zauberer, der es schafft, seine Lady immer wieder in Erstaunen zu versetzen.

»Pinnegars Streifzüge durch seine wundersame Gartenwelt, die schnippischen Dialoge und witzigen Szenerien machen diesen Roman zu einer buchstäblich ersprießlichen Lektüre.« *NDR*

Charley Moon

An einer abgelegenen Biegung der Themse, dort, wo selbst das kleinste Ruderboot nicht weiterkommt, liegt Little Summerford, ein winziges, verschlafenes, aber paradiesisches Nest mit üppigen Blumenwiesen und prallvollen Fischteichen. Hier wohnt in einer alten Mühle Charley Moon, ein treuherziger Querkopf, der mit seinen Späßen das ganze Dorf unterhält. Bis eines Tages auf einer Amateurbühne sein Talent entdeckt wird und er eintaucht in die glamouröse Welt der großen Bühnen. Von den Zuschauern gefeiert und von den Frauen geliebt, lebt Charley Moon einen Traum – doch London ist nicht Little Summerford, und so ganz kann sein Herz Rose, die Jugendliebe aus dem Dorfladen, und das kleine Dorf zwischen den Hügeln nicht vergessen.

»Ein ruhiges Buch mit viel Charme und Esprit, viel Wärme, britischem Witz und Humor.« *Buchhandlung Oelbermann*

Mehr über Autor und Werk auf *www.unionsverlag.com*